KB192556

자은향 장편소설

악당들에게
키워지는
중입니다

1

악당들에게 키워지는 중입니다 Ⅰ

1판 1쇄 펴냄 2024년 5월 31일

지은이 자은향
펴낸이 하진석
펴낸곳 아르누보
주 소 서울시 마포구 독막로3길 51
전 화 02-518-3919
ISBN 979-11-91212-39-6(세트)
          979-11-91212-40-2 04810

자은향 장편소설

악당들에게
키워지는
중입니다

1

1부

악당들에게 키워지는 중입니다

I

누군가 인생은 하루하루가 경험하지 못한 새로운 엿을 먹는 일이라고 했던가? 나도 그 말에 전적으로 동감한다. 1년 전, 나는 언제나처럼 방에 갇혀서 시간을 때울 겸 소설을 보다가 잠이 들었다. 그리고 아침에 눈을 뜨니 웬 중세 유럽 같은 풍경이 시야를 가득 채우고 있었다. 어두컴컴하고 누가 쓰던 것으로만 이루어진 내 방과는 전혀 어울리지 않는 푹신한 침대 위에서 말이다.

맥락이 부족한 것 같다고? 그래. 세상사 대개의 일은 맥락 없이 일어나지 않던. 어쨌든 그런 황당한 상황에서도 나는 자리에서 일어나 방을 샅샅이 살펴보았다. 그러다가 문득 머릿속에서 전구가 번쩍였다. 로맨스 판타지 독자 1n년 차의 직감이 말해 주고 있었다. 나는 빙의했다고.

'내가 빙의라니…….'

로맨스 판타지 소설을 수백 권 읽었지만, 설마 직접 빙의할 거라곤 생각지도 못했다.

"……어라? 미쵼네?"

가족들의 차별과 핍박에 시달리다가 얼마 전 간신히 독립해 내 능력으로 장학금을 받고 대학을 다니던 선량한 23세 가장. 내가 누군지 궁금하다면 대답해 드리는 게 인지상정! 갑자기 빙의했지만, 영혼은 그대로! 진실은 언제나 하나! 난 차미소다옹! ……은 무슨.

난데없이 네 살짜리 아이가 되어 이상한 세상에 떨어졌습니다. 내가 코X이야?! X난이냐고!

* * *

……라고 현실을 부정하는 사이 무려 1년이 지났다.

'말이 되냐, 이거.'

나는 말도 안 되는 이 현실을 부정하면서도 착실히 정보를 모은 결과 충격적인 사실을 알 수 있었다. 이곳은 내가 예전에 읽었던…… 아니 따지자면 가장 좋아했던 《입양된 줄 알았더니 착각이었대요!》라는 제목을 가진 소설 속이었다. 어떻게 알았냐고? 나도 알고 싶지 않았다.

하지만 수십 번도 더 반복해서 읽었던 소설인데 내가 모를 리가 없다. 몇 번이고 반복되었던 활자로 이루어진 묘사와 배경을 모를 리가 없었다. 사방팔방에 달린 드래곤으로 된 장식과 드래곤을 형상화한 듯한 인장이 내 의구심에 확신을 주었다. 더 결정적이었던 것은 이 가문의 이름이 '에탐'이었다는 사실이지만.

에탐.

이 별것 아닌 이름을 내가 기억하는 이유는…….

첫째, 이곳이 《입양된 줄 알았더니 착각이었대요!》 소설의 무대가 되는 곳이었기 때문이고.

둘째, 에탐 가문이 저지른 악명과 다양한 또라이 짓이 소설에서 너무 잔인하고 무도하게 나왔던 탓이다.

육아물인데 17세 연령 제한이었다고 하면 이해가 될까? 《입양된 줄 알았더니 착각이었대요!》, 통칭 《입.양.각》은 어머니랑 숨어 살던 여주인공이 어머니가 돌아가시고 절망에 빠져 있을 때, 공작이 갑자기 나타나 "드디어 찾았구나. 널 오래도록 찾아다녔단다"라고 말하며 가문으로 데려가서는 여주인공을 애지중지하는 이야기였다.

다만 그 과정에서 여주인공은 자신이 잘못 입양된 걸로 착각하고 스스로 집을 나갈 준비를 하는데, 그걸 눈치챈 공작가 사람들이 발을 동동 구른다. 모든 소설의 여주인공이 그렇듯 《입.양.각》의 여주도 특유의 해맑음과 담담하게 집을 나갈 준비를 하는 등의 행동으로 뭇 독자의 슬픔을 유발했다. 그뿐이랴. 많은 소설이 그렇듯 이 가문에는 서글픈 비밀이 하나 있었다. 에탐 가문의 일원은 드래곤의 피를 이은 터라 일반인보다 훨씬

9

강한 치유 능력과 힘, 오감을 가지고 태어난다. 다만 강력한 힘인 만큼 부작용도 있었다.

에탐 가문은 마력이 폭주하며 살인을 충동질하는 현상, 즉 '광폭화'라는 고질병을 안고 있었다. 피가 짙을수록 '광폭화' 현상은 더 심해진다. 그리고 여주인공은 무려 이 광폭화를 진정시키는 능력까지 있었다. 팍팍한 가문에 보기 드문 햇살 같은 여주인공이 가문의 골칫거리인 광폭화의 진정 능력까지 있다?

이 가문이 여주인공을 사랑하지 않을 이유가 없는 것이다. 그러니까 《입.양.각》은 흔히 말하는 착각계, 육아물, 인생역전물, 능력 여주 등 보는 것만으로도 행복해지는 키워드를 가진 뽀담뽀담물이라는 얘기다. 물론 나중에는 역하렘 정쟁물로 변모하지만 말이다.

게다가 여주인공에겐 따스하지만 여주 외의 다른 것엔 냉혹한, 제각기 다른 맛으로 무장한 미친놈들이 집합한 최강의 가문으로 그려진다. 스토리는 백만 번 본 것 같은 뻔한 내용이었지만 그래도 문장을 통째로 외울 정도로 재미있었다. 아는 맛이 더 위험하다고 하지 않는가? 맛집이 아닐 수가 없다. 물론 육아물이었던 초반만. 뒤로 갈수록 '용두사망'이라서……. 음, 더 말하고 싶진 않다.

어쨌든 나는 이 소설의 여주인공을 아주 좋아했다. 나와는 다르게 모두에게 사랑받는 여주는 내가 소설에 과몰입하기에 충분했으니까. 하지만? 빙의한 나는 일단 《입.양.각》의 주인공은 아니다. 굳이 역할이 뭐냐고 묻는다면…… 엑스트라였다. 사생아로 태어난 반쪽짜리 엑스트라. 당연하지만 보통 이런 소재에서 반쪽짜리 엑스트라는 순살이 된다. 게다가 이 에탐 가문은 블랙 드래곤과 각인하고 그 피를 마셔 계약까지 한 '베타드 에탐'이 세운 가문이다.

드래곤 가문. 누군가는 에탐을 그렇게 불렀다. 이들은 번식이 힘든 점마저 드래곤을 닮은 듯 자손 또한 귀했다. 그리고 나는 에탐의 방계 중 하나가 밖에서 낳아 온 사생아……로 여겨지지만, 아마도 사실 생판 남이다. 내 아버지……라고 착각하고 있는 방계 사람은 대단히 돼먹지 못한 자였던 모양이다.

'어쩌다 날 데리고 왔는진 모르겠지만…….'

그는 술과 약은 물론 여자 문제까지 사고를 치지 않은 부분이 없었다. 오죽하면 웬만해선 혈족을 내치지 않는 에탐 가문이 치를 떨면서 손절했을 정도다. 그나마 나는 아직 어리고 아무것도 모르는 데다가 에탐 가문의 자손이 꽤 귀한 덕에 남겨졌다. 하지만……? 나는 가짜다. 어떻게 알았냐고?

사실 나는 평범한 인간이 아니고 무려 도마뱀 수인이기 때문이다. 그리고 나는 소설 초반에 집에서 쫓겨나며 에탐 가문의 냉엄함을 알리는 장치로 사용될 예정이다. 매년 가문의 모두가 참가하는 중요한 신년 회의에서 내가 도마뱀으로 바뀐 것이 계기가 되어 혈육 검사를 하게 되기 때문이다. 혈육 검사를 기다리는 중간에 무슨 사고를 쳐서 쫓겨난다. 사실 검사 결과야 안 봐도 뻔했겠지. 어쨌든 그게 중요한 게 아니다. 지금 중요한 건 내가 결국 쫓겨날 처지라는 거니까!

'……난 지금 겨우 다섯 살인데 밖에서 대체 뭘 하고 살아?'

생각하다 보니 제법 심란해졌다. 이건 또 왜냐고? 내일이 바로 그 대망의 날이니까 말이다. 그래도 내가 누군가! 《입.양.각》의 골수팬이자, 로맨스 판타지 프로 독자가 아니었던가. 나도 그간 읽은 수많은 육아물의 행보를 따라서 공작가의 점수를 따려고 노력은 했었다. 공작가에 있을 위험 요소를 알려 준다든가 나중에 죽을 사람을 고칠 방법을 알려 준다든가 산업 스파이 같은 놈들을 알려 주려고 하면서 말이다. 문제가 있다면…….

'한 번도 못 봤어…….'

공작은커녕 공작의 식솔들조차 제대로 보질 못했다. 점수를 따고 싶어도 기회가 없었다. 그렇다. 생각해 보니 내가 봤던 수많은 빙의물도 결국 원작에 빙의한 애가 주인공인 또 다른 제목의 소설이었다.

"어머, 아가씨. 왜 여기 앉아 계세요. 날도 추운데요."

주마등처럼 머릿속에 흘러가는 지난 1년을 떠올리며 정원의 긴 의자에 앉아 있는 내게 시녀 마일라가 밝은 갈색 머리카락을 휘날리며 달려왔다.

"웅……. 세상살이가 힘이가 두러서……."

"네에……? 푸흣. 아이고 우리 아가씨가 뭐가 그렇게 힘드셨을까요?"

"내일이푠 나이 하나가 더 머거서 다서 싸리 대자나……."

"아, 우리 아가씨 다섯 살이 되시는구나. 그러게요. 한 살을 더 먹어야 하니 우리 아가씨도 싱숭생숭하시죠?"

아니, 펄떡펄떡해. 심장이 터질 것 같달까. 바람 앞의 등불 같은 내 작고 소중한 목숨…….

"마음이 많이 아프시겠어요. 어떻게 해야 우리 아가씨 마음이 풀어지실까?"

마일라는 내 마음도 모르고 웃음기 섞인 목소리로 내 뺨을 가볍게 쓸어 주었다. 이 서러운 타지 생활에서 내게 주어진 것 중에 마일라는 그나마 가장 좋은 것이었다. 물론 마일라도 처음부터 내게 다정했던 건 아니었다. 오히려 귀찮은데 양심상 모른 척은 못 하겠으니 억지로 하는 느낌이었다고 해야 할까? 그래서 나도 제법 노력했다.

[마이라! 요고 열매 머그몬 머리 안 아푸다!]

마일라가 아픈데 돈이 없어서 의원에 가지 못할 때엔 빙의 전 약학대를 다니던 시절의 식물 덕후로서 쌓았던 지식을 활용해 약초도 알려 주고…….

[마이라! 내일은 아모 데도 가지 마! 꼭 절때 신전이에는 가몬 안대?]

13

소설로 미리 알고 있던 수도의 신전에서 일어난 의문의 테러 사건을 피하게 해 주었다.

[마이라, 요고는 내가 주는 선무리야! 빤짝해! 이뿌지?]

그리고 원래라면 여주인공이 발견해서 공작의 점수를 따는 계기가 되는 좁쌀만 한 금덩이를 선물해 주기도 했다. 정말 좁쌀만 해서 사실 마일라가 팔아도 돈이 그렇게 되진 않았을 거다. 하물며 공작에게는 얼마나 하찮았을까. 하지만 여주인공이 그 물건을 공작에게 건넨 장면은 제법 많은 독자를 울린 장면이기도 했다.

〈"그거 아세요, 공작님? 사람들은 반짝이는 걸 좋아해요! 공작님은 늘 슬픈 일이 있으신 것처럼 화가 나 계시니까…… 그래서 저는 공작님도 이걸 보고 행복해지셨으면 했어요……!"〉

라고 말하는 햇살을 가득 머금은 여주인공의 모습에 그야말로 소설 댓글창이 초토화가 됐었더랬다.

'……물론 나도 그중 하나였지.'

하지만 아무리 생각해도 나는 그런 해맑은 말을 내뱉을 수가 없어서 마일라에게 한 저 말이 한계였다.

'난 주인공이 아니니까.'

그래도 그런 눈물겨운 노력 끝에 마일라는 꽤 든든한 내 편이 되었다.

'그것도 내일이면 끝나겠지만.'

나는 지난 1년 동안 내일 하자, 내일 하자, 아직 시간 많이 남았으니 며칠만 더 쉬자⋯⋯라고 하며 일을 미뤘다. 현실 도피였다. 그리고 그 결과 조만간 땡전 한 푼 없이 쫓겨나게 생겼다. 마일라를 아무리 내 편으로 만들었어도 얘가 나랑 같이 집을 나가 주진 않을 거 아니야.

'다른 소설에서처럼 새 보금자리를 찾아야 하는 걸까?'

생각하니 한숨이 깊어졌다.

"아, 맞다! 오늘 간식으로 마시멜로를 동동 띄운 핫초코는 어떠세요? 오늘 본채에 갈 일이 있어서 마시멜로랑 초코 가루를 조금 얻어 왔어요."

"헉, 쪼아!"

마시멜로와 핫초코라니 이건 떨어진 당을 보충할 수 있는 최고의 기회다.

'핫초코에 마시멜로를 띄운 건 어떤 맛일까?'

나는 눈동자를 도르르 굴리며 생각했다. 전생에도 종종 먹고 싶기는 했지만, 늘 두 형제가 다 먹는 바람에 내 차례까지 돌아오지 않았던 간식이다. 나이가 좀 들고서는 아예 핫초코를 집에다 들여놓지를 않았던 터라 먹을 기회도 없었다. 성인이 된 뒤엔 사 먹을 순 있긴 했지만 굳이 그러고 싶진 않았다.

'마지막 선물이라고 핫초코를 준 걸까?'

어흐흑, 기특한 내 시녀.

"마이라, 나 업써두 잘 사라……."

내 지난 1년간의 노력…….

"네? 아가씨가 왜 없어요. 저는 계속 아가씨 곁에 있을 거예요. 금년 근무처도 우리 에이린 아가씨로 요청했는걸요."

"정말……?"

"네. 지원자가 더 없다면 제가 아가씨를 모시게 될 거예요."

"웅, 고마어……."

근데 마일라. 네가 일하는 근무처는 아마도 사라지게 될 거야……. 열심히 점수를 따 둔 게 조금 아깝긴 하지만, 그렇다고 나 때문에 본인의 삶까지 포기할 순 없는 노릇이니.

"핫초코 금방 타 올게요. 잠시 기다리세요."

"웅."

나는 얌전히 고개를 끄덕였다. 고아원에서라도 어떻게든 살아남아 보려면, 일단 지금이라도 잘 먹어 두는 수밖에 없다.

'그러고 보니…… 꽤 괜찮은 고아원이 어디에 있었던 것 같은데.'

분명히 성마대전의 영웅이 조용히 은퇴하며 운영하는 고아원이었다.

'왜 기억이 잘 안 나지?'

이상한 일이다. 소설을 그렇게 읽었는데 기억이 나지 않는다니.

'서재에 고아원 목록이 있었던 것 같은데 한번 가 봐야겠다.'

슬쩍 고개를 돌리자 근처에 있던 거울에 내가 비쳤다.

그나저나…….

'아무리 봐도 너무…… 귀여운데?'

나는 거울을 살짝 만졌다.

'현실이랑은 다르네.'

에탐 가문 사람들이 다들 예쁘고 잘생겨서 내가 눈에 띄진 않겠지만…… 파스텔 톤의 분홍색 머리카락에 새하얗고 통통한 뺨 그리고 벌꿀을 머금은 듯한 황금빛 눈동자가 객관적으로 봐도 사랑스러웠다. 또래보단 좀 몸집이 작아서 팔다리도 짧고 키도 꽤 작은 편이지만 나는 내 외모에 만족한다.

'귀여우면 뭐해……. 아무것도 못 하고 쫓겨나게 생겼는데.'

기껏 좋아하는 소설에 들어와도 할 수 있는 게 없었다.

'소설은 소설일 뿐이니까.'

우울함에 말랑말랑한 내 볼을 쭉 잡아당기고 있는데 곧 마일라가 돌아왔다. 나는 야무지게 핫초코를 마시고 슬쩍 낮잠을 자는 척을 하다가 마일라가 나가자 방을 쏙 빠져나왔다.

'그럼 일단 새 보금자리에 대한 정보를 얻어 볼까?'

이때의 나는 몰랐다. 그곳에서 절대로 만나선 안 되는 《입.양.각》 인물 Top 5 중 하나를 만나게 될 줄은.

* * *

언제나처럼 내가 서재에 도착했을 때 서재의 문은 빼꼼 열려 있었다. 이상한 일이었다. 여긴 이용객이 거의 없어서 늘 뽀얀 먼지가 쌓인 채 방치되어 있었으니까.

'어……? 분명히 며칠 전에 잘 닫아 놓고 갔던 것 같은데?'

의아한 얼굴로 서재에 들어가자 책장 근처를 느긋하게 둘러보고 있는 낯선 인물이 보였다.

'……누구지?'

검은색 머리카락을 가지고 여기에 있다는 건 방계나 직계 중 한 명이라는 얘기인데.

'처음 보는 사람이네.'

이 별채는 방계와 직계라면 누구든 이용할 수 있었다. 하지만 직계가 군이 별채를 이용할 일은 없다. 본채의 서재가 훨씬 좋고 방이나 시설도 여기와는 비교할 수조차 없을 테니까. 남자는 내 시선을 느낀 듯 슬며시 고개를 돌렸다. 그도 나를 파악하듯 고개가 가볍게 기울어졌다.

"혹시 신성 마법에 대해 적힌 책이 어디에 있는지 아니?"

자못 다감하고 부드러운 목소리였다. 빙긋 웃는 입가의 미소가 꽤 다정스레 느껴졌다. 천하의 나도 잠시 넋을 잃을 정도였다. 내가 군어서 대답하지 못하자 그는 금세 흥미를 잃은 듯 무심하게 다시 몸을 돌렸다. 아차! 대답해 줘야지.

"쪼기, 1번 구역에 처 뻔째 책장 두 번째 칸에 이써여."

나는 뒤늦게 정신을 차리고 대답했다. 그의 시선이 다시 내게 닿았지만, 나도 마일라가 오기 전에 빨리 돌아가야 했기 때문에 내 갈 길을 가려고 했다. 문득 소설의 한 구절이 떠오르지만 않았다면 말이다.

〈에르노 에탐은 이목구비가 또렷하고 수려했다. 황금빛 눈동자는 꿀을 담은 듯 반짝였고 세상의 모든 어둠을 빨아들인 것 같은 아름다운 흑발은 한번 만져 보고 싶다고 생각할 정도로 하늘거렸다.

그는 천상의 신이 모든 재료를 정성껏 빚어 만들었다고 해도 과언이 아닐 정도로 아름다운 사람이었으나 누구도 그에게 함부로 다가가지 않았다.

"그러고 보니 잘린 건 잘 받아 보셨는지. 박는 걸 꽤 좋아하는 것 같아서 온몸에 쑤셔 박아 드렸는데 맘에 드셨길 바랍니다."

다정한 미소와 은은한 비꼼이 느껴지는 욕인지 아닌지 모를 부드러운 말투야말로 에탐 가문의 마지막 후계자 후보, 악동 에르노 에탐의 상징이었다.〉

거기까지 떠오르자 눈이 번쩍 뜨이며 걸음이 뚝 멎었다.

에르노 에탐!

그는 이 에탐 가문의 희대의 천재라고 불리며, 에탐 가문의 막내 공자임에도 가장 유력한 후계자 후보로 거론되는 에탐의 악동이었다. 사실 그가 유명한 이유는 따로 있었다.

⟨그는 지독한 쾌락주의자였다. 흥미가 없으면 절대 움직이지 않았고 하고 싶은 것은 무엇이든 했고 가지고 싶은 것은 무엇이든 가졌으며, 본인에게 적의를 드러내는 것에게는 반드시 응징을 가했다.

그의 유일한 예외라면 그의 두 아들뿐이다.

에르노 에탑의 나쁜 점은 가진 것을 한껏 가지고 놀다가 질리면 누구도 가지지 못하게 부순다는 것이다.

세간은 그의 변덕과 잔혹함을 두고 드래곤의 피를 가장 짙게 타고났다고 평가하곤 했다.⟩

그는 언뜻 《입.양.각》에서 가장 온화해 보이지만, 사실 가장 변덕이 심하고 성정이 잔인한 사이코패스였다. 그리고 '광폭화'라는 에탑 가문 특유의 고질병이 가장 심한 사람이기도 했다. 오죽하면 마력을 억제하는 액세서리를 다른 가문의 사람들보다 여러 개 착용하고 있을 정도였다.

'뭐, 나랑은 상관없으니까.'

왜 여기까지 왔는지는 모르겠지만, 나는 어차피 내일 쫓겨날 테니. 나는 고아원 목록을 손가락으로 짚어 가며 더듬더듬 읽어 내려갔다.

'아, 찾았다!'

눈을 반짝이는 순간 책 위로 그림자가 길게 늘어졌다.

"뭘 보고 있니?"

에르노 에탐이었다. 그는 원하는 것을 찾은 듯 옆구리에 책 두 권을 끼고 있었다. 나는 바짝 긴장한 채 침을 꿀꺽 삼켰다.

"……책, 이여."

나는 더듬더듬 대답하며 혹시나 겁에 질렸다는 오해를 사지 않기 위해서 배시시 웃었다. 그는 본인 앞에서 벌벌 떠는 사람을 가장 싫어했으니까. 에르노 에탐의 눈이 먹잇감을 탐색하듯 슬며시 가늘어졌다.

"고아원 목록을?"

그의 타당한 질문과 의심이 가득한 시선에 나는 재빨리 머리를 갸웃했다.

"고……아언이 모예여……? 저어는 그냥 글짜 연습하고 이써여!"

일단 모르쇠 작전으로 가기로 했다. 손가락으로 더듬더듬 글자를 짚어 가고 있었으니 억지스럽진 않겠지.

"그래? 덕분에 책은 잘 찾았다. 근데 서고가 꽤 넓은데 잘 아는 것 같구나."

"자주 와써여."

"그래?"

다행히 그는 더 말꼬리를 붙잡고 늘어지진 않았다.

'내게 흥미가 없는 거겠지.'

그는 흥미가 없으면 눈앞에서 사람이 죽어 가고 있어도 구해 주지 않으니까.

"네, 자주 와써여."

내 심심한 대답에 그는 흥미를 잃은 듯 인형 같은 미소를 지어 보이곤 이내 몸을 돌렸다.

달칵.

문이 닫히는 소리와 함께 나는 책에 얼굴을 푹 묻었다.

"으아……."

너무 긴장한 모양이다. 심장이 쿵 떨어진 것만 같았다. 한숨을 내쉬며 고아원 주소가 적힌 페이지를 부욱 찢어 주머니에 넣곤 책을 다시 접었다. '새싹의 시간 고아원'……이라는 손발이 오그라들 것 같은 이름이었다. 고아원 이름을 보고 있으니 그제야 이곳에 대한 정보가 주르륵 떠올랐다.

'그러고 보니 그 고아원에 미래의 마탑주가 있었던가……?'

그리고 그 미래의 마탑주는 어느 귀족가에서 잃어버린 아이였는데.

'누구더라……?'

음, 모르겠다. 당장 내일 목이 날아갈지도 모르는 상황에서 지금 남의 사정 신경 쓸 때인가. 책을 잘 정리해 두고 막 서재를 나가려는 찰나였다.

팅—!

데구루루.

무언가가 발끝에 걸렸다. 고개를 숙이자 단조로운 은색 반지였다. 붉은색의 작은 원석이 박혀 있고 고급스러운 각인이 세공

22

된 것을 보아 절대 싸구려는 아니다.

'이건……'

문득 방금까지 이곳에 있다 간 에르노 에탑의 얼굴이 떠올랐다.

'이거 설마……'

광폭화를 억제하는 반지인가? 그는 광폭화를 억제하는 귀걸이를 포함해 몇 가지의 액세서리를 착용하고 있다고 들었다. 등줄기로 땀이 삐질삐질 흘렀다.

'이거 좀…… 위험하지 않나?'

나는 급히 반지를 쥐고 서재를 나섰다. 다행히 그는 멀지 않은 곳에서 느린 걸음으로 되돌아오고 있었다.

"저기, 이거……"

나는 혹여나 그가 폭주라도 할까 봐 두려워 토도도독 달려가 급히 반지를 건넸다.

"아, 찾고 있었는데."

"책쌍 밑에 이써써여!"

"그래?"

에르노 에탑이 빙긋 웃으며 내게 손을 내밀었다. 나는 혹여나 그의 손끝조차 닿지 않도록 조심스럽게 반지를 내려두고 후다닥 손을 뺐다. 그는 변덕스러운 성미에 상당한 결벽증까지 있어서 그가 허락한 이가 아니면 손이 닿는 것을 대단히 불쾌하게 여긴다고 했으니까. 반지를 가볍게 쥔 그가 몸을 돌리다 말고 멈칫했다. 그는 갑작스레 내가 준 반지를 인상을 찌푸린 채 노려보았다.

'그, 그렇게 더러운 거야……?'

나름 지문도 안 남게 옷자락으로 닦긴 했는데…….

"그럼 저능 바빠서 이만……. 안녀히 계세여……."

나는 대답 없이 반지만 노려보는 그를 향해 고개를 꾸벅 숙이고 슬금슬금 물러났다.

"하하, 재밌네."

그에게서 멀찍이 떨어졌다는 생각이 드는 순간 뒤에서 전혀 재밌지 않아 보이는 낮은 웃음이 들렸다. 나는 복도에서 꽁무니 빠져라 달리지 않기 위해서 그야말로 이를 악물어야 했다.

'짐승은 도망가면 쫓아온다…….'

'짐승은 도망가면 쫓아온다…….'

'짐승은 도망가면 쫓아온다…….'

얼마나 이를 악물었는지 방에 도착하니 이가 얼얼했다.

그리고 다음 날, 대망의 신년 회의가 다가왔다.

* * *

'졸려…….'

나는 아침부터 비몽사몽 손등으로 눈을 벅벅 문질렀다. 밤을 꼬박 새운 탓에 눈앞이 가물가물했다. 밤새 당직 하녀들의 눈을 피해 별채를 돌아다니면서 돈이 될 만한 걸 찾느라 바빴던 탓이다. 별채이긴 하지만 가문이 가문이다 보니 돈이 될 만한 것을 찾는 건 썩 어렵지 않았다.

'그래도 준비는 완벽해.'

오늘 예정대로의 일이 일어나더라도 모든 시뮬레이션을 마쳤다. 앞에서 말했지만, 나는 도마뱀 수인이고 아직 어렸다. 어린 수인은 종종 감정이 격해지면 인간화가 풀리곤 했다. 소설 속에서도 엑스트라의 이야기라 자세히 묘사되진 않았지만 바로 여기서 인간화가 풀릴 일이 생긴다는 거겠지. 어쨌든 모든 상황에 대한 계획을 세워 두었다.

첫 번째, 가장 베스트인 것은 인간화가 풀리지 않아서 내가 목숨줄을 연명할 수 있게 되는 것.

두 번째, 수인화가 풀리더라도 당황하지 말고 미리 탈출구를 봐 둔 곳을 통해 곧장 짐을 챙겨 이 저택에서 도망치는 것.

세 번째, 내 입으로 직접 나갈 테니까 하루만 유예를 달라고 하는 것.

1번이 가장 좋지만, 2번, 3번도 나쁘진 않다.

"아가씨, 가실까요?"

"웅……!"

나는 마일라와 함께 본채에 딸린 커다란 대회의실로 향했다. 그녀는 회의실 앞에 도착하자 쪼그려 앉아 나와 눈높이를 맞췄다.

"아가씨. 여기서부턴 제가 들어갈 수 없어요. 이름이 적힌 자리를 찾아 가셔서 앉아 계시다가 시키는 것만 하시고 나오는 거예요. 인사법은 알려드렸죠?"

"응."

"네, 저는 요 앞에서 기다릴게요. 우리 아가씨 조심해서 다녀오세요."

"이따 바, 마이라!"

볼 수 있다면 말이야. 마일라의 응원에 힘입어 나는 주먹을 꼭 쥐고 안으로 들어갔다. 하지만 이내 나는 걸음을 멈출 수밖에 없었다. 내 등장에 회의실에 있던 모두의 시선이 우르르 쏠렸기 때문이다. 심장이 쿵쿵 빠르게 뛰었다.

'사람 많은 거 싫은데…….'

이렇게 사람이 많을 줄은 몰랐다. 침을 꿀꺽 삼키며 내 이름표가 적힌 곳을 찾아 움직였다. 내 자리는 그야말로 넓은 회의장의 구석 중의 구석이었다. 가문 내 나의 위치를 확연히 보여주는 자리였다.

"저 애는 누구예요?"

"아, 왜 걔 있잖아. 그 개망나니가 밖에서 낳아 온 자식."

"아…… 용케도 애를 낳았네. 나도 자식 한 명 낳는 게 그렇게 소원인데…….."

"자네가 7년째였나? 에탐 가문은 직계나 방계나 아이를 얻기

26

가 힘드니 말이야. 그 개망나니 놈이 밖에서 얼마나 아랫도리를 함부로 놀리고 다녔으면 그 힘든 확률을 뚫고…….”

웅성거리는 소리가 적막을 뚫고 내 귓가에 쏙쏙 박혔다.

‘……대체 그 사람은 무슨 짓을 하고 다닌 거야?’

그냥 망나니도 아니고 ‘개망나니’일 정도면 악명이 자자한 모양이었다.

“그래도 그 술 냄새 풀풀 풍기며 다녔던 놈의 아이라기엔 제법 예쁘장한데…….”

“여차하면 자네들이 입양해서 키워 보는 건 어때?”

“입양?”

“그래. 저 애도 저렇게 부모 없이 자라는 것보단 입양이 낫겠지. 가뜩이나 손도 귀한데.”

어……? 세상에 나 방계에 입양되는 선택지도 있는 건가?

‘아니지. 근데 일단 난 진짜 이 가문의 혈족이 아니잖아?’

오늘 그 사실이 밝혀지면 저 마음도 사라지겠지?

생각하는 와중에 문이 활짝 열렸다. 웅성웅성 떠들던 소리가 뚝 끊겼다. 모두가 숨소리조차 죽인 채 천천히 자리에서 일어났다. 나도 허둥지둥 자리에서 일어나 엉거주춤 의자 옆에 섰다.

“에탐 가문의 12대 가주, 미르엘 에탐 공작 각하 입장하십니다!”

쩌렁쩌렁하게 올리는 문지기의 커다란 목소리와 함께 카펫 위로 풍채가 커다란 노인이 성큼성큼 들어왔다. 금과 은반지를 낀 주먹 위론 핏줄이 돋아 있고 뺨에는 길쭉한 상처가 있었다.

그리고 그 뒤를 따라 검은 머리카락과 황금빛 눈동자를 가진 직계 존속들이 줄지어 들어왔다. 그사이에는 빙긋 미소를 띠고 있는 에르노 에탐도 있었다. 느긋한 걸음으로 퍽 거만하게 들어오던 그는 나를 발견한 듯 걸음을 멈추고는 내게 손을 흔들었다.

'……뭐지?'

내가 마주 흔들어 주지 않으면 끝까지 흔들고 있을 기세다.

"뭐지? 갑자기 저 악동이……."

"악동은 무슨, 저놈은 그냥 악마……."

"근데 저 애가 대체 뭔데 손을 흔드는 거야……?"

"뭐긴. 저놈 변덕이 하루 이틀이오? 또 시작된 모양이지."

그가 끈질기게 손을 흔들자 시선이 내게 하나둘 쏠리기 시작했다. 나도 급히 작은 손을 달랑달랑 흔들었다. 그제야 그는 가장 마지막에 왔으면서도 당당하고 느긋하게 미르엘 에탐 공작의 바로 옆에 앉았다.

"신년 회의를 시작하겠다. 다들 마음에 드는 기획안을 가지고 왔길 바라지."

기획안?

'이게 다 무슨 소리지?'

당황한 채 눈을 도록도록 굴리고 있는데 문득 머릿속에 소설 속 한 구절이 떠올랐다.

〈에탑 공작가의 신년은 공작가의 모든 사람이 모여 자신의 연간 계획을 알리는 것으로 시작한다.

"이딴 걸 계획이라고 가지고 온 건가? 작년 내내 미쳐서 가정은 뒤로하고 술독에 빠져 살더니 뇌까지 알코올에 절었나 보구나. 어디 평생 술독에서 살게 해 줄 수도 있다만."

음, 아니 정정한다. 한 해를 대차게 깨지는 것으로 시작한다. 미르엘 에탑 공작의 마음에 드는 기획안을 내는 사람은 거의 없다시피 했고 기획안이 마음에 들지 않는다면, 그들이 작년 한 해 저지른 일이 낱낱이 까발려져 드러났으니 말이다.〉

나는 입을 떡하니 벌렸다.

'마일라아아아, 이런 얘긴 없었잖아아아!!'

내가 입을 떡 벌리고 경악에 젖어 있을 때 가장 먼저 호명된 누군가가 바짝 긴장해서 거무죽죽해진 얼굴로 가주의 앞에 섰다. 공작은 오만한 표정으로 고개를 까딱였다. 공작의 앞에 선 남자가 두툼한 서류를 조심스럽게 내려놓으며 입을 열었다.

"올 한 해는 새로운 연구를 시작해 보려고 합니다……. 최근 동대륙에서 새로운 식물이 발견되었는데, 이 식물이 심신을 안정시켜 주는 특이한 향을 내뿜는다고 하여 그것을 기반으로……."

"네놈은 기존 연구 자료도 읽지 않았느냐?"

성의 없이 서류를 훑으며 얘기를 듣던 공작이 말을 끊으며 서류를 가볍게 툭 던졌다.

"네……?"

그는 짧게 숨을 들이마시곤 입을 열었다.

"머리가 꽃밭이로구나. 약초만 연구하다 보니 대가리에도 꽃이 핀 것이냐? 이건 예전에 연구됐던 식물이다. 이 멍청한 아메바 같은 것아. 눈을 발바닥에 두고 사느냐? 하긴 연구비를 받아 고급 술집을 드나들며 술에 취해 내가 에탐 가문의 혈육이라며 쩌렁쩌렁 소리를 지르고, 가게에서 여자나 희롱하고 독초나 주워 먹다가 사경을 헤매 내 이름에 아주 대차게 똥칠을 하니 그럴 수도 있겠구나. 쯔쯧, 왜? 죽다 살아나면서 정신은 저승에 놓고 왔느냐? 어디 다시 저승 가서 가져오도록 해 주랴?"

"아, 아닙니다!"

"아니다? 오냐, 말 잘했다. 뭐가 아닌지 어디 말해 봐라."

"아, 아니 그게 아니라…… 가주님 말씀이 다 맞습니다! 가주님, 죄송합니다……. 다시 해 오겠습니다."

눈앞에서 맞이한 것은 그야말로 엄청난 폭로와 갈굼의 현장이었다. 그는 패닉이라도 왔는지 거의 울기 직전이었다.

'……아니. 저건 근데 혼날 만한 거 아니야?'

술에 취해서 진상을 부리고 희롱까지 했다니 말이다. 그 뒤로도 공작의 앞에 사람이 섰다 하면 털리기를 반복했다. 끝없이 쏟아지는 악담과 수치스러운 과거가 대회의실을 쩌렁쩌렁하게 울렸다.

'저 사람들 겨우 1년 동안 무슨 짓을 한 거야?'

갈수록 단상 앞에 서지 않은 사람들의 얼굴이 새하얗게 질리고 있었다. 그리고 다음 차례는 소년이었다. 이제 열세네 살쯤 되어 보였다. 방계 쪽의 아이 중 한 명인 듯했는데 바짝 얼어붙은 것이 거의 울기 직전이었다.

"고, 공작 각하……. 제, 제 올해 목표이자 계획은…… 아카데미에서 10위권 이내에 드는 것입니다……."

"작년 1학기 성적이 87위, 2학기는 128위였으면서, 10위권 이내에 들겠다고? 네가 생각하기엔 이게 현실적이라고 보느냐? 아니면 일단 내뱉어 놓고 지금만 모면하려는 거냐?"

"아, 아닙니다. 그, 그게 노력하면…… 가능할 것도 같습니다……."

"가능할 것도 같다? 하겠다는 것도 아니군. 그럼 스스로 성공 확률이 얼마나 된다고 생각하느냐?"

"그것이……."

"네 이야기는 들었다. 최근에 교사들의 평가가 바닥을 치고 있더구나. 질 나쁜 무리랑 어울리면서 공부는 뒷전이고 동급생이나 괴롭힌다는 얘기를 들었는데……."

공작의 말에 아이가 새하얗게 질렸다.

"리암? 돌대가리에도 재활용이 가능한 게 있고 불가능한 게 있단다. 나는 분명 권력으로 남을 찍어 누르는 걸 제법 좋아하지만, 그건 내가 이룩한 권력이기 때문에 가능한 거란다. 내가 없으면 네게는 뭐가 남느냐? 가진 거라고는 쥐뿔도 없으면서

동급생을 괴롭혀 자살 소동이 벌어졌다는 하소연이 내 귀에 들어오게 하다니. 네가 제정신이라고 생각하느냐? 나는 내 집안에서 재활용 불가능한 돌대가리가 나오는 건 사양이로구나. 돌은 불에 타지도 않으니 처분하려면 내가 얼마나 골치가 아플지 네가 알긴 하느냐?"

미르엘 공작이 쉬지 않고 쏘아붙였다. 나는 입을 떡 벌린 채 눈동자를 굴렸다. 저 사람은 한국에서 태어났으면 래퍼를 했어도 명성을 얻었을 것 같다.

"죄, 죄송⋯⋯."

"잘 들어라. 한 번만 더 내 귀에 이딴 가문을 똥칠하는 소문이 들려왔다간⋯⋯."

자못 차분하게 말을 내뱉던 목소리가 대번에 음산하게 깔렸다. 공작의 시선이 느리게 움직여 한쪽에 앉아 있는 중년의 남자와 여자에게 향했다. 얼굴이 새파란 것을 보아 아마도 저 아이의 부모임이 분명했다.

"개망나니 꼴 날 줄 알아라."

헉, 명대사가 나왔다. 이 저택에서 가장 큰 욕과 저주가 바로 저 말이었다.

'개망나니 될 줄 알아라.'

즉, 내 아버지⋯⋯로 여겨지는 사람을 가리키는 말이었다. 뜻은 가문에서 쫓겨날 줄 알라는 것이다. 에탐 가문에서 쫓겨나는 것만큼 괴로운 일도 없을 테니까.

"흡…… 흐읍. 네…… 네에…….."

아이가 차마 엉엉 울지도 못하고 혼이 잔뜩 나선 울먹이는 것이 안쓰럽기도 하지만, 학교 폭력은 안 될 말이지. 그 뒤로도 방계와 직계 아이들의 행렬이 계속해서 이어졌다. 그것을 가만히 지켜보고 있는 도중 문득 한 가지 의문이 들었다.

'어? 설마 이거 나도 해야 하는 거야?'

순서가 이어질수록 내 등줄기엔 땀이 삐질삐질 흐르기 시작했다.

……어?

어……?

어어……?

뭔가 불길함이 스멀스멀 기어올랐다.

"다음 칼란 에탐 님, 실리안 에탐 님."

그 호명에 화려한 외모의 두 소년이 성큼성큼 걸어 나왔다.

"올해는 하고 싶은 일이 그다지 없어서요. 올 한 해는 휴식기를 가질까 합니다, 가주님."

"저도 올해는 딱히 계획 없습니다. 5서클 앞두고 막혀서 휴식기를 가지려고요."

에르노 에탐을 꼭 빼닮은 검은 머리카락의 소년과 눈에 확 띄는 붉은 머리카락의 소년이 대차게 포부를 말했다.

'저 애들이 에르노 에탐의 아들이구나.'

《입.양.각》에서 여주인공을 향한 시스콤을 맡고 있던 형제였다. 저렇게 보여도 둘 다 상처가 있어서 여주인공의 해맑음에 속수무책으로 빠져든다.

"그래. 적절한 휴식도 필요한 법이지."

다른 아이들은 그렇게나 털었으면서, 당당한 휴식 선언에도 공작은 아무런 말을 하지 않았다.

'역시 세상은 돈과 인맥 그리고 운빨과 재능이야……'

그리고 나는 아무것도 없네?

"계속해라."

"네, 다음은 에이린 양. 나와 주십시오."

"……."

……망했다. 기어코 바라지 않던 내 차례가 돌아왔다.

"에이린 양?"

"네, 네에……."

나는 쭈뼛쭈뼛 자리에서 일어나 공작의 앞에 섰다. 풍채가 크니 위압감이 상당했다. 온몸이 근육으로 이루어진 것 같았다. 차마 농담으로라도 노인이라곤 할 수 없어 보인다. 공작의 무심한 시선이 내게 닿았다.

"말해 봐라."

'계획? ……계획? ……계획?'

머릿속이 새하얘졌다.

"제, 제 개혁은……."

지금 계획은 하나밖에 없는데?

"지, 집을 무사히 나…… 나가는 거예여……."

머릿속이 새하얘진 탓일까? 말이 뇌를 거치지 않고 나와 버렸다.

"……."

"……."

"……."

그야말로 지독히도 싸늘한 적막이 흘렀다. 무슨 말을 해도 가문의 이름을 등에 지고 저질렀던 잘못들을 속사포 랩처럼 읊었던 미르엘 공작의 얼굴에도 일순 당황스러움이 깃들었다.

'……망했다.'

나는 고개를 푹 숙이고 주먹을 꽉 쥐었다. 사람들의 시선이 모두 내게 꽂혔다. 심장이 쿵쿵 빠르게 뛴다. 바짝 긴장한 탓에 등줄기를 타고 식은땀이 삐질삐질 흘렀다. 거칠어진 호흡과 귓가에 울리는 이명을 달래며 나는 드레스 자락을 꼭 쥐었다.

"……집을 나간다고?"

가장 먼저 정신을 차린 미르엘 공작이 의아하다는 듯 입을 열었다.

"네……."

"그게 계획이라고?"

"네에……."

"왜?"

미르엘 공작은 정말로 궁금하다는 듯 물었다. 이유라면 많지만, 곧이곧대로 말할 순 없는 노릇이지.

"저가 추쌩으 비미를 아라 버려서여……."

적당한 답변을 생각하고 있는데, 이번에도 겁에 질린 혀가 뇌의 통제를 벗어나 멋대로 움직였다.

으아아아악!

미치겠다.

"……출생의 비밀?"

그 단어가 호기심을 자극했는지 미르엘 공작은 물론 다른 이들의 시선도 모두 내게 닿았다. 나는 혹여나 수인화를 하는 불상사를 막기 위해 눈을 부릅뜬 채 최대한 미르엘 공작과 시선을 맞췄다. 그러자 미르엘 공작의 눈가가 살짝 꿈틀거렸다.

"이 집안에 내가 모르는 출생의 비밀이 있다는 거냐?"

그는 이내 기가 찬 듯 내게 물었다.

"네……. 하다부지도 몰라여……."

나는 당연히 소설을 샅샅이 읽어서 모든 비밀을 알고 있지만, 그는 아니지 않은가. 그가 아무리 철두철미해도 귀족가의 치부라고도 일컬어지는 혈육 검사까진 하지 않았을 테니까.

"……."

"……."

갑자기 주변이 조용해졌다.

'뭐지?'

싸한 기분에 나는 반사적으로 입가를 무너뜨리며 배시시 웃

었다. 그러자 잠시 멈춰 있던 미르엘 공작의 눈썹이 크게 꿈틀
거렸다.

'웃으면 미움받지 않아.'

그건 내가 지금껏 살아오며 깨우친 진리 중 하나였다.

"그래. 무슨 비밀이냐?"

"모냐면……."

나는 침을 꿀꺽 삼켰다. 그러자 주변에서도 뭔가 침을 삼키는
소리가 들리는 것도 같았다.

"휴우."

혹시나 수인화를 하지 않기 위해 심호흡도 크게 했다.

"끙……."

그러자 주변에서도 한숨 소리가 들리더니 갑자기 톡, 톡, 톡.
책상을 두드리는 소리가 났다. 마치 초조하기라도 한 듯이. 나
는 애써 발표 울렁증을 털어 내며 자리에서 폴짝폴짝 뛰고 다시
한번 크게 심호흡을 한 뒤 입을 조심히 열었다.

"모냐면……."

긴장감에 슬쩍 옆을 보자 대회의장에 앉아 있던 사람들의 목이
앞으로 쭉 뻗어 있었다. 그뿐인가? 어쩐지 사람들이 나를 바라보
는 시선은 막장 드라마를 보던 시장 아줌마들을 닮아 있었다.

"저가 사시른……."

그 탓인지 긴장이 돼서 말이 더 나오질 않는다.

'옛날부터 발표 같은 건 완전 젬병이었는데!'

"요기의……."

내가 말을 간신히 이으려는 순간이었다.

"가주님! 큰일 났습니다."

병사 한 명이 내 말을 끊고 급히 뛰어 들어왔다.

"신년 회의 중인데, 무슨 일이냐!"

"하……."

미르엘 공작의 호통과 어딘가에서 들려온 탄식 소리가 겹쳤
다. 미르엘 공작은 잔뜩 화가 난 얼굴로 매섭게 고개를 돌렸다.
그 기세에 달려오던 병사가 주춤했다.

"그, 그게 부유석 광산이 무너져서 인부 몇과 관리자 하나가
갇힌 모양입니다."

"뭐라고? 대체 안전 관리를 어떻게 했으면! 사상자는!"

"아, 아직까지 사망자는 없고 다친 인부는 몇 되는 것으로 파
악이 됐습니다."

말이 끝나기가 무섭게 자리에서 일어난 미르엘 공작이 나를
한차례 노려보더니 이윽고 노기 짙은 얼굴로 으르렁거렸다.

"신년 회의는 며칠 뒤에 다시 할 테니 그때까지 모두 한동안
가문에 머물도록 해라."

"네!"

군기가 바짝 든 사람들이 혹여나 불똥이라도 튈까 벌떡 자리
에서 일어나 차렷 자세로 목소리를 높였다. 급히 병사에게 보고
를 받으며 자리를 떠나려던 미르엘 공작이 잠깐 걸음을 멈췄다.

"너, 너, 너. 그리고 너."

공작의 손가락이 긴장하고 있던 방계 중 몇몇을 집어 골랐다. 지목당한 사람들의 얼굴이 새하얗게 질렸다.

"긴말 안 하마, 이 답 없는 게으른 트롤 놈들아. 모가지 닦고 따라와라."

"가, 가주님……!"

지목당한 사람 중 하나가 애절하게 그를 불렀지만, 공작의 사나운 시선이 닿자마자 모두가 입을 꾹 다물고 후다닥 그의 앞에 달려가 고개를 숙였다.

"허, 네놈들이 지금 내 말이 우스운 게로구나."

"예……. 예……?"

"모가지 안 닦느냐? 왜, 내가 직접 닦아 주랴?"

"아, 아닙니다!"

그들이 급히 주머니를 뒤져 손수건을 꺼내 본인의 목을 벅벅 문질렀다. 손수건이 없는 사람은 급히 근처에서 손수건을 빌려 닦았다. 군기가 바짝 든 그 모습을 멍하니 바라보고 있는데 이번엔 공작이 휙 고개를 돌리더니 나를 보았다.

"너!"

"네…… 네에!"

그 부름에 나는 흠칫 놀라 내 목을 가리며 삑사리가 나도록 목소리를 높였다. 그러다 살짝 혀까지 씹었다.

"넌……."

"저, 저……."

너무 놀란 탓인지 나도 모르게 눈시울이 뜨거워졌다.

"저…… 저능 손쑤건 업써여……."

나는 급히 손으로 목을 가리며 웅얼거리듯 대답했다. 최대한 노력했지만, 목소리에 울먹임이 섞이는 건 어쩔 수가 없었다.

'나는 이렇게 작은데…….'

이렇게 큰 사람 앞에 서 있으려니 본능적인 두려움이 들었다. 내 울먹임을 듣기라도 한 듯 미르엘 공작은 굳은 얼굴로 자리에서 미동도 하지 않았다.

'화, 났나……?'

사람들의 시선이 모두 내게 향했다. 얼른 움직여야 하는 걸 아는데도 쉽게 몸이 움직여지질 않았다.

'울면 안 되는데…….'

그렇지 않아도 수인에다 이 집안 핏줄도 아닌데, 멋대로 얹혀산 탓에 미움받을 일이 한가득인데 거기에 또 업보를 쌓을 순 없었다. 나는 목을 가린 손에 힘을 풀려고 노력하며 아랫입술을 살짝 깨물다가 파들파들 떨리는 입꼬리를 간신히 들어 올렸다.

"업써서 재송해여……."

그 모습이 퍽 서럽게 보였는지 근처에 있던 다른 사람들이 안쓰러운 얼굴로 내게 손수건을 내밀었다. 근처에서 경비를 서고 있던 병사까지도 품 안 깊은 곳에서 꺼낸 하트 모양의 자수가 놓인 손수건을 조심스럽게 내밀고 있었다.

코앞에 내민 손수건만 10개였던 터라 나는 가장 가까운 걸 두 손으로 받아들었다. 다들 마치 죽으러 떠나는 장수를 응원하는 안쓰러운 얼굴로 나를 보고 있었는데 그걸 보고 있으니 한층 더 서러웠다.

"감삼미다……."

허리를 꾸벅 굽혀 인사를 건넨 나는 눈치를 살피며 타박타박 걸어갔다. 목을 닦는 것도 잊고 나를 멍하니 바라보는 사람들의 옆으로 가서 고개를 푹 숙였다.

"……."

"……."

사방이 적막했다. 구겨진 손수건을 갈무리해서 조심조심 목에 가져가려는 순간이었다. 갑자기 손수건이 사라졌다. 정확히는 누군가가 낚아채 간 것이었다.

"내…… 크흠! 내가 언제 너보고 목을 닦으라던? 다음 회의는 너부터 다시 시작할 테니 할 말을 잘 생각해 두라는 거였다!"

살짝 삑사리가 난 것 같은데, 착각이었나?

"저 안 주거여……?"

"내가 너 같은 조막만 한 걸 죽여서 어디다 쓰려고! 너같이 작고 비쩍 마른 솜털 같은 건 소여물로도 못 쓴다!"

그 말에 내 얼굴이 한층 더 새하얘졌다.

'저 사람들은 소여물이 되는 거야……?'

역시 매일 사람이 죽어 나간다는 에탐 공작가다. 게다가 판타지 세계니 뭐든 가능할 거다. 입을 벌리고 있는 나를 뭐로 생각한 건지 미르엘 공작이 입술을 몇 번 뻐끔거리더니 주먹을 꽉 쥐었다.

"넌 내가 대체 뭐로 보이는 게냐."

뭐로 보이냐고……? 뭘 묻는 거지? 호칭인가? 아니면 추상적인 의미? 후자를 말하면 악마라는 소리밖에 나갈 것 같지 않았다. 아무리 그래도 이 분위기에 그건 아니겠지.

"하, 하다부지여……?"

"……."

사방이 다시 적막에 휩싸였다. 본인의 목을 닦던 사람들도 이제는 입을 떡 벌린 채 나를 보고 있는 듯했지만, 시야가 좁아져서 그쪽으론 눈이 가지도 않았다.

훌쩍.

흘러나온 콧물을 훔치며 나는 미르엘 공작을 조심스럽게 올려다보았다.

"뭐라고?"

"하다부지……?"

그의 어깨가 움찔 떨렸다. 이게 아닌가?

"가주님?"

"크흠, 됐다! 이 솜털 같은 것아. 며칠 뒤에 보자."

그게 설마 며칠 뒤에 죽인다는 건 아니겠지?

"네에……."

그날의 회의는 어수선한 분위기에 끝맺었다.

* * *

'내가 대체 왜 그랬을까……'

오늘도 아침 일찍 눈을 뜨자마자 떠오르는 흑역사에 베개에 얼굴을 묻고 이불을 팡팡 찼다. 한참이나 흑역사에 몸부림치던 나는 마일라가 차려 주는 식사를 하고 야무지게 푸딩까지 먹은 뒤에 잠시 산책을 나왔다. 도망칠 루트를 파악하기 위해서 나는 매일 조금씩이나마 산책을 핑계 삼아서 여러 곳을 돌아다니고 있었다. 그리고 오늘 안착한 곳은 어쩌다 흘러들어온 정원에 있는 의자였다.

"어? 뭐야, 너 걔잖아? 너 가주님 앞에서 울었던 애 맞지?"

나보다 두어 살 더 많아 보이는 소년이 한 손에 공을 든 채 코앞에 얼굴을 들이밀고 있었다.

"……아냐. 울지는 아나써."

"뭐래, 솔직히 그 정도면 운 거지. 그래서 여기서 혼자 뭐 하는데?"

"……구냥 이써."

나는 벤치 의자에 앉은 채 무릎을 조금 끌어안으며 대답했다.

"그래? 안 심심해? 우리랑 같이 놀래?"

주근깨가 박힌 소년이 토실토실한 뺨을 실룩거리며 내게 손을 내밀었다. 생각지도 못한 제안에 나는 눈을 동그랗게 떴다. 옛날에도, 지금도 또래의 친구랑 놀아 본 기억이 거의 없었는데. 어린 몸에 들어왔다고 정신까지 어린아이가 된 것도 아닐 텐데 기쁨으로 심장이 두근거렸다.

"그래두 돼?"

"당연히……."

순박한 얼굴로 희게 웃던 또래 소년의 얼굴이 순식간에 야차처럼 변했다.

"안 되지!"

녀석이 내 어깨를 살짝 밀쳤다. 의자에 앉아 있던 터라 살짝 몸이 휘청거렸지만, 크게 아프진 않았는데 기분은 나빴다.

"야, 우리 엄마가 맨날 나한테 하는 말이 있는데 뭔지 알아? 부모 없는 애랑은 놀지 말래. 근데 넌 부모 없잖아?"

"……."

"야, 케이런. 뭐해?"

"얘가 우리랑 놀고 싶다고 껴 달라잖아."

내가 언제 그런 말을 했어. 자기가 끼워 주겠다고 했으면서. 올컥하고 억울한 마음이 들었다.

"얜 뭔데?"

"걔, 이번에 회의 때 운 애."

"아, 걔."

다가온 아이들이 나를 둘러싸서 옴짝달싹도 못 하게 했다.

"야, 관둬. 얘 집도 없이 여기 빌려서 사는 거 아냐? 집도 없는 애랑 어떻게 놀아. 엄마랑 아빠가 집 없는 애랑은 수준 떨어지니까 놀지 말래."

"……."

그러자 나를 밀쳤던 애가 이죽거리며 나를 보았다.

"넌 부모도 없고 집도 없고 성도 없고 심지어 친구도 없네? 대체 있는 게 뭐야?"

정확히 내 트라우마를 쿡 찌르는 말이었다. 사람을 대놓고 비꼬는 말에 주먹이 부들부들 떨렸다.

'참아야 해.'

주먹을 꼭 쥐고 버티는데 누가 내 머릿속 생각을 톡 건드렸다.

'근데 참아서 뭐 해?'

문득 든 생각과 함께 나는 몸을 움직였다. 저 얄미운 얼굴을 한 대 때리고 머리채를 휘어잡으려는데 이 어린놈이 움찔 뒤로 물러나더니 비열하게 웃었다.

"너 나 때리면 돈 줘야 대, 알지? 울 엄마가 때리면 비해 보상인가? 한다고 했어."

그 말에 반사적으로 손이 우뚝 멈췄다. 이 작은 것이 내뱉는 한마디 한마디가 짜증 났다. 이건 악의다.

뚝― 이성이 끊기는 소리가 들렸다.

참고로 난 대놓고 덤비는 악의를 이 악물고 참아 넘기는 성격은 아니었다. 약한 모습을 보이는 건 싫다. 그래서 늘 웃거나…… 차라리 개처럼 물어뜯었다.

"헹, 돈도 없으면서."

"……라고."

"뭐?"

나는 근처에 있는 내 얼굴만 한 바위를 향해 후다닥 달려가 이를 악물며 그것을 냉큼 들었다.

"어쩌라구!!!"

그러고는 뒤뚱거리며 달려가 그대로 놈들에게 내던졌다.

쿵―!

묵직한 소리가 났다. 물론 내 얼굴만 한 작은 바위는 멀리 날아가지 못하고 내 코앞에 떨어졌다. 다섯 살짜리가 바위를 들어 던져 봐야 놈들의 근처로 날아갈 리가 없다. 그래도 애들은 그 모습에 질렸는지 으악! 하는 이상한 소리를 내며 주춤주춤 뒤로 물러났다.

"부모 이써도 니들 가튼 인성이면 부모 업는 게 훠어어얼씬 낫다. 이 바보 멍충이들아!!"

"야! 너 엄마한테 다 이를 거야!"

"나, 나도……!"

"야, 그냥 가자. 불쌍하잖아."

어쩐지 울컥하는 말이었다.

"우리 형이 원래 없이 사는 애들은 가진 게 자기 목숨밖에 없어서 무슨 짓을 할지 모른대."

그 말에 우르르 몰려들어 나를 감쌌던 아이들이 병균을 피하듯 후다닥 멀어졌다. 나는 멀어져 가는 애들을 보며 주먹을 꽉 쥐었다.

"그리구 피해 보샨이다, 이 아메바들아!"

억지로 바위를 든 탓인지 손이 발갛게 물들어 있었다. 곧 물집도 잡힐 것 같다.

"내가 하루 이틀 단하냐?"

에휴.

나는 열이 오른 듯 뜨거운 눈을 손등으로 슥슥 문지르곤 의자에 다시 털썩 주저앉아 억울한 기분에 입술을 비죽였다.

"갠차나."

나는 내 허벅지를 살살 두드렸다.

"익쑥한데 머."

씁쓸한 기분을 달래려 애써 혼잣말로 중얼거렸다.

'전생에도 내가 얼마나 악으로 깡으로 버텼는데.'

이런 일이 한두 번 있었던 것은 아니었다. 전생의 나는 손이 귀한 종갓집에서 하필 장녀로 태어났고 그 탓에 미운털이 콱 박혀 있었다. 더 최악이었던 것은 내 뒤로 어머니가 남동생을 둘이나 낳았다는 거다. 첫째로 나를 낳고 할머니, 할아버지의 차가운 시선을 받던 어머니는 남동생을 둘이나 낳고서야 제대로 된 며느리로 인정받고 강남 노른자 땅에 있는 아파트를 받았다.

*[야, 너는 쪽팔리지도 않냐? 이런 학교에서 이런 옷 입고 다니는
거?]*

*[네가 이렇게 더럽게 다니니까 우리가 엿이나 먹잖아! 이런 게
누나라니 진짜 쪽팔려서, XX.]*

[XX, 누나 새끼야. 내가 눈에 띄지 말랬지!]

집안에 미운 오리 새끼가 괜히 생기는 게 아니었다. 그냥 권
력이 있는 누군가가 권력이 없는 누군가를 무시하고 경멸하면
생기는 것이다. 남성용이 분명한 펑퍼짐한 옷, 터질 것처럼 작
아진 교복, 용돈은 남동생들과 다르게 쥐꼬리만큼이었다. 하필
집은 강남이었던 터라 좋은 학군의 좋은 학교에 들어가 더욱 나
는 두눈박이 사이의 외눈박이 신세가 되었다.

처음에는 소소한 차별뿐이었다. 음식을 먹어도 좋은 부위는
전부 그놈들의 것이었고 상대적으로 맛이 떨어지는 부위는 내
것이었다. 새 옷을 사도 내 것은 없었다. 비싸고 좋은 것은 모두
형제에게 갔고 나는 그놈들이 질린 옷이나 얻어 입곤 했다. 아
버지는 무시했고 어머니도 나를 방관했으니 어린 형제는 내가
'무시해도 되는 것'으로 생각했다.

상하 관계를 알게 된 어린아이들은 지독했다. 한겨울에 외투
를 빼앗아 나를 바깥에 세워 둔 적도 있고 책가방을 진흙탕에
빠뜨려 내가 고생하는 모습을 촬영해서 학교 단톡에 퍼뜨린 적
도 있었다. 나도 나름 반항을 했었다.

[너, 너…… 네가 지금 날 때렸냐? 엄마!! 엄마, 누나가 나 때렸
어!]
[뭐? 어디 보자. 세상에, 상처가……. 다음 주에 할머니네 가는데
어떡하니, 바로 병원 가 보자. 차미소! 당장 방으로 들어가서 무
릎 꿇고 손들어! 다녀와서 보자.]

하지만 그때마다 가족들을 방패로 얼마나…….

'으, 생각하지 말자.'

점점 가라앉는 기분에 나는 머리를 흔들었다.

"맞다, 사탕!"

마일라가 나중에 간식으로 먹으라고 몰래 챙겨 줬던 사탕을
품에서 꼬물꼬물 꺼내 입에 쏙 집어넣었다. 달콤한 것이 입안을
가득 채우자 기분이 좋아졌다. 가만히 앉아 있는데 어딘가에서
새하얀 고양이가 폴짝 뛰어와 익숙하게 벤치 의자에 앉았다. 나
는 포슬포슬 새어 나오는 웃음을 참지 못하고 웃었다.

"안뇽, 고냥아."

먀아앙—

내 부름에 대답하듯 길게 운 하얀 고양이는 식빵을 굽는 자
세를 만들고 눈을 감아 버렸다. 나는 슬금슬금 고양이의 옆으로
조금 더 다가갔다. 푹신한 털과 살결이 살짝 닿자 온기가 느껴
졌다.

"고냥아, 나랑 칭구하까……?"

옛날부터 동물을 좋아했다. 동물은 내가 가진 것이 많든 적든 언제나 똑같이 대해 주니까. 내가 해 주는 만큼, 동물은 내게 돌려줬다.

"내가 딱히 칭구가 가지구 시픈 건 아니구……. 그냥 가끔 이러케 앉아서 얘기만 하께. 요기는 자주 와?"

먀아아앙—

고양이가 또다시 길게 울었다. 내가 쓰다듬어 주는 것이 퍽 기분이 좋은 모양이었다.

"아까 걔들이 징짜 엄마한테 이르면 어쩌지?"

정말 피해 보상이라도 요구하고 나서면 미르엘 공작의 귀에 들어갈지도 몰랐다.

'혹시 돈도 다 갚고 가라고 하면…….'

센 척은 했지만, 현실적인 문제를 생각하면 한숨이 푹 새어 나왔다. 고양이한테 신세 한탄이나 하는 스스로가 한심하게 느껴졌다. 내가 쓰다듬을 때마다 고양이는 그르렁거렸다. 골골송을 흘리는 걸 보니 기분이 좋은 모양이었다.

'고양이 키우고 싶다.'

외로울 때는 동물이 곁에 있으면 좋다고 하던데. 별채는 아주 넓으니까 고양이 한 마리 정도는 키워도 되지 않을까?

"이짜나, 나랑 가치 사까?"

나는 벤치에서 폴짝 뛰어내려 고양이를 품에 끌어안으려고 했다.

미야아앙—

하지만 고양이는 내가 귀찮은 듯 나를 피해서 폴짝 뛰어내려 수풀로 향했다.

미야아앙—

먀앙!

미웅!

그러자 수풀 속에서 새끼 고양이들이 퐁퐁퐁 얼굴을 내밀었다. 하얀 고양이는 자리에 서서 물끄러미 나를 올려다보았다.

'정말 알아듣는 것도 아닐 텐데.'

마치 정말로 말이라도 알아듣는 것 같았다. 어쩌면 내가 우연을 착각하는 것일 수도 있겠고.

"아, 가족이가 이꾸나?"

그럼 하는 수 없지. 나는 다시 벤치 의자에 앉아선 말갛게 웃으며 손을 팔랑팔랑 흔들었다. 하얀 고양이는 새끼들을 몇 차례 그루밍해 주더니 새끼들을 데리고 수풀 속으로 다시 사라졌다.

"내가 애두 아니구."

나는 고개를 도리도리 저었다. 옛날 생각이 나서 너무 우울해진 모양이다.

"마이라한테 가야지."

애교 부려서 푸딩이나 하나 얻어먹으면 이 기분도 금세 날아가지 않을까 싶었다. 나는 벤치 의자에서 폴짝 뛰어내려 타박타박 별채로 돌아갔다. 설마 그 모든 장면을 지켜보고 있는 사람이 있을 줄은 예상하지도 못한 채.

* * *

"……재밌네."

에르노 에탐이 창문 너머로 느릿느릿 걸어가고 있는 아이의 뒷모습을 보았다. 볼일이 있어서 잠깐 복도를 지나는 중에 들려온 목소리는 그의 발걸음을 멈추기엔 충분했다.

'저 애는 분명히…….'

이번에 미르엘 공작의 뒤통수를 제대로 때린 아이였다.

'도서관까지 와서 고아원 목록을 보고 있을 때부터 신기하긴 했지만…….'

에르노 에탐이 낮게 웃음을 터뜨렸다. 보통 에탐 가문에 태어났으면 어떻게든 에탐의 끝자락에라도 붙어 있으려고 하는 이들이 많다. 방계라도 말이다. 그런데도 방계의 아이가 굳이 집을 나가겠다고 고아원 목록을 볼 때부터 퍽 신기했었다. 작은 호기심이 일었고 에르노 에탐은 그 호기심을 놓치지 않았다.

그래서 일부러 반지를 떨어뜨려 봤다. 만약 아이가 반지를 가져오지 않으면 그것으로 호기심은 끝이었을 터였다. 아이에게는 갈 곳이 없다. 누구에게도 도움을 요청하지 않고 둥근 머리통을 책에 박은 채 더듬더듬 글씨를 읽어 나가는 아이의 뒷모습은 그렇게 말하고 있었다. 그러니까 저 아이가 떨어뜨린

반지를 가져다주면, 저 작은 것에게 잠시 돌아올 곳을 내어 주
자고 생각했다. 반지를 주워 오지 않으면 그냥 거기서 끝이었
을 터였다.

어디까지나 재미를 위한 가벼운 놀이.

"혹시나 했지만, 설마 정말로 집을 나갈 준비를 하고 있었을
줄이야."

그가 키득키득 웃었다.

'게다가 그 반지에서 느껴진 기운은 분명히……'

순간이지만 늘 머리를 깨질 듯 아프게 했던 광폭화의 증상을
환기하는 듯한 청량함이 느껴졌었다. 착각일지도 모르지만, 호
기심을 무시하지 않은 것은 그래서였다. 이번 해에도 꽤 제법
재밌는 일을 벌이려고 했었는데, 회의가 중간에 멈췄다. 에르노
에탐은 텅 빈 벤치를 물끄러미 보았다.

　　[야, 엄마랑 아빠가 집 없는 애랑은 수준 떨어지니까 놀지 말래.]
　　[넌 부모도 없고 집도 없고 성도 없고 심지어 친구도 없네? 대체
　　있는 게 뭐야?]
　　[너 나 때리면 돈 줘야 대, 알지? 울 엄마가 때리면 비해 보상인
　　가? 한다고 했어.]

　때로는 아이들의 말이 더 날카롭고 아프다. 아이들은 눈치를
볼 줄 모르고 솔직했으며 악의가 악의인지 모르고 숨길 줄도 몰

랐으니 말이다. 고개를 푹 숙인 아이는 풀이 죽어 보여서 곧 울음을 터뜨릴 거라고 생각했다.

"큭……."

그가 가볍게 벽을 두드리며 웃음을 터뜨렸다. 설마 거기서 제 얼굴만 한 바위를 들고 뒤뚱뒤뚱 걸어가 그걸 내던질 줄은 생각지도 못했다.

"뭐, 궁금한 것도 있으니 상을 줘 볼까."

그가 멈췄던 걸음을 재개했다.

"자식 교육도 제대로 못 한 놈들에겐 벌이 있어야겠군."

무릎을 끌어안은 작은 등과 고개를 숙이고 있던 머리통이 왜 한 번씩 아른거리는지는 알 재간이 없었다.

* * *

신년 회의가 다시 열린 것은 회의가 중단됐던 날로부터 정확히 일주일이 지난 후였다.

"너."

"네!"

"나와라."

나는 침을 꿀꺽 삼키며 조심조심 계단을 내려가 미르엘 공작 앞에 다소곳이 섰다.

"그래, 그때 네 계획까지만 들었었지. 나간다는 이유가 뭔지

나 들어 보자."

"추쎙의 비미리여……."

"그래, 그걸 한번 말해 보라고 하지 않느냐."

어쩐지 오늘따라 관중석…… 아니 회의실이 더 뜨거운 느낌이었다.

'사람이 조금 많아진 것만 같은 건 착각인가?'

마치 한창 재밌을 때 끝난 막장 드라마 다음 화를 보러온 아줌마들 같다. 머릿속에 떠오르는 시답잖은 생각에 나는 고개를 흔들었다.

'그래도 집 나갈 만반의 준비는 다 했으니까.'

혹시 인간화가 풀릴 때를 대비해서 도마뱀이 들고 갈 수 있는 보석류도 몇 군데 숨겨 놓고 왔다. 무사히 나갈 경우엔 그 보석을 전부 회수해서 보따리에 싸서 나갈 생각이었고.

"저가, 사시른여……."

그때였다. 등 뒤로 그림자가 길게 늘어졌다.

"사실은 그 아이가 내 따님입니다. 이렇게 밝힐 때가 됐군요. 그렇지?"

"네, 마자여……. 사시른 제가 따……알……? 넹?"

바짝 긴장한 나머지 들려온 말을 고스란히 따라 하던 나는 뒤늦게 이상함을 감지하고 굳어지고 말았다. 소리가 들린 쪽으로 고개를 돌리자 에르노 에탐이 특유의 느긋한 걸음으로 내게 다가오고 있었다. 눈앞에서 초원을 거니는 배부른 맹수에게 언제

55

먹힐지 모르는 먹잇감이 이런 기분일까?

"아가, 제대로 말해야지. 네가 내 아비다, 하고."

그는 부드러운 목소리로 전혀 그렇지 못한 내용을 내뱉었다. 저기, 그렇게 말하면 내일 아침에 태양은 볼 수 있나요? 나는 금방이라도 터져 나올 것 같은 말을 애써 누르며 눈동자만 도록 도록 굴렸다.

"어서."

정말로 하라고? 그의 단호한 눈빛과 채근에 나는 눈을 질끈 감았다. 힘없는 나는 까라면 까야지.

"네, 네가 내 아비다……."

"큭, 하하하!"

내 기어들어 가는 목소리를 들은 그의 웃음소리가 커다랗게 울려 퍼졌다. 얼굴이 시뻘겋게 달아올랐다.

"질 나쁜 농담하지 말고 물러나라. 지금 네가 나설 자리라고 생각하는 게냐?"

미르엘 공작의 음산한 목소리에 털이 쭈뼛 섰다. 보는 것만으로도 무서운 눈빛을 받으면서도 에르노 에탐의 입가는 부드러운 호선을 그리고 있었다. 그러나 눈은 웃지 않았다.

"하하, 재밌는 얘기를. 가주님께서 사는 내내 제가 언제 자리 보고 나섰던 적이 있었나요?"

"네놈은 근신에서 풀려난 지 얼마나 됐다고……!"

"아, 수첩에 가볍게 메모하는 것도 기억력 증진에 제법 좋다고는 하더군요, 가주님.”

미르엘 공작의 말을 가볍게 씹은 에르노 에탐이 말했다. 내 20년의 눈칫밥 경력이 말해 준다. 저건 100퍼센트 돌려 까는 것이다. 로맨스 판타지로 따지자면 우아하고 기품 있는 사교계의 화법이다. 방금 말한 저건 기억력이 나쁘다고 돌려 까는 것이 분명하다.

“에르노 에탐……!”

“그리 다정히 부르지 않으셔도 제 청력은 꽤 좋습니다. 가주님의 기준으로 생각하시면 안 되지요.”

그리고 이건 너는 몰라도 나는 너처럼 귀 안 먹었다고 고상하게 돌려 까는 것이다. 미르엘 공작의 꽉 쥔 주먹 위로 힘줄이 툭 튀어나왔다. 툭 드러난 힘줄 위로 활활 끓는 용암이라도 흐르는 것만 같다. 에르노 에탐은 정말 미친놈이라는 단어가 어울리는 사람이었다. 웃는 얼굴을 한 채 부드러운 목소리로 따박따박 말을 받아치는데 그게 다 뼈가 있다.

“또 시작이군. 저번 신년 회의는 왜 조용한가 했네.”

“중간에 끊겼으니까요.”

“그래, 그렇지. 이게 없으면 신년의 시작이 아니지. 에르노 님은 매년 저렇게 기행을 벌이시니…….”

“이번엔 저 애가 타깃인 모양이야.”

“그런가 보군.”

“저 애만 불쌍하게 됐어. 또 1년도 안 돼서 질릴걸요.”

"1년은 무슨, 반년이나 가면 다행이지."

두 사람이 본격적으로 말싸움을 시작하자 주변에서 웅성거리는 소리가 꽤 또렷하게 들렸다. 살짝 고개를 돌리자 나와는 제법 거리가 있는 사람들의 대화를 나누는 모습이 보였다.

'이 몸에 빙의하고 난 뒤로 이상하게 청력이 좋아진 것 같아.'

현대의 문명 기기와 멀어진 덕인가? 조금 의아할 따름이다. 근데 이런 일이 하루 이틀이 아니었구나.

'하긴 소설 묘사만 봐도……'

에르노를 천하의 미친 사이코패스로 설명하곤 했으니 일단 정상은 아닐 것이다. 《입.양.각》에서 에르노 에탑은 여주인공을 어쩌다 양녀로 들이게 되는데, 여느 육아물과는 다르게 그다지 달달한 부녀는 아니었다. 오히려 주변 사람들이 더 여주를 안달 냈지. 뭐랄까. 그냥 필요에 따라 서로를 이용하는 비즈니스 관계처럼 느껴졌다.

"반년? 글쎄요. 전 석 달 봐요. 작년엔 에르노 님이 남색에 빠졌다면서 신년 회의에 남자를 옆에 끼고 와선 가주님이 폭주하셔서 회의장이 초토화됐었잖아요. 그래 놓고 그게 한 넉 달 갔죠?"

"하긴, 가주님도 쓰러지고 난리였지."

"그래도 그만둘 때 에르노 님이 놀이 상대한테 준 돈이 작은 섬 하나를 살 정도였다던데?"

얘기를 가만히 듣고 있던 내 귀가 쫑긋 서는 이야기였다.

'아하— 이건 그러니까 공작을 엿 먹이기 위한 행동이구나.'

이제야 갑작스러운 그의 기행이 속 시원하게 이해가 됐다. 가슴이 뻥 뚫리는 기분에 나는 한숨을 길게 내쉬었다.

'만약 내가 그의 욕심에 가짜 딸 노릇을 하게 되면 당장 쫓겨나지도 않고 나중에는 돈도 받아서 나갈 수 있는 건가?'

길어야 반년이라고? 이건 너무…… 꿀인데!

장단에 맞춰 주면 무려 섬 하나를 살 수 있을 정도라고 하지 않은가.

'난 아직 어리니까 그거의 반 정도만 돼도…….'

평생 떵떵거리며 먹고사는 데 지장은 없을 거다.

나는 눈을 반짝 빛내며 익숙한 듯 상황을 지켜보는 사람들의 대화에 귀를 기울였다.

"그럼 뭐해요. 그깟 돈 다 필요 없으니 옆에만 있게 해 달라고 한동안 가문이 얼마나 시끄러웠는지……."

"근데 사실 전 이해해요. 그때 에르노 님이 얼마나 다정하셨어요. 필요한 거, 가지고 싶은 거, 그 계절에 없는 과일까지도 원하면 전부 구해 왔잖아요. 솔직히 그때 깜박 속지 않은 사람 있나요? 일단 전 아니에요."

오? 꽤 로맨틱했나 보구나. 하긴 《입.양.각》에서도 그는 늘 필요할 때 사람을 그렇게 이용하고 가볍게 놓아 버리곤 했다. 사이코 재질이 어디 가진 않았겠지.

"크흠, 뭐 그동안에 벌인 일과 비교하면 최고의 사기이긴 했지."

"사실 저 얼굴로 저한테만 다정하게 군다면 성격 다 알고 있으면서도 속지 않을 수 없을 거 같아요."

나는 고개를 끄덕거렸다. 아무래도 이런 미친 사이코패스가 오로지 나한테만 다정하다면 홀릴 수밖에 없지.

'물론 나는 다년간의 망할 형제들 덕에 그런 거짓된 애정에는 맷집이 생겼지만.'

그놈들도 한때는 다정하게 굴었다가 중요한 순간에 나를 엿먹이고 비웃었으니까 말이다. 덕분에 인간 불신도 생겼다.

"그래서 제 계획은 들어 주지 않을 예정이신지."

내가 뒤쪽의 흥미로운 대화에 귀를 기울이고 있을 때도 앞에 선 계속 실랑이가 있던 모양이었다.

"내가 언제 네놈에게 발언권이라도 줬느냐!"

"공평과 평등이 가주님께서 추구하시는 방향이 아니던가요? 아까도 말씀드렸지만, 수첩에 메모하는 습관은……."

그는 정말 사람의 속을 긁는 데 대단한 재능이 있는 사람이었다. 이것도 재능이라고 한다면 말이다.

"좀 닥치거라!"

"제 올해 계획은 뒤늦게 재회한 내 따님에게 좋은 아버지가 되는 거라고 할 수 있겠군요."

에르노 에탐은 꿋꿋했으며 표정에 조금의 변화도 없이 본인의 계획을 여상하게 읊조렸다.

"좋은 자식이나 되어 보거라, 이 패륜 놈아!"

"저런, 자식 농사 실패하셨군요."

60

싱긋 웃는 미소가 톡톡 튀는 레몬보다도 더 상큼했다. 그리고 그것이 미르엘 공작의 분노를 한층 더 크게 불러일으켰다.

"네놈은 대체 무엇이 불만이냐!"

우레 같은 음성에 나도 모르게 몸이 흠칫 떨렸다. 내 움찔거림을 본 듯 에르노 에탐이 익숙하게 나를 품에 안았다.

"내 따님 무서워하잖습니까. 목소리 좀 낮춰 주시죠."

헉, 안 돼. 여기서 미움 사게 하지 말라고!

나는 황급히 고개를 획획 저으며 허리를 한껏 비틀어 뒤를 향해 두 팔을 뻗었다.

"안예여! 에이린, 하라부지 안 무서여! 하라부지 머쪄여!"

"……뭐라?"

"하라부지, 안 무셔……."

아니다. 사실 아주 무섭다.

살기를 풀풀 풍기는 근육질의 백전노장 앞에서 미친 사이코패스 품에 안겨 있어 봐라. 땀이 삐질삐질 흐르고 손끝부터 차게 식는 기분이다. 그러나 내가 누군가! 감정을 숨기는 데엔 이골이 난 '네', '넵넵', '네!', '넵!'의 비즈니스 민족, 한국인이다. 나는 그의 기백으로 파들파들 떨리는 뺨에 힘을 주며 활짝 웃었다. 보통 사회생활은 이렇게 마음에도 없는 소리 꺼내 가면서 하는 거지.

"하라부지…… 하내지 마세여……."

내 표정을 본 미르엘 공작의 입매가 미묘하게 떨리더니 이내 말을 삼키곤 짧게 숨을 뱉었다.

"……더는 못 해 먹겠군. 신년 회의는 여기까지로 하지. 나머지는 전부 보고서로 만들어 직접 제출해라. 해산이다. 너는 나중에 보자."

미르엘 공작이 에르노 에탐에게 말하곤 잠시 나와 시선을 맞췄다. 애써 눈을 피하지 않고 마주 보고 있으려니 그의 눈썹이 살짝 치켜 올라갔다. 나는 차마 눈도 피하지 못하고 삐질삐질 흐르는 땀도 어쩌지 못했다.

'왜, 안 피하지?'

내가 먼저 피해도 되나? 곰은 눈을 피하는 순간 때려잡으러 온다던데…… 이런저런 생각에 빠져 있는 때였다. 시야가 갑자기 캄캄해지더니 무언가가 눈 위를 덮었다.

"보지 마십시오, 가주님. 내 따님 닳겠습니다."

"……뭐라고?"

"노안이 오신 건 알았지만, 귀도 나빠지셨는지요?"

내 눈을 덮은 것은 에르노 에탐의 손바닥이었던 모양이다.

에르노 에탐은 그 한마디만을 내뱉고 가주인 미르엘 공작조차 떠나지 않은 대회의장을 나가기 위해 몸을 돌렸다.

"가자꾸나, 따님."

"앗, 네, 안뇽히 개세여! 하라부지."

나는 앞이 보이지 않아 허우적대다가 그가 있을 법한 곳에 엉거주춤 상체를 숙였다. 물론 내가 인사를 하는 와중에도 에르노 에탐은 움직이고 있었지만. 에르노 에탐은 매년 하는 '신년 기행'이 성공해서 그런지 상쾌한 얼굴로 다정히 말하며 경쾌하게 걸음을 옮겼다. 나, 뭔가 안 들키고 잘 살아남은 건가……?

그 순간 문득 내게 경고를 하듯 소설 속 한 구절이 떠올랐다.

〈에르노 에탐은 네 발 달린 것을 싫어했다. 그중에서도 특히 비늘이 있고 바닥을 기어다니는, 뱀과 같은 파충류를.〉

어?

아니, 정정한다.

X된 것 같다.

* * *

"안녕, 따님. 좋은 아침이야."

"안뇽하세여……."

눈을 뜨자마자 옆에서 들려온 목소리에 흠칫 놀라 반사적으로 꾸벅 고개를 숙이자 그가 손을 뻗어 내 머리카락을 살살 쓰다듬었다.

'이 사람은 왜 맨날 여기에 오는 걸까……?'

에르노 에탐의 파격적인 기행 이후 일주일이 지났다. 나와 그는 말을 하지 않아도 이 상황이 역할극이라는 것을 알고 있었다. 그는 나를 실제로 호적에 올리지 않았고 나는 그에게 왜 나를 딸로 삼겠느냐는 말을 했는지 묻지도 않았다. 이건 그냥 연극이었다. 그는 가정적이고 다정한 딸 바보 아버지를 연기하며 최선을 다하고 나 역시 말 잘 듣는 귀여운 딸을 연기하면 그만인 연극.

당연하지만, 나는 별채에서 본채로 자리를 옮겼다. 침대는 한층 더 고급스러우면서 푹신푹신했고 이불은 보드라웠으며 식사도 만족스러웠다.

"아침 식사할 시간이란다."

그가 다정히 웃으며 말했다.

얼굴 하나는 정말 눈이 부실 정도라서 나는 홀릴 것 같은 기분을 애써 떨쳐 내고 활짝 웃으며 대답했다.

"네!"

그는 매일 아침, 식사 전에 반드시 나를 데리러 왔다. 그게 얼마나 귀찮은지 아는 나로서는 그의 정성에 탄복할 수밖에 없었다. 그야말로 사람을 홀리는 게 무엇인지 아는 사람이었다. 왜 그 '애인 대행'이었던 사람이 무너졌는지 알 것 같았다.

'하지만 내가 누구야? 절대 낚이지 않겠어.'

눈칫밥만 23년, 남들에게 어떻게 하면 잘 보일지, 동정심을 잘 살 수 있을지 몸소 깨우친 사람이다. 이런 연극엔 내성 만렙이라는 얘기다. 그러니까 앞으로 반년만 수인인 걸 들키지 않고 무사히 보낸다면 나는 세상에서 제일가는 부자가 될 수 있다.

'말 잘 듣는 착한 아이처럼 굴어야지.'

미움받지 않고 누구에게나 편한 사람이 되는 방법은 잘 알았다.

요구하지 않는다.

부정하지 않는다.

기대하지 않는다.

세 가지만 지킨다면 나는 누구에게나 편하고 쉬운 사람이 될 거다.

'아, 매달리지 않는 것도 포함인가?'

내가 얌전히 시녀의 손에 들려 옷을 다 갈아입고 나오자 에르노 에탐은 나를 덜렁 들어 올려선 가볍게 품에 안았다. 나는 최대한 그의 맨살에 닿지 않기 위해서 바짝 긴장한 채 안긴 척을 했다. 나와 그의 식사는 항상 에르노 에탐의 온실에서 하곤 했다. 계절을 무시한 꽃이 사방에 흐드러지게 핀 따뜻하고 아름다운 온실이었다.

"따님. 오늘도 가지고 싶은 건 없니?"

에르노 에탐이 나를 식탁 의자에 앉히며 물었다. 나는 고개를 저었다. 사실 가지고 싶은 거라면 돈밖에 없는데, 그건 어차피 에르노 에탐이 내게 질리면 주어질 것이 아닌가. 그러니 딱히 원하는 건 없다. 괜히 뭔가를 요구해서 귀찮게 하고 싶지도 않았고.

"흐음…… 그래?"

그의 목소리가 퍽 의미심장했다.

약간 심드렁함까지 느껴지는 음색에 나는 흠칫 놀라 그를 보왔다.

'아, 벌써 질리면 안 되는데.'

반년까지는 못 가도 석 달은 가야지 한 푼이라도 주지 않겠는가!

"필요한 게 있으면 뭐든지 좋으니 말해 볼래?"

"네, 저는 사실 돈이 아주 많이 필요해요!"

"역시 너도 다른 놈들이랑 똑같구나."

솔직히 이런 클리셰 같은 패턴으로 갈 것 같아서 말을 못 한 건데! 저러다 심기를 거슬러서 목이 뎅겅 잘리면 어떡해. 하지만 뭔가를 해 주고 싶은 딸 바보 아버지의 욕구를 채우지 못해서 불만인 것일 수도 있다.

'돈 말고…… 나한테 뭐가 필요하지?'

머리를 쥐어짠 결과 다행히 두어 개가 떠올랐다. 너무 속물적이지 않은 것으로 얘기해 볼까?

"저어, 사시른여……."

"그래, 편히 말하렴."

"마이라가 있으면 조케써여. 아, 마이라는 쩌기 살 때 저 돌바 준 칭구예여."

"……마이라? 네 전담 하녀니?"

"네!"

"흠, 그래? 내가 거기까진 신경을 못 썼구나. 조치를 취해 주

마. 조만간 다시 널 돌보게 될 거다. 더 없니?"

"있써여⋯⋯!"

내 대답에 에르노 에탐의 표정이 한층 더 화사해졌다. 그는 상냥하게 웃으며 내 뺨을 엄지로 가볍게 쓸었다.

"말해 보렴."

사실 이게 가장 중요한 목적이었다.

"저 개자가 가지구 시퍼여⋯⋯."

"개자?"

"네! 으냉에서 만드러여⋯⋯."

"으냉? 아, 은행 계좌."

나는 냉큼 고개를 끄덕였다. 나중에 돈을 받더라도 계좌가 없으면 현금을 고스란히 들고 다녀야 한다. 다섯 살짜리가 돈을 짊어지고 길거리를 걸어 다닌다? 나는 그 순간 툭 치면 현금이 나오는 걸어 다니는 현금 인출기가 되는 것이다. 돈만 뺏기면 다행이지. 자칫 질 나쁜 놈들에게 걸리면 죽거나 내 외모에 눈독 들인 놈들에게 인신매매를 당할 수도 있다.

뭣보다 내가 그만한 담력이 없었다.

"부탁이 겨우 계좌를 만들어 달라는 거니?"

그는 의아한 듯 드물게도 설핏 미간을 좁히며 물었다.

"계좌는 왜?"

"어⋯⋯ 도, 돈 마니 모으구 시퍼서여⋯⋯?"

"내가 주면 되지 않니?"

넌 곧 나한테 질릴 거잖아. 차마 그렇게 말은 못 하고 나는 그 저 어설프게 웃었다.

"혹씨 모르니까여……!"

내 변명 같은 말에 그의 눈이 가늘어졌다.

"내 따님은 벗어날 궁리만 하는구나. 신기하네."

그가 뭐라고 중얼거렸다. 얼마나 작게 말했는지, 아쉽게도 제 대로 알아듣진 못했지만.

* * *

이 세계에서 은행 계좌란 현대와는 개념이 조금 달랐다. 계좌 를 개설하면 통장이 아니라 금고를 주니까 말이다. 게다가 일단 계좌를 개설하려면 '계좌 개설금'이라는 명목으로 상당한 목돈 이 필요했다. 개인 금고 대여료와 열쇠 제작 비용, 마법 시스템 을 등록하는 등의 초기 비용이 꽤 든다고 했다. 그래서 은행은 귀족이나 돈 있는 상인이 주 고객이었다.

은행을 운영하는 곳은 마탑이었는데 모든 것이 마법과 마력 으로 이루어진 그곳이야말로 세상에서 가장 안전한 곳이다. 개 인 금고는 은행에서 삼중 마법과 결계로 철저하게 보호하고 계 좌에 접근하는 권한도 오로지 주인에게만 있었다. 그는 내 말에 고민하듯 가볍게 식탁을 검지로 톡톡 치더니 이내 빙긋 웃었다.

"어려운 일은 아니지. 말이 나온 김에 아침 먹고 같이 나갈까?"

바로 해 준다고? 내가 눈을 동그랗게 뜨자 에르노 에탐은 나를 다정하게 무릎에 앉히며 입을 열었다.

"내 따님이 바란다면 뭐든 해 줄 수 있지. 네 이름의 섬이 가지고 싶다면 섬을 사 줄 거고 집을 원한다면 집을 사 주마. 땅이나 광산도 나쁘지 않지. 그러니 가지고 싶은 게 있다면 언제든지 말하렴."

그는 자신이 해 줄 수 있는 것에 대해 여상하게 늘어놓았다. 그러나 나는 그런 미친 스케일의 선물을 받고 싶진 않았다. 다른 게 문제가 아니었다. 저게 척 보기엔 굉장히 좋아 보이지만 사실 크나큰 함정이 있다.

나는 언젠가 그와 좋게 헤어질 예정이다. 물론 큰일이 없다면 그가 준 선물은 내 명의로 남아 있겠지. 하지만 그와 헤어진 그 순간부터 그것들은 내가 관리하게 될 것이다. 그러면? 자연스럽게 억만금의 관리비가 필요하게 될 것이다. 즉 에르노 에탐에게 일확천금을 받아도 돈이 손에서 모래처럼 빠져나갈 거라는 얘기다.

그래도 고마운 건 고마운 거니까, 인사는 해야겠지.

"간삼미다, 아바……."

아니다, 귀여운 딸 노릇을 해야지.

"아빠!"

나는 활짝 웃으며 에르노 에탐을 끌어안아서 소리치곤 그가 불쾌해하기 전에 후다닥 떨어졌다.

"……."

평소라면 뺨이라도 쓸어 줄 텐데 어쩐지 그는 뻣뻣하게 굳은 채 입을 일자로 꾹 다물고 있었다.

"……이건 좀 신선하네."

그가 뭐라고 작게 중얼거렸다. 너무 작게 중얼거려서 제대로 듣지는 못했지만.

"다시 한번 말해 보겠니?"

"멀여……?"

"날 부른 호칭."

에르노 에탐을 부른 호칭이라면…….

"아빠……?"

그의 눈이 살짝 커졌다.

"한 번 더."

"아, 아빠……?"

그가 고개를 한차례 까딱였다.

'감히 가짜가 아빠라고 부르는 게 마음에 안 드는 건가?'

눈칫밥 잘 먹고 자란 나는 그게 뭘 의미하는지 알 수 있었다.

"아바지……."

계속 시키는 게 뭘 고치라는 것인 줄 알고 호칭을 고치는 순간 그의 눈썹이 위로 휙 휘어졌다. 에르노 에탐은 가만히 나를 보다가 아무런 말도 하지 않은 채 입을 열었다.

"그래, 왜 부르니? 따님."

"······?"

네가 부르라며, 이 미친 인간아! 역시 호칭이 마음에 안 들었던 모양이다.

"으응, 아니에여."

"그래?"

그가 내 머리카락을 슥슥 쓰다듬곤 고기를 먹기 좋게 잘라 내 접시 위에 올려 주었다. 가끔 그는 정말로 가정적인 아버지 같은 느낌이 들 때가 있어서 이 모든 것이 연극이라는 걸 알면서도 흠칫할 때가 있다. 나는 상념을 떨쳐 내며 야금야금 식사를 해치웠다. 가시방석에 앉은 것 같기는 해도 식사는 무척이나 맛있었다.

"후아, 마시썼따······. 잘 먹었습미다!"

야무지게 푸딩까지 한 그릇 비우곤 배를 통통 두드렸다.

* * *

"아가, 이리 오렴."

식사를 마친 그는 나를 품에 안고는 마차에 올랐다. 이곳에 와서 난생처음 타 보는 마차였다. 푹신푹신한 소파 위에 나를 앉힌 에르노 에탐이 맞은편에 앉았다. 나는 흘긋 그를 보았다. 보면 볼수록 정말 천상의 외모 그 자체였다. 거기에 매번 꿀이 뚝뚝 떨어지는 눈으로 나를 보았다.

'진짜 연기의 신이야…….'

현대였으면 남우주연상은 따 놓은 당상이었을 거다.

"내 따님은 머리는 좋은 것 같은데 욕심은 없는 것 같아서 걱정이야."

그가 다리를 꼬며 말했다.

"네……?"

"장난감은 좋아하니?"

"장난감여?"

나는 생각할 것도 없이 고개를 저었다. 에르노 에탐이 의외라는 표정을 했다.

"장난감을 싫어할 줄은 몰랐는데."

"장난감은 가지구 놀아 본 적이 업써서 갠차나여."

나는 철이 일찍 든 의연한 아이처럼 고개를 저으며 말했다.

'이러면 어른스럽다고 보통은 기특하게 여기니까.'

그리고 장난감을 가지고 싶지 않은 것도 사실이었다. 내 나이도 나이지만 정말로 나는 장난감을 가지고 논 적이 없었다. 사실 아는 맛이 무서운 법 아니던가. 모르는 맛은 그 음식을 보고 먹음직스럽다곤 생각해도 죽어도 먹어야겠다고 생각하진 않는다. 장난감도 마찬가지다. 재미를 모르면 하고 싶다는 생각도 들지 않으니 말이다.

게다가 이 시대의 장난감은 사치품 중의 하나였다. 귀족들만 살 수 있을 정도로 비싸단 얘기는 아니지만, 부모가 없거나 자식에게 관심이 없으면 딱히 신경 써 주는 부분은 아니라는 말이다. 이곳의 나는 시녀들의 손에 자랐고 전생에는 장난감 앞에서 손가락만 빨고 지켜보는 처지였다.

"……."

에르노 에탐은 무슨 생각을 하는지 모를 표정으로 말없이 나를 바라보다가 손가락을 튕겼다. 순간 마차가 방향을 바꿨다. 그리고 얼마 지나지 않아 마차가 멈췄다. 정신을 차리니 나는 입이 떡 벌어질 정도로 커다란 장난감 가게 앞에 서 있었다.

"아바지……?"

"내 따님이 장난감 하나 가지고 놀지 못해선 안 되겠지. 마음껏 골라보렴."

"저 갠차는……."

"아니면 이 가게를 사서 네게 주는 것도 좋겠구나."

그가 손을 까딱일 기세로 들어 올리는 순간 나는 흠칫 놀라냅다 그의 바짓가랑이를 붙잡았다.

포옥.

너무 급히 잡느라 얼굴이 그의 다리에 파묻혔다. 나는 발갛게 물든 코를 문지르며 헤실 웃고는 입을 열었다.

"아바지가 채고야, 나 고르께여."

나는 재빨리 마음을 바꿨다.

'그러니까 장난감 가게는 필요 없어! 관리할 능력도 없다고!'

이런 마음을 담아 간절하게 올려다보자 에르노 에탐의 눈썹이 미미하게 꿈틀거렸다.

그는 평소답지 않게 천천히 고개를 끄덕였다.

'장난감이라고 해도 뭐, 애들이 가지고 노는 건데…….'

장단에 맞춰 주기 참 힘들다고 생각하며 한숨을 삼킨 채 넓은 매장을 천천히 돌았다.

"와아……."

근데 진열된 상품들은 단순히 애들 장난감이 아니었다. 장난감들은 스스로 움직였다. 어떤 나무 조각은 심지어 걸어 다니기도 했다. 안에 마법사가 있는 스노우볼도 있었다. 마법사 피규어가 지팡이를 휘두르자 아무것도 없던 삭막한 스노우볼 안에 눈이 내렸다. 골렘을 조립하는 피규어 같은 것도 있었는데, 홍보 문구로 '재질이 실제 골렘의 파편'이라고 쓰여 있다.

'역시 판타지 세계…… 장난감도 스케일이 다르네.'

시간 가는 줄 모르고 한참이나 구경하다가 한쪽 구석에 진열된 인형 코너에 걸음을 멈췄다. 다양한 인형이 가득했는데, 유독 검은색 호랑이가 눈에 띄었다. 새까맣고 하얀 발바닥을 가진 호랑이 인형은 제법 멋들어진 하얀 옷을 입고 있었는데 뭔가 딱 에르노 에탐과 닮았다.

"저 요거가 조아여."

나는 한참의 고심 끝에 검은색 호랑이 인형 한 마리를 품에 안아 그에게 내밀어 보였다.

"다른 건?"

에르노 에탐이 묘한 표정으로 물었다.

"……요거?"

나는 다시 한번 인형을 살짝 들어 올리며 말했다.

"겨우 그거 하나? 더 골라도 된다. 하나뿐이면 금세 질리잖니?"

나는 고개를 흔들었다. 다른 것도 분명히 시선이 가기는 했지만, 가지고 싶냐고 물으면 딱히 그렇진 않았다. 인형은 예전부터 하나쯤 가지고 싶었고 나는 딱 이게 좋다.

"요거가…… 아바지 달마써여! 요게 조아여."

활짝, 딸 바보를 연기하는 아빠가 좋아할 법한 말을 하며 밝게 웃자 그는 잠시 침묵하며 나를 보더니 고개를 기울였다.

"……그래?"

"네."

"그럼 어쩔 수 없네. 내 딸이 날 닮은 그거 말고는 마음에 차지 않는다는데."

에르노 에탐은 살짝 올라간 톤으로 빙긋 웃으며 나를 품에 안은 후 계산대로 향했다.

"어서 오십시오, 손님! 계산 도와드리겠습니다."

"당신이 주인인가?"

"네? 아, 네 그렇습니다. 이 호랑이 인형 하나 구매하시는 걸까요?"

"그래. 그리고 이것과 같은 인형은 더 팔지 않았으면 좋겠는데."

에르노 에탐이 웃음기가 섞인 가벼운 목소리로 '권유'했다.

주인이 이유 모를 소름에 흠칫 어깨를 떨다가 이윽고 이성을 부여잡으며 머리를 흔들었다.

"네? 그게 무슨…… 이 상품은 방금 막 진열한 상품이라서……."

주인의 말이 채 끝나기도 전에 에르노 에탐이 척 보기에도 묵직해 보이는 돈주머니를 내려놓았다. 에르노 에탐이 오만하게 고개를 까딱이자 주춤거리고 있던 주인이 돈주머니를 슬쩍 확인하더니 조용히 입구를 여미며 입을 열었다.

"바로 매대에서 내리도록 하겠습니다."

그가 빙긋 웃었다.

"아, 그럴 필요 없네."

그가 손가락을 튕기는 순간, 정확히 호랑이 인형이 있던 매대에 불길이 화르륵―! 치솟았다.

"난 저것들이 존재하는 게 마음에 들지 않는 거니까."

"꺄아아악!"

"부, 불이야아!"

사람들이 혼비백산해서 비명을 지르며 도망가려는 순간 혹, 촛불이 꺼지듯 불길이 사라졌다. 남은 것은 시커멓게 타들어 간 인형이었던 것의 잔해뿐이었다. 그것도 정확히 호랑이 인형이 있던 곳만. 그는 경쾌한 발걸음으로 인형을 끌어안은 나를 한쪽 팔로 안아 들곤 가게를 나섰다.

"이제 날 닮은 인형은 내 따님만이 유일하게 소유하게 됐구나."

그는 퍽 만족스럽다는 듯 그렇게 말했다.

이, 미친 인간…….

"가, 간삼미다…… 아부지."

나, 이 사이코패스한테서 살아남을 수 있을까……? 그리고
그날 오후, 나는 1천만 로스트에 달하는 계좌를 얻게 되었다.

응, 역시 사람은 꿋꿋하게 살아가야지.

* * *

에탐 가문에는 일주일에 두 번 주기적으로 정기회의가 열렸
다. 에탐 가문은 제국에서 가장 큰 군수 사업을 필두로 다양한
사업을 운영하고 있었고 그로 인해 수많은 거래처가 있었으니
매주 두 번씩 회의하더라도 매 회의마다 논의할 거리가 산더미
였다. 다양한 안건과 사업에 대해 논하기 위한 자리로, 당연하
지만 에탐 가문의 직계 존속은 물론 중요 보직을 맡은 방계를
비롯하여 가신들도 참석해야 하는 중요한 회의였다.

회의 시간엔 미르엘 공작의 예민함이 하늘을 찌르는 터라 괜
히 털리지 않기 위해서라도 숨소리도 내지 않으려고 노력하는
그런 자리 말이다. 그리고 그 회의에서 기행 아닌 기행이 벌어
지고 있었다.

"따님, 아 해 보렴."

"아— 하웁!"

에르노 에탐의 말에 차마 거역하지 못하고 입을 벌린 나는 사

르르 녹아내리는 푸딩에 몸을 부르르 떨었다.

'맛은 있는데……'

시선이 따갑다. 나는 사방에서 느껴지는 시선에 눈을 질끈 감으며 입을 우물우물 움직여야 했다. 그러나 포기할 순 없었다. 내가 에르노 에탑의 딸로 취업한 이유가 바로 그들의 속을 썩이기 위함이 아니던가.

"에르노 에탑, 대체 며칠째 뭘 하는 짓거리냐!"

에르노 에탑의 기행은 하루 이틀이 아니다. 그래서 미르엘 공작은 그것에 웬만해선 신경을 쓰지 않으려고 노력했다. 특히 작년에 제대로 당하고 난 뒤에는 더욱더 그러려고 하는 것 같았다.

며칠 전에도 에르노 에탑의 팔에 대롱대롱 매달려 온 날 보고 눈을 치켜떴으면서 못 본 척 입을 다물고 있었으니까.

하지만 결국 세 번은 참지 못한 모양이다.

"내 따님의 간식을 챙겨 주고 있습니다만."

"굳이 회의 시간에 말이냐?"

"말은 바로 하셔야지요, 가주님. 내가 회의 시간에 따님의 간식을 챙기는 게 아니라 내 따님의 간식 시간에 회의가 잡힌 겁니다."

헛소리!

주변 사람들이 그렇게 소리치고 싶은 것이 훤히 보였다. 움찔거리는 손끝과 벌어졌으나 소리가 나오지 않는 입술을 보며 나도 속으로 한숨을 푹 내쉬었다. 그야말로 세상을 제 기준으로 보는 에르노 에탐다운 발언이었다.

'다 좋은데, 왜 내가 그 폭풍의 눈이어야 하는데……?'

앞으로 5개월하고도 2주가 더 남았는데, 이러다가 에르노 에탐의 변덕에 목숨줄이 위험한 것보단 공작한테 밉보여서 어느 날 갑자기 죽는 거 아닐까?

'절대 안 돼.'

내 목숨 절대 사수해.

"하라부지, 아바지, 나 푸링 안 머그께여."

"뭐라?"

"따님, 왜?"

미르엘 공작과 에르노 에탐이 동시에 물었다.

"아바지가…… 나 때무네 하라부지한테 혼나니까여……. 아바지 혼내지 마세여……. 혼나는 거 시러여……."

나는 시무룩한 얼굴로 고개를 저었다.

"에이린, 나쁜 아이 안 하께여……. 차칸 아이 하께……."

나는 일부러 눈꼬리를 축 늘어뜨리며 말했다. 근데 이러다 어느 한쪽의 심기가 불편해져서 나한테 불똥 튀면 어떡해?

"솜털 같은 것이 말은 잘하는구나. 내가 언제 네게 푸딩을 먹지 말라던? 이놈한테 회의 시간에 먹이지 말라고 한 것뿐이다. 솜털이, 네가 푸딩을 10개를 먹든 20개를 먹든 상관없다."

미르엘 공작이 코웃음을 치며 말했다.

소, 솜털이……? 이제 진짜 아예 대놓고 솜털이라고 부르는 거야……? 대체 이렇게 예쁜 분홍색 머리를 가진 솜털이 세상에 어디 있어! 근데 솜털이면 뭐 나쁘지 않은 것 같기도 하고…….

"하, 하디만……."

"또 뭐냐."

"마이라가 간식이는 간식 시간에만 머그래써여……."

나는 애써 의연하게 말했다. 물론! 에탐 공작가의 푸딩은 여태껏 먹어 봤던 푸딩 중에 가장 맛있는 터라 포기하긴 쉽지 않았다.

'예전에 가끔 학교 급식으로 나왔던 푸딩도 너무 맛있었는데…….'

반쯤 남은 푸딩을 보며 나도 모르게 침을 꿀꺽 삼켰다. 하지만 눈을 질끈 감고 고개를 돌렸다. 계속 보고 있으면 먹고 싶어질 것 같아서.

"갠차나여……!"

나는 애써 푸딩에서 시선을 떼고 주먹을 꼭 쥔 채 말했다. 미르엘 공작은 어딘가 퍽 마뜩잖은 사람처럼 나를 노려보더니 이내 팔짱을 끼며 고개를 홱 돌렸다.

"……됐다. 네 마음대로 하거라."

"그렇다는데 따님. 마저 먹어야지."

미르엘 공작의 허락이 채 떨어지기도 전에 수저는 코앞에 있었다. 탱글탱글한 푸딩이 수저 위에서 흔들렸다. 나는 움직이는 수저를 따라 열심히 눈을 움직이다가 작은 입을 새처럼 한껏 벌렸다. 에라 모르겠다. 허락은 받았으니까.

"아아— 하압."

입으로 들어온 푸딩은 그야말로 살살 녹아내렸다. 대체 뭐로 만들면 이렇게 맛있는 거야. 주변이 조용했다. 아기 새처럼 푸딩을 받아먹던 나도 이상함을 느끼고 슬쩍 시선을 돌릴 정도였다. 내가 고개를 돌림과 동시에 나와 눈이 마주친 회의실의 사람들이 갑자기 바쁘게 고개를 숙이고 서류를 훑기 시작했다.

'뭐지……? 착각인가?'

나는 슬금슬금 손을 올려 작은 손바닥으로 뺨을 이리저리 만졌다.

'뭔가 묻은 것 같진 않은데.'

갑작스럽게 집중된 이목이 그다지 익숙하지 않다. 서류철을 훑는 사람 중에는 뺨이 붉어진 사람도 있었다.

"하……."

내가 눈치를 보며 제대로 먹지 못하자 에르노 에탐의 짧은 한숨이 들렸다.

'헉.'

그의 한숨 소리에 내가 반사적으로 넙죽 푸딩을 받아먹고 다시 고개를 들었을 땐, 그들은 초조한 사람처럼 파드득 몸을 떨더니 급히 회의를 재개했다.

"따님?"

"네에."

내가 의아하게 회의를 바라보고 있자, 그가 나를 다시 불렀다. 그제야 나는 그의 가슴팍에 등을 기댄 채 편안하게 푸딩을 싹싹 비울 수 있었다.

"이번에 카르토프에 수출할 무기는 어떻게 되어 가고 있지?"

"그게 오더는 물밀듯 들어오고 있는데 재료가 부족합니다."

"또."

"네?"

"문제가 그거뿐만은 아닐 텐데. 일 키우지 말고 지금 말해라."

"네, 네! 지금 소유하고 있는 광산의 부유석은 캘수록 품질이 낮아지고 있고 양도 그다지 많지 않아서…… 지금 제작되는 것이 처음 만들었던 것에 비해서는 확실히 성능은……."

"골치가 아프군. 새 광산 수색은 아직도 진전이 없나?"

부유석?

나는 부른 배를 팡팡 두드리며 고개를 기울였다. 하늘에 뜨는 돌을 말하는 건가? 나는 작년에 이곳에 빙의했음을 깨달은 지 얼마 되지 않았을 때 부유석을 본 적이 있었다. 그때는 '돌이 날아다니네……. 와, 역시 판타지 세계인가…….' 하는 가벼운 생각만 했는데 생각해 보면 그게 부유석이 아닌가 싶었다.

'나중에 누가 또 부유석 광산도 발견하지 않던가……?'

아, 생각났다. 여주인공이다. 여주인공이 부유석 광산으로 통하는 입구를 발견한다.

어디서? 공작령 부지의 뒷산에서.

그럼 누군가는 의문을 가질 수 있겠지. 왜 공작령 부지에 하필 부유석이 있느냐고? 왜 공작은 코앞에 그 좋은 걸 두고 몇 년 동안 찾지 못 했냐고? 그야 당연했다. 이 소설은 여주인공에게 모든 행운이 몰빵되는 구조로 이야기가 진행됐기 때문이다.

'나중에 에탐 가문의 점수를 딸 여주인공한텐 미안하지만…… 하나 정도는 가로채도 되겠지……?'

최대 반년 동안은 혹시나 에르노 에탐의 변덕이 일찍 시작된다면 내 편을 들어 줄 사람도 있어야 하니까.

"아바지, 저가 질무니 이써여."

그런고로 나는 치사하지만, 미래의 여주인공이 가져갈 공적을 하나 가로채기로 했다.

"질문? 말해 보렴."

"네! 부유석이가 모예여?"

내 질문을 들은 그는 설핏 웃으면서 순순히 입을 열었다.

"하늘을 나는 쓸모없는 돌멩이란다. 철에 조금 섞으면 무기의 무게를 한없이 가볍게 해 주지."

"오와아……."

설명이 참으로 간결하기도 하다. 쓸모없는 돌멩이라니. 기억하기론 머지않아 전쟁의 판도를 바꾸고 혁명을 불러올 물건이 아니던가. 나는 일부러 과장되게 고개를 갸웃했다.

"왜?"

"저도 하늘이 나는 돌멩이 봐써여."

"뭐라?!"

콰앙—!

내 말이 끝나기가 무섭게 탁자가 굉음을 내며 크게 흔들리더
니 쩌적 금이 갔다. 미르엘 공작이 힘줄이 돋은 주먹으로 원탁
을 거세게 내리친 탓이었다.

"하늘을 나는 돌을 봤다는 것이냐?"

"쯧."

반으로 갈라져 무너지는 원탁을 보던 에르노 에탐이 나를 품
에 추슬러 안으며 자리에서 일어났다. 나는 그 경이로운 광경에
말을 잃었다.

'드래곤의 핏줄이라더니……'

주먹질 한 번에 이 커다랗고 두꺼운 원탁이 반으로 쪼개질 줄
은 예상치도 못했다.

"가주님께선 그 나이에도 꽤 혈기 왕성하십니다. 그대로 뒤로
가다 보면 곧 흙으로 돌아가시겠군요."

"난 지금 농담할 기분이 아니다."

"제 말이 농담으로 들리셨다니 슬슬 은퇴하시는 건 어떠실지."

미르엘 공작은 에르노 에탐을 상대하는 걸 포기했는지 고개
를 돌려 나를 보았다.

"아가씨, 부유석이 어딨는지 아신다고요?"

"하늘을 나는 돌을 어디서 보셨습니까? 혹시 장난감이었나요?"

"아니었다면 혹시 어느 산맥에 있었는지 기억하십니까?"

갑작스럽게 코앞까지 다가온 사람들의 모습에 나는 목을 움츠리며 고개를 절레절레 저었다.

"열 발자국."

가만히 지켜보던 에르노 에탐이 빙긋 웃으며 단 한마디를 내뱉었다. 그 순간이었다. 미르엘 공작과 그 곁에 있는 가신을 제외하고 내 코앞에 있던 사람들이 모세의 기적처럼 쏜살같이 후다닥 뒤로 물러났다. 정확히 열 발자국이었다.

"내 따님이랑 대화할 땐 그 정도 거리를 지켜 주면 좋겠는데……."

그가 느릿느릿 입술을 달싹였다.

"불만 있으신 분?"

그 상냥하고도 다정한 물음에 새하얗게 질린 모두가 동시에 고개를 저었다. 여기서 고개를 끄덕였다간 어떤 일이 일어날지 모두가 알았기 때문이다.

"아, 아가씨이이……."

열 발자국 떨어진 곳에서부터 모깃소리만 한 애처로운 부름이 들렸다. 내가 얼떨떨한 표정으로 서툴게 웃으며 고개를 돌리자 한 사내가 에르노 에탐의 눈치를 보며 조심스레 입을 열었다.

"지도를 보여드리면 혹시 아실까요오오……?"

나는 천천히 고개를 저었다. 지도는 볼 줄도 모르며 예전부터 지도를 읽는 덴 재능이라곤 눈곱만큼도 없었다. 1시간 전에 갔던 길도 돌아올 땐 까먹는 심각한 길치가 바로 나였으니까. 하지만 아무리 그런 나라도 뒷산으로 가는 길 정도는 안다.

"어디에 있는지는 모르는 건가?"

"아라여!"

"어디지?"

"뒤싸니여!"

"뭐라고……?"

미르엘 공작은 말을 알아듣지 못한 사람처럼 인상을 찌푸리며 물었다.

"뒷싼!"

"……어디 뒷산?"

"요기?"

"……여기 뒷산에 부유석이 있다고?"

"네!"

미르엘 공작은 말문이 막힌 듯 잠시 조용해졌다. 생각보다 너무 코앞이었던 탓이겠지. 물론 나도 소설 읽을 때 좀 황당했다. 이해해.

"뒷산이라니……. 혹시 누군가 던진 돌을 잘못 보신 건 아닐까요? 그것도 언뜻 보면 날아가는 것처럼 보이기도 하니까……."

"하지만 뒷산을 조사해 보지 않은 건 사실이지요. 있을 거라곤 생각도 못 했으니까……."

"하긴 아직 어린 아가씨께서 산맥을 가길 어딜 가셨겠어요⋯⋯."

"알아봐서 손해 볼 건 없지. 한번 확인해 보도록 해라."

"네, 알겠습니다."

대화 내용을 들어보니 내가 더 끼어들지 않아도 알아서 찾지 않을까 싶었다. 사실 허공에 둥둥 떠 있는 돌이 흔한 것도 아니니 말이다.

"따님."

그 부름에 나는 반사적으로 고개를 돌렸다.

쿡—

기다란 손가락이 뺨을 가볍게 눌렀다. 나도 모르게 눈이 동그랗게 뜨였다.

"아바지⋯⋯?"

"우리 따님은 아는 게 왜 이렇게 많을까."

그 의미심장한 말에 흠칫 놀라 막 눈동자를 굴릴 때였다.

"솜털이, 너⋯⋯."

미르엘 공작이 나를 부르는 순간 누군가가 급히 회의실의 문을 열고 들어왔다.

"공작 각하!"

"웬 소란이냐!"

"그게 다름이 아니라 일전에 명령하신 건에 대해서 급히 알려드려야 할 사안이 있어서⋯⋯."

회의실 문을 열고 다가온 남자가 급히 미르엘 공작의 귓가에 무언가를 속삭였다.

"……확실한 정보인가?"

"네, 보고에 따르면 9할 이상이라고 합니다."

태산 같던 미르엘 공작의 눈동자가 잘게 떨리더니 이윽고 자리에서 일어났다.

"그 아이의 딸자식이 그런 곳에…… 쯧, 오늘 회의는 여기서 파한다!"

미르엘 공작은 소식을 전하러 왔던 가신과 함께 바람처럼 재빠르게 회의실을 빠져나갔다. 다른 사람들은 무슨 사태인지 파악하지 못한 것처럼 보이지만, 나는 대충 알 것 같았다.

'여주인공이 오는구나.'

나는 에르노 에탐의 품에 안긴 채 가만히 생각했다.

'여주인공……?'

어어……?

'생각보다 빠르잖아?!'

원래 등장 시점이 이렇게 빨랐나? 아니, 물론 소설에 여주인공이 언제 입양되는지 날짜가 정확히 적혀 있지 않긴 했다. 어느 날 갑자기 찾아온 햇살 같은 여주인공은 순식간에 집안을 장악한다. '광폭화'를 진정시키는 능력 때문에 여주인공의 근처로 가면 에탐 가문의 사람은 편안한 기분이 든다는 묘사가 있었다. 그 때문인지 가장 심하게 '광폭화'를 겪고 있는 에르노 에탐이 제일 먼저 여주인공에게 관심을 가졌던 것 같다.

'공작이 여주인공을 데려오는 것은…… 왕복으로 생각했을 때 일주일 정도인가?'

여주인공이 나타나면 아마 나는 금방 잊히지 않을까?

"으음."

"따님, 무슨 고민을 그렇게 하니?"

바싹 붙은 귓가에 들려온 목소리에 몸이 절로 파드득 떨렸다. 귀를 붙잡으며 에르노 에탐을 보자 그는 왠지 모르게 화사하게 웃고 있었다.

'어……? 기분 상했다.'

이건 기분 나쁠 때의 화사한 미소였다.

"아바지……?"

그러고 보니 내가 이 인간 품에 있었구나.

"따님은 가끔 무슨 생각을 하는지 모르겠어."

"네?"

"슬슬 저녁 시간이구나. 오늘 저녁엔 내 아들들을 소개해 줄까 하는데."

"아들이여?"

"그래. 따님에겐 오빠가 되겠지."

신년 회의에서 당당하게 휴가 선언을 했던 그 두 사람을 말하는구나. 처음에는 여주인공에게 틱틱거리다가 결국 시스콤 포지션으로 넘어가서는 여주인공에게 껌뻑 죽는다.

'아들까지 소개해 준다니…… 이 사람은 연기를 정말 진짜처럼 하는구나.'

작년에 에르노 에탐과 사귀는 척을 했다던 남자가 왜 돈 따위 필요 없으니 옆에만 있게 해 달라고 매달렸는지 짐작이 됐다.

'진짜 나쁜 남자네.'

나는 고개를 절레절레 저었다.

'근데 그쪽과는 처음부터 사귀는 척만 하기로 거래를 한 거였다던데…….'

음, 이렇게 따지면 공과 사를 제대로 구분하지 못한 상대편 남자가 잘못인 걸까? 아니, 내가 지금 그 남자 생각할 땐가. 내 미래가 어두컴컴한데.

"싫니?"

"아녀! 아바지 조으면 저두 다 조아여!"

"그래?"

"네!"

그러니 어떻게든 열심히 그의 입맛에 맞는 아빠 바보 딸 노릇을 하자. 그리고 여주인공이 들어와서 이 사람이 나한테 질리면 계좌 들고 그때 봐 둔 고아원으로 떠나면 완벽해! 그나마 다행인 것은 한번 개설된 계좌는 본인이 아니면 결코 없애거나 돈을 꺼낼 수 없다는 거다. 그게 설령 부모라도 마찬가지다. 그 고아원에 있다가 미래의 마탑주를 잃어버린 귀족가에 되찾아 주고 의탁을 부탁해도 되겠지.

'일단 중요한 건 돈이야.'

생각하는 동안 에르노 에탐이 나를 방에 데려다주었다.

"따님은 내가 좋아?"

"조아여!"

"왜?"

왜냐고? 내 돈줄이라서……? 사이코패스지만 일에 대한 보수
는 확실히 챙겨 주니까……? ……라는 말은 차마 내뱉을 수가
없었기 때문에 나는 머리를 팽팽 굴렸다.

"자…… 잘쌩겨써여! 머쪄여!"

"그랬구나, 또?"

또? 뭘 더 어떻게 쥐어짜라는 거야?

"어…… 그리구 아주 쎄여! 아바지가 말하폰 사람드리 모두
호다다다 도망가여!"

"흐음."

뭐가 마음에 안 드는데! 나야말로 그가 도대체 무슨 생각을
하는지 알 수가 없었다.

"사시른여……. 저가 사람들을 마니 조아하지 안아서 아까 아
바지, 용사님 가타써여!"

"용사? 난 용사를 별로 좋아하지 않는데."

까다롭기도 하다, 정말.

"마완님……?"

내가 냉큼 손바닥 뒤집듯 말을 바꾸자 그가 픽, 가볍게 웃었다.

"그건 나쁘지 않구나. 그나저나 따님도 사람을 싫어할 줄은 몰랐는데."

아니, 싫은 것까진 아니고…….

"아녀, 근데 마니 안 조아해여."

내 말을 들은 그가 어딘가 흡족하게 빙긋 웃었다.

"내 따님은 나와 닮은 부분이 꽤 많네. 나도 개돼지…… 아니. 사람은 싫단다. 꽥꽥 시끄러워서."

방금 개돼지라고 했지? 방금 개돼지라고 하려다 말 바꿨지?! 나는 믿기지 않은 눈으로 그를 보다가 모른 척 어색하게 웃었다.

"그럼 저녁 식사 시간에 보자."

"네! 안녕히 가세여, 아바지."

나는 손을 살살 흔들어 그를 내보내곤 냉큼 침대 밑으로 기어 들어 갔다.

'휴, 아직 있어서 다행이다.'

침대 밑에는 내가 신년 회의 전날에 열심히 모아둔 돈이 될 만한 것들이 낡은 천에 잘 싸여 있었다. 별채의 이곳저곳에 있던 금으로 된 장식품이나 은으로 된 식기, 석상에 장식되어 있던 보석을 야무지게 뽑아 왔다. 이사하던 날 들키지 않고 가지고 오느라 제법 품이 들었더랬다.

'준비는 만반이야.'

슬슬 여주인공이 오겠지? 나는 에르노 에탐에게 매달리지 않을 거다.

'대신 돈을 달라고 하는 거야.'

제법 완벽한 계획에 나는 흐뭇하게 고개를 끄덕였다.

* * *

저녁 식사 시간이 되자 마일라가 분주해졌다. 그녀는 노란색 드레스를 내게 입히곤 얼굴을 슬쩍 붉히며 내 뺨을 살짝 만지작거렸다.

"역시 아가씨는 무슨 옷을 입어도 너무 귀여우신 것 같아요……."

"구래?"

"네, 정말요……."

본채로 온 마일라가 달라졌다. 원래도 상냥하고 좋은 사람이긴 했지만, 한층 더 의욕이 생겼다. 아마 내가 본채로 오고 마일라의 신분이 상승하면서 월급도 오른 덕이 아닐까 싶었다.

'역시 돈이 최고지.'

세상의 당연한 진리였다.

똑똑.

막 식사할 준비를 끝냈을 때 정갈한 노크 소리가 들렸다.

'아버지가 벌써 왔나?'

마일라는 나보다 더 놀란 듯 바짝 긴장한 얼굴로 급히 문을 열었다. 나도 옆구리에 호랑이 인형을 끼고 그를 환영하기 위해서 문 앞에 섰다. 그러나 문 앞에 있던 것은 에르노 에탐이 아니었다.

"얘야?"

"그런가 봐."

문을 연 나를 맞이한 것은 낯익은 두 소년이었다. 신년 회의 때도 본 적이 있었던, 에르노 에탐의 두 아들이었다.

"회의 때 봤을 때도 콩알만 했는데 가까이서 봐도 쪼끄마하네. 참나, 아버지는 이게 무슨 여동생이라고⋯⋯."

"형."

"아, 안다고 알아. 너 준비 다 했어?"

"어? 우웅⋯⋯."

타오르는 듯한 붉은 머리카락을 가진 소년의 황금빛 눈동자가 퍽 고깝게 나를 내려다보았다.

'이쪽이 칼란 에탐인가⋯⋯?'

날카로운 인상에 곱슬곱슬한 머리카락과 더불어 성격도 머리카락만큼이나 꼬여 있는 다혈질적이고 호전적인 성격의 소유자다. 성인이 되면 《입.양.각》 세계관 내에서 손에 꼽을 정도의 강자가 된다. 저 호전적인 성격 때문인지 검을 쓸 것처럼 보이지만, 의외로 마법에 재능이 있는 마법사였다.

"정말 작긴 작네."

그리고 왼쪽에 서 있는 검은색 머리카락의 에르노 에탐을 꼭 닮은 차분한 기색의 소년이 아마도⋯⋯.

'실리안 에탑.'

반대로 실리안 에탑은 몸을 안 움직일 것처럼 보이지만 의외로 검술에 많은 재능이 있다. 에르노 에탑과 생김새만큼이나 성격도 좀 비슷하다고 했다.

"그래? 그럼 가자."

실리안 에탑이 나를 보며 손을 내밀었다. 나는 조심스럽게 손을 붙잡았다. 열 살과 아홉 살짜리 소년들이라곤 믿을 수 없을 정도로 제법 키가 훤칠하다. 아, 참고로 칼란이 형이다.

'이게 바로 떡잎부터 다르다는 걸까?'

나는 손을 잡고 두 사람의 뒤를 토도독, 토도독 열심히 따라 걸었다. 근데, 얘네…….

"헉, 허억……."

좀 빠르지 않아?! 열심히 따라 걷던 나는 빠른 속도를 따라가지 못하고 나중에는 거의 질질 끌려가며 간신히 입을 열었다.

"오, 오다버니들……."

내 부름에 두 소년의 걸음이 부자연스럽게 뚝 멈췄다.

"너, 너모 빠라……."

이러다 너무 힘들어서 인간화 풀리겠어! 지금까지는 맨날 에르노 에탑 품에 안겨 다녀서 몰랐는데, 생각보다 대리석 바닥의 복도는 너무 길고 딱딱했다.

'투정 부리는 것처럼 들렸나?'

두 사람의 굳은 시선이 닿자 내 몸도 차갑게 얼어붙었다. 전생에 있던 남동생들의 싸늘한 시선이 떠오른 탓이다.

[그 눈 뭐야? 누나 지금 우릴 노려본 거야?]

[뭘 시켜도 이렇게 못하냐. 너는 멍청해서 대체 뭐에 쓰일지 궁금하다, 궁금해. 누날 낳은 엄마, 아빠가 불쌍할 정도야.]

그들은 내가 할 수 없는 일을 시켜 놓고 낄낄대는 걸 좋아했고 내가 그걸 해내지 못하고 반항이라도 하려고 하면 눈을 부릅뜨곤 했다.

"히히……."

나는 반사적으로 숨을 몰아쉬며 간신히 웃어 보였다.

"아냐, 나, 괜차나."

그 말에 칼란 에탑의 표정이 구겨지고 실리안 에탑의 표정이 미묘해졌다.

"근데 내가 발이 느려서…… 혼자 가께. 나 방해대니까 오라버니들 먼져 가여……."

"야, 너."

성큼성큼 다가온 칼란 에탑이 눈을 매섭게 뜨며 나를 내려다봤다. 그가 내게 손을 뻗었다.

'맞는 건 싫은데…….'

내가 눈을 질끈 감았을 때였다. 머리카락 위로 손길이 툭, 성의 없이 닿았다.

"못 오겠으면 말을 해야지. 미련하게 따라오고 있냐?"

"네 몸이 작다는 걸 생각하지 못했네."

칼란 에탑과 실리안 에탑이 조금 난감한 표정으로 말했다. 나는 질끈 감았던 눈을 조심스럽게 떴다.

"우리가 안고 가는 건 불편해?"

"저 무건데……."

"무겁다고? 상관없어."

칼란 에탑이 콧대 높은 얼굴로 코웃음을 치며 말했다.

"어차피 내가 안을 거 아니거든. 야, 실리안."

"……형도 참."

"난 몸 쓰는 데 별로 취미 없어."

어깨를 으쓱인 칼란 에탑이 실리안 에탑에게 나를 떠넘겼다. 실리안 에탑이 성큼성큼 걸어와 나를 덜렁 들어 올렸다가 뭔가 이상한 듯 고개를 갸웃하며 내렸다.

"가볍네……."

실리안이 작게 중얼거렸다.

"업히는 게 좋겠다."

실리안 에탑이 몸을 숙여 등을 보였다. 내가 쭈뼛거리며 다가가 어깨에 손을 얹자 실리안 에탑이 나를 등에 업었다.

"야, 너."

칼란 에탑이 자신의 머리를 손으로 거칠게 흩뜨리며 입을 열었다.

"넹……?"

"너 내가 불쌍해서 하는 말이니까 잘 들어. 너무 아버지한테 정 주지 마. 아버지는 원래 이런 장난을 종종 쳐."

옆으로 따라붙은 칼란 에탐이 주절주절 툭툭거리며 츤데레처럼 말을 늘어놓기 시작했다. 뭐야, 의외로 착하잖아? 나는 실리안 에탐의 등에 업힌 채 헤실 웃었다.

"그러니까 네가 딸이라는 것도……."

"아라."

나는 설핏 웃는 얼굴로 그의 말을 가볍게 끊으며 말했다.

"그래, 세상엔 이런 일도 있어. 그러니까 너무 마음…… 뭐?"

"나두 아바지가 나 안 조아하는 거 아라."

"안다고……?"

마침 식당에 도착했다. 나는 실리안의 어깨를 톡톡 두드렸다. 실리안이 의아한 표정으로 살짝 무릎을 굽혀 나를 내려 주었다.

"웅, 나두 비미리가 있으니까 갠차나."

부러진 수수깡 같은 작은 손가락으로 입술을 가볍게 누른 나는 그대로 몸을 돌려 식당으로 쪼르르 들어갔다.

"아바디!"

"따님, 낮잠은 잘 잤니?"

"네! 보고 시퍼써여……."

내가 도도도 달려가자 그가 화답하듯 두 팔을 벌려 나를 맞이했다. 나는 그의 품에 덥석 안겼다. 이것은 연극이다. 나도 그도 알고 있는 사실이었고.

"잘 데려왔구나, 수고했다."

"네, 아버지."

"콩알만 한 애 하나 데려오는 게 뭐가 어렵다고요."

원형 식탁에 둘러앉은 두 형제가 나를 흘긋흘긋 보았다. 그 미묘한 기류를 눈치챈 듯 내 뺨을 만지작거리던 에르노 에탐이 입을 열었다.

"왜 그런 표정이지? 따님이랑 무슨 일이 있었니?"

"아뇨, 없었어요."

"흐음, 그래?"

눈을 가늘게 뜬 에르노 에탐은 이상함을 눈치챈 듯했으나 굳이 더 캐묻진 않았다. 느긋하게 시작된 식사는 역시나 맛있었다.

"그러고 보니 가주님이 갑자기 저택을 비우셨다고 들었는데요."

"아, 내 누님의 딸을 발견한 모양이더구나."

나는 그의 허벅지에 얌전히 앉아 그의 슬라임이 되어 주었다. 뺨을 얼마나 조물조물 만져대는지 나중에는 살살 열이 오를 지경이었다. 물론 아팠다는 건 아니고.

"아버지의 누님이면…… 예전에 집을 나가셨다는 고모님이신가요?"

"맞다."

그는 가볍게 대꾸해 주곤 내가 품에 끌어안고 있는 호랑이 인형을 톡 건드렸다.

"인형은 잘 안고 다니는구나."

"녜, 마니 기여여."

"잘 때도 끼고 잔다던데."

헉, 어떻게 알았지? 옛날부터 인형을 품에 안고 자는 것이 꿈이었던 터라 자기 전에 슬쩍 이불 속에 끌고 들어왔던 건데.

왜 누구나 로망이 있잖은가. 커다란 인형을 끌어안고 자는 꿈.

'물론 이 호랑이 인형이 크진 않지만……'

그래도 아이들에게 애착 인형이 왜 생기는지는 알 것 같다. 촉감도 부들부들해서 안고 있으면 기분이 좋았다.

'얘도 집 나갈 때 가지고 나가야지.'

이 집 안에 있는 건 돈 이외에 더 가져갈 마음이 없지만, 이건 예외다. 내가 호랑이 인형에 얼굴을 묻고 비비적거리는 것을 보던 에르노 에탐이 무언가 홀린 사람처럼 내게 손끝을 뻗더니 뭔가에 놀란 듯 우뚝 멈췄다. 그 순간이었다.

파지직—

그의 반지에서 붉은 스파크가 튀었다. 갑작스러운 상황에 에르노 에탐의 눈이 가늘어졌다. 그가 나를 허벅지에서 내려놓으려는 순간, 반지에서 튀어나온 붉은 스파크가 반지를 깨부쉈다.

"큭……"

그가 손으로 머리를 짚으며 자리에서 일어났다. 그의 주변으로 연신 스파크가 일었다. 흰자위가 검게 물들고, 흘러내리는 벌꿀 같았던 홍채가 황금색과 핏빛 사이를 점멸하며 오갔다.

"칼란, 실리안. 당장 여기서 나가라……!"

"아, 아버지……."

"나가!"

나는 멍하니 휘청거리는 에르노 에탐을 보았다. 날카로운 송곳니가 돋아나며 으르렁거리는 신음이 그의 잇새로 흘러나왔다. 그것은 갑작스러운 광폭화였다.

II

나는 예상하지 못한 상황에 눈을 크게 뜬 채로 굳어 버렸다. 그
의 발아래로 내가 떨어지며 놓친 호랑이 인형이 나뒹굴었다.

〈에르노 에탐의 광폭화는 때때로 마력 억제 액세서리를 착용
하고 있어도 튀어나오곤 했다.

얼마 전에는 온실에서 가족과 식사를 하는 도중에 광폭화를 한
그가 광기에 휩싸여 사용인 십수 명을 죽이고서야 진정됐다.

그날 이후 그는 한동안 근신을 명령받으며 명실상부한 '에탐
가의 괴물'로 자리 잡았다.〉

문득 떠오른 소설의 한 장면에 나는 눈을 크게 치켜떴다.
'그게 오늘이었구나.'

그와는 맨날 온실에서 밥을 먹었기 때문에 전혀 염두에도 두지 않고 있었다.

'안 돼…….'

에르노 에탐은 그 사건 이후로 아들인 두 형제를 제외하곤 완전히 마음의 문을 닫아 버린다. 하지만 이게 왜 여주인공 행운 몰빵 소설이겠는가. 이런 에르노 에탐도 여주인공의 광폭화 진정 능력으로 인해서 조금씩 변해 간다. 물론 그때도 여주인공을 이용하려는 마음에 가깝게 지내는 것으로 묘사되기는 했었지만…… 그래도 여주인공이 원하는 것이 있다면 웬만해선 다 들어주곤 했다. 이번 시간이 지나면 미르엘 공작이 여주인공을 데리고 올 테고 모든 상황은 소설처럼 흘러갈 것이다.

'하지만…….'

저렇게 고통스러워 보이는데.

"야, 일단 광폭화가 시작되면 도중에 막을 순 없어. 아버지가 억누르고 있는 동안 말씀대로 나가자."

실리안과 대화를 끝낸 듯 달려온 칼란이 내 손을 잡아끌며 말했다. 그가 잡아끄는 손길에도 나는 쉽게 발이 떨어지지 않았다. 바닥에 나뒹구는 호랑이 인형이 어쩐지 울고 있는 것처럼 보인 탓이다.

'저 인형이 물론 진짜 에르노 에탐은 아니지만…….'

그래도 구해 주고 싶었다. 가장 힘들 때 외면당하는 것이야말로 가장 비참하고 초라하게 느껴지는 걸 누구보다 내가 잘 알고 있으니까.

'어떻게 하면 되지?'

나는 빠르게 머릿속을 샅샅이 뒤지기 시작했다.

'아, 그러고 보니⋯⋯.'

머지않아서 번뜩 떠오른 기억에 나는 주먹을 움켜쥐었다. 원작 소설이 끝날 때쯤엔 광폭화를 진정시키는 약물도 나왔다. 이건 여주인공이 발견한 건 아니었다. 굳이 따지자면 칼란 에탐이 나중에 발견하게 되는 식물이었다. 오늘 이 사건 이후로 칼란이 꾸준히 진정제를 개발하며 찾아낸 약초가 약물의 핵심 재료가 된다.

'이것도 생으로 먹거나 너무 오래 먹으면 부작용이 있기는 하지만⋯⋯.'

지금은 그걸 따질 때가 아니었다.

"오라버니⋯⋯ 나 아바지 두고 안 가!"

나는 칼란에게 붙잡힌 손을 간신히 빼내곤 온실 속 수풀 속으로 후다닥 달려갔다.

"야, 어디 가! 너 미쳤어?!"

칼란 에탐이 나를 부르는 소리가 들렸지만, 나는 힘껏 달렸다.

'여기서 아버지가 근신을 당하면⋯⋯.'

나는 눈을 질끈 감았다.

"내 돈이 나라가!!"

내 사례금! 행복하고 즐거운 미래를 위한 투자금! 그리고 꿈이 깰 시간이 너무 이르게 찾아올 것이다. 그건 싫어.

〈"참나, 진짜 우리도 멍청하다. 이렇게 대놓고 가까이 있는
걸 몰랐다니."
"그러게 말이야, 설마 아버지의 온실 속에 있었을 줄이야……."
"그것도 사시사철 빨간 열매를 맺고 있잖아? 여기는 늘 초여
름 같은 날씨니까. 어머니는 이걸 알고 있으셨던 걸까?"
"글쎄…… 가장 따뜻한 곳에서 가장 커다란 그늘을 이불 삼
아 자라는 식물이니, 어쩌면 이곳에 와 보라고 어머니가 우리
에게 준 선물이었을지도."〉

나는 숨이 턱까지 차올라 버거운 와중에도 머릿속을 살살이
뒤져가며 기억을 더듬었다. 그러자 기다렸다는 듯 막 약물 개발
에 성공한 칼란 에탐이 실리안 에탐과 대화를 나누는 장면이 떠
올랐다. 정보는 충분히 있다.
'가장 따뜻한 곳에서, 커다란 그늘 이불을 덮은, 빨간 열매…….'
나는 넓은 온실을 한참이나 뛰어다니다가 마침내 발견했다.
커다란 느티나무 아래의 그늘에 흐드러지게 열린 새끼손톱만큼
작은 새빨간 열매를. 문제는 이 꽃에 제법 가시가 많았다는 거
다. 손이 닿으면 아플 게 뻔했지만, 그보단 사람을 살리는 게 먼
저다. 그래도 아픈 건 싫어서 조심조심 열매 부분만 잘 따려고
했다. 혹시 모를 사태를 대비해 가지고 있던 보석이 든 주머니

를 탈탈 털었다.

'아깝지만…….'

나중에 다시 찾으러 오면 되니까. 나는 보석을 한쪽에 잘 모아두고 그 안에 열매를 가득 담았다. 그러고도 혹시 몰라서 양손에 열매를 가득 쥐고서야 나는 자리에서 일어났다. 열매만 따려고 했지만, 가시에 아예 찔리진 않을 수 없었던 터라 몇 방울의 피가 열매랑 뒤섞였다. 하지만 그건 눈에 들어오지도 않았다. 나는 다시 왔던 길을 빨리 돌아갔다. 급한 마음과 다르게 발이 자꾸만 꼬여 여러 번 바닥을 나뒹굴면서.

"크르르…….”

"커흑, 사, 살려 주…… 살려…….”

다시 도착한 곳에는 식탁이 바닥을 나뒹굴고 있었고 목이 잡힌 시종 하나가 버둥거리며 눈물을 쏟고 있었다. 에르노 에탐은 이미 이지를 잃은 듯 짐승 같은 울음소리를 흘리고 있었다. 늘 여유롭던 에르노 에탐이 아니다. 덜컥 겁이 났다. 나는 급히 그에게 달려가 바짓자락을 붙잡았다.

"아, 아바지…….”

나는 그를 부르며 다리를 통통 때렸다. 그 간지러운 감각이 느껴지긴 했는지 시뻘겋게 변한 그의 시선이 내게 닿았다. 눈을 가늘게 뜬 에르노 에탐이 새 먹잇감을 찾은 듯 씩 웃으며 시종을 바닥에 던져 버렸다.

"히이익!”

간신히 벗어난 시종이 바닥을 기어 멀찍이 떨어졌다. 에르노 에탐의 손이 이번엔 나를 향했다.

"야! 너, 대체 어디에……."

수풀 속에서 튀어나온 칼란 에탐이 나를 찾아다닌 듯 땀을 뚝뚝 흘리고 있었다.

"아버지!"

나는 칼란 에탐을 향해 고개를 저었다. 그 순간, 발이 허공에 붕 떴다. 그의 손에 뒷덜미가 잡혔다. 허공에 대롱대롱 매달린 꼴이 되었다는 거다. 그가 반대쪽 손으로 내 목을 조르려고 하는 순간, 나는 그의 얼굴에 몸을 날려 덥석 매달렸다. 마치 고목나무에 붙은 매미처럼 말이다. 그가 예상하지 못한 듯 주춤하는 순간이었다.

'지금이야.'

나는 그대로 손에 있는 열매를 에르노 에탐의 입에 쑤셔 넣었다. 잔뜩 뭉개진 열매가 그의 입안에 가득 들어찼다.

'내 피가 좀 섞이긴 했지만, 괜찮겠지.'

나는 그가 혹여나 열매를 뱉어 낼까 봐 두 손으로 힘껏 입을 막았다. 필사적으로 매달려 그의 입을 막고 있자 그가 나를 떼어 내기 위해 허공에 손을 휘젓더니 결국 중심을 잃고 뒤로 넘어갔다. 바닥에 주저앉은 그가 움직임을 멈췄다.

'통하고 있나?'

나는 허둥지둥 새 열매를 꺼내기 위해 손을 꼼지락꼼지락 움직였다. 작은 손 하나론 무리였는지 열매가 바닥으로 우수수 떨어졌다.

"아, 안 대……."

겁에 질린 몸이 잘게 떨렸다. 바닥으로 향하는 손끝은 이미 흙과 작은 생채기로 엉망이었다.

덜덜.

살기가 나를 짓눌렀다. 화가 난 사람은 무서웠다. 가족들은 모두 나만 보면 화를 냈으니까. 나는 내가 잘못된 줄 알았던 적도 있었다.

'괜찮아, 여긴 그 집이 아니야.'

나는 애써 불온한 기억을 떨쳐 내며 바닥에 떨어진 열매를 주우려고 했다. 대신 뻗어 나온 손이 아니었다면.

"이게 필요한 거야?"

칼란 에탐이었다. 내가 대답도 못 하고 고개를 끄덕이자 그가 바닥에 떨어진 열매를 주워 벌벌 떨리는 내 손에 쥐여 주었다. 내가 다시 그 열매를 에르노 에탐의 입에 가져가려는 때였다. 커다란 손이 뻗어 와 내 벌벌 떨리는 손등을 조심스럽게 감싸 안았다. 에르노 에탐이었다.

눈이 절로 크게 떠졌다. 붉었던 그의 눈동자는 어느새 원래대로 돌아와 있었다.

"아바지……?"

"……그래. 다쳤구나, 따님."

108

그는 설핏 인상을 찌푸리며 내 손을 보았다.

"아바지…… 하내지 마……. 무셔여……."

그제야 뒤늦은 공포감이 밀려왔다. 나는 차오르는 눈물을 차마 떨쳐 내지 못하고 울먹거리며 그에게 말했다. 그가 누워 있던 몸을 일으키며 나를 품에 단단히 끌어안았다.

"……그래. 이제 괜찮다."

그가 평소와 같은 모습으로 내 머리를 토닥거렸다. 커다란 손길에 짧은 숨과 함께 참았던 눈물이 터져 나왔다.

"흐어어엉……!"

"쉬이, 진정하렴……."

한참을 훌쩍이며 울던 나는 그제야 시선을 바닥에 던졌다. 바닥에는 호랑이 인형이 있었는데 이미 이리저리 채인 탓인지 흙투성이가 되어 더러워져 있었다.

"내 아바지 이녕……."

인형을 줍기 위해 손을 뻗으려 했지만, 몸이 말을 듣지 않았다. '아까 쏟아 버린 보석도 가져와야 하는데…….'

거기에 긴장이 풀린 탓인지 눈꺼풀도 무거웠다. 나는 잠을 쫓아내기 위해 열심히 고개를 저었지만, 결국 몰려오는 졸음을 이길 순 없었다. 시야가 금세 깜깜해졌다.

* * *

툭, 아이의 고개가 아래로 떨어졌다. 에르노는 느리게 손을 뻗어 아이의 코밑에 손가락을 가져다 댔다. 색색거리는 규칙적인 숨이 아이가 아직 멀쩡히 살아 있음을 알려 주었다.

"아버지, 괜찮아요?"

"그래, 괜찮다."

그도 이렇게 전조가 없는 폭주를 겪은 것은 처음이었다. 그리고 이렇게 빠르게 폭주가 멈춘 것도. 참 이상한 일이었다. 보통은 폭주가 일어나기 일주일 전부터 느낌이 오곤 했으니까 말이다. 광폭화가 다가오면 저기압이 되고 별것 아닌 일에도 울컥울컥 살인 충동이 일어난다.

그때쯤 되면 그도 잠시 외출을 하곤 했다. 세상엔 합법적으로 죽어도 되는 쓰레기들이 아주 많았으니 말이다. 그러나 오늘의 광폭화는 지금 이 순간까지 전혀 그런 위험한 충동이 없었다. 그 탓에 몸이 한계까지 몰린 것을 눈치채지 못했다.

'생각해 보면 2주 전쯤에 분명 전조가 있었는데.'

2주 전이라면…….

'마침 이 애를 만난 날이었지.'

반지를 받았을 때의 청량함이 떠올랐다. 그리고 입안을 맴도는 달콤하며 쌉싸름한 맛도. 이 향이 코끝을 가득 채운 순간…….

'광폭화가 진정됐다.'

그뿐이랴. 아직도 혀끝에 비릿한 향이 아주 옅게 맴돌았다.

110

아마 아이의 피가 분명했다. 아니나 다를까 아이의 손이 생채기로 엉망이다. 이 작은 아이를 딸이라고 칭한 것은 그저 새로운 심심풀이의 시작이었다.

"인형……."

그는 아이를 품에 안은 채 자리에서 일어나며 바닥을 나뒹구는 호랑이 인형을 주웠다. 흙으로 엉망이 되어 짓밟힌 인형은 아이가 안고 다니던 것만큼 깨끗하지 않았다.

"……다 태워 버리는 게 아니었을지도."

그가 작게 중얼거렸다. 에르노 에탐은 난생처음으로 자신이 저지른 일에 후회를 느꼈다. 몇 개라도 남겨 놨다면, 이런 일이 있을 때 아이에게 새것을 돌려줄 수 있었을 텐데 말이다. 그가 느리게 주변을 훑어보자 한껏 겁에 질려 근처로 다가오지도 못하는 사용인이 보였다. 언제 폭주할지 모르는 시한폭탄을 보는 듯한, 희게 질린 눈이다. 그가 어릴 때부터 느꼈던 시선.

'그래. 보통은 저게 정상이지.'

살기 위해서 먼저 도망치는 것. 위험한 것은 자신에게서 멀리 떨어뜨리는 것. 본인의 아들들조차도 도망을 먼저 우선순위로 잡았다. 자신이 그렇게 교육했으니까. 광폭화가 시작되면 멈출 수 있는 방법은 한 가지뿐이었다.

더 강한 상대가 광폭화한 존재를 때려눕혀 강제로 기절시키는 것. 그러나 그를 때려눕힐 만한 사람은 저택에 존재하지 않았다. 그나마 견줄 만한 미르엘 공작이나 가문의 첫째는 출타

111

중이다.

"아버지, 다행히 죽은 사람은 없는 것 같습니다."

"그래."

그럼에도 그는 지금 한 사람의 피도 보지 않고 정신을 차리고 있었다. 본래라면 아무도 막을 수 없었을 것이다.

'그런데 막았지.'

이 작고 어린 것이.

오다가 몇 번이고 넘어졌는지 흙투성이가 되고 손에는 생채기가 생겨 와서는 기어코 본인의 품에 안겨 광폭화를 막았다. 자칫하면 아이의 목숨도 앗아갔을 텐데.

"전부 정리시키렴."

"네, 아버지. 내가 하고 갈 테니까 형은 아버지랑 먼저 돌아가."

"어, 그래. 그 김에 아까 이 애가 쥐고 있던 열매 좀 찾아서 갖다줘. 어쩐지 그게 광폭화를 진정시킬 수 있는 열매인 것 같아. 한번 알아봐야겠어."

"알겠어."

칼란 에탐이 본인의 붉은 머리카락을 거칠게 휘젓곤 살짝 흐트러진 차림새로 아이를 품고 있는 에르노 에탐의 뒤를 쫓았다.

"아버지, 그 열매가 아버지를 진정시킨 거 맞나요?"

"아마도."

"그렇게 찾아 헤맸는데…… 이 애는 그런 걸 어떻게 알았을까요?"

"글쎄다. 비밀이 많은 따님이니까."

에르노 에탐의 말에 칼란 에탐이 인상을 찌푸렸다.

"아버지."

복도를 거니는 발걸음이 느긋했다. 에르노 에탐이 고개를 끄덕이자 칼란이 마저 입을 열었다.

"제가 사실 원래 이런 말은 잘 안 하잖아요."

칼란이 답답한 듯 제 머리를 흩뜨렸다.

"이번 장난은…… 여기서 관두는 게 어때요?"

칼란이 조심스럽게 입을 열었다.

"그 애가 이번에 아버지도 도와드렸고…… 솔직히 불쌍해서요. 작년에 그 남자랑은 어쨌든 계약을 한 거였는데, 얘랑은 그런 것도 아니잖아요. 실리안도 저랑 같은……."

"칼란."

"네, 아버지."

"네가 신경 쓸 일은 아니란다."

"어떻게 신경을 안 써요? 그래도 얘가 아버지 구한다고 도망가자는 제 손도 뿌리치고……."

"그만. 여기서 할 얘기는 아닌 것 같으니, 이 얘기는 차후에 조금 더 하자꾸나."

에르노가 두 번이나 말을 거절했다. 칼란은 여기까지가 자신이 참견할 수 있는 끝임을 알았다.

"……알겠어요."

에르노는 언제나처럼 아이의 방 침대에 아이를 조심스럽게 눕혔다. 안에서 기다리고 있는 시녀에게 몇 가지 명령을 한 에르노가 아이의 발갛게 달아오른 뺨을 바라보다가 몸을 돌렸다.

"저도 이만 돌아가 볼게요."

"그래, 고생했다."

칼란 에탐이 고개를 꾸벅 숙이곤 긴 복도를 걸어 사라졌다.

'심심풀이 장난…….'

그는 느리게 눈을 깜빡였다.

"……이었을 텐데 말이지."

에르노 에탐은 주먹을 꽉 쥐곤 멈췄던 발을 다시 움직였다.

[에르, 그거 알아? 아이는 맹목적이야. 당신이 아무리 무서워도 그저 부모라는 이유만으로 끝없는 애정을 주거든. 아이가 태어나면, 분명 당신도 달라지겠지.]

[확실히 너다운 멍청하고 재밌는 관점이네.]

[아오— 비아냥대지 말고 좀 들어 봐. 아이는 당신이 어떤 죄를 지은 사람이든, 어떤 못난 사람이든 당신의 가장 멋진 모습만 본다니까? 그러니까, 그런 아이를 만나면 당신도 분명히 달라질 거야.]

[달리아, 늘 말하지만 네가 말하는 세계는 온갖 꿈을 모아둔 이상적인 세계야.]

[아, 답답해! 이럴 땐 귀여운 딸이 최곤데! 남자는 딸에 약하다

잖아?]

[자식은 이제 사양이야. 셋이면 충분해.]

[응, 그러니까 이 애가 딸이면 좋겠다. 그러면 당신도 알게 되겠지. 세상에는 사랑할 수밖에 없는 존재도 있다는 걸.]

그렇게 입바른 소리를 했던 그녀는 그 세 번째 아이를 낳지도 못한 채 죽었다.

[이 아이는 어쩌면 당신의 세계를 바꿀지도 몰라. 그러니까 당신이 더는 외롭지 않으면 좋겠어.]

그러니까 그 모든 말도 바스러져 가루가 되었을 텐데. 갑자기 이렇게 떠오르는 연유를 알 수가 없었다. 에르노 에탑이 텅 빈 복도를 걸어 자신의 방으로 향했다. 아직도 입가에 맴도는 새콤하고 시큼한 열매의 향이 그다지 불쾌하지 않았다.

* * *

번쩍—

눈을 뜨자 화려한 샹들리에와 천장이 보였다. 반사적으로 벌떡 일어나려다 이곳저곳이 쑤시는 느낌에 끙끙거리며 이불 속을 이리저리 뒹굴었다.

'어휴, 죽는 줄 알았는데…….'

그래도 살아서 다행이다.

"악! 내 보서억!"

열매 근처에다가 다 쏟아붓고 온 내 보석……. 혹시나 지내다가 갑자기 인간화가 풀려서 도망갈 일이 있으면 바로 보석이라도 챙겨 가려고 늘 들고 다니는 것이었다. 작은 손으로 이곳저곳을 더듬거렸지만, 천 조각은 잡히지 않았다.

'잃어버렸나? 옷도 바뀌었어.'

마일라가 갈아입힌 건가? 막 침대를 붙잡고 바닥으로 내려가려는데 달칵거리는 소리와 함께 문이 열렸다.

"세상에, 아가씨!"

"마이라……."

"일어나셔서 다행이에요."

마일라가 달려와선 나를 힘껏 품에 끌어안았다.

"일주일이나 눈을 뜨지 못하셔서 걱정했어요."

"……어, 으응?"

며칠이라고……?

"일쭈일……?"

"네, 갑자기 놀라시고 무리를 하셔서 그렇다고 하더라고요."

"그래써……?"

"네, 정말 너무 걱정했어요."

내 동공은 내가 보지 않아도 덜덜 떨리고 있을 게 분명했다.

'나, 안 들킨 거 맞겠지?'

기절한 동안 도마뱀으로 변하거나 그러진 않아서 다행이었다.

'일주일이라니, 말도 안 돼…….'

왜냐고? 일주일이나 지났다는 건 이미 여주인공이 등장해서 원작이 시작했다는 것일 테니까!

"망해따…….”

점수를 딸 시간이 또 사라졌다.

"시장하시죠? 얼른 식사 가져오겠습니다."

"웅, 알게써…….”

나는 고개를 끄덕이며 한숨을 폭 내쉬었다.

'보석도 날아가고, 시간도 날아가고…….'

내 의욕도 같이 날아갔을지도 모르겠다.

"다들 많이 걱정하셨어요. 칼란 도련님과 실리안 도련님은 거의 매일 오셨고 공작 각하께서도 방문하시면서 깨어나시면 한번 오시라고 하셨어요."

이상하게 그렇게 말하는 마일라의 목소리는 국어책을 읽는 듯 조금 건조한 것도 같았다.

'착각이겠지?'

나는 괜한 생각을 털어 버렸다.

"구래? 아바지는?"

"아…… 그게……. 에르노 님은 며칠 전에는 한번 오셨다가 그 뒤로는…….”

"그래?"

예상했던 일이라 크게 타격이 있진 않았다. 다만 자는 사이에 모든 일이 끝난 것이 아쉬울 따름이다.

'그래도 빚이 쌓였으니까 돈은 주겠지.'

기대하지 않으면 상처받을 일도 없다. 그래서 난 상처를 받지 않는 사람이 됐다. 응, 그러니까 이번에도 괜찮아.

"네, 아마 바쁘셔서 그러실 거예요. 공작님이 돌아가신 공녀님의 딸을 데리고 왔거든요. 듣자 하니 입양 얘기가 오간다고 하더라고요."

"그러구나."

대충 어떤 상황인지 감이 왔다. 여주인공이 광폭화를 진정시키는 힘이 있다는 것은 미르엘 공작이 이곳까지 오는 길에 발견하는 것이었다. 미르엘 공작은 가장 광폭화 증상이 심한 에르노에게 여주인공을 붙여 주려고 했다. 본래라면 에르노도 한번 폭주했던 탓에 거부하지 않고 여주인공을 받아들인다.

"앗, 그러면 아가씨랑도 자매가 되시겠어요!"

"그런 이른 업쓰껄?"

나는 치마를 툭툭 털며 무심하게 말했다.

'슬슬 끝을 준비할 때구나.'

별로 길지 않은 시간이었는데 아쉬울 뿐이다. 못해도 석 달은 갈 줄 알았는데 겨우 한 달도 안 돼서 끝날 줄은 몰랐다. 그래도 어쩔 수 없지. 나는 머지않아 돌아올 출가를 훌륭하고 두둑하게 준비하기로 했다.

"네?"

"아무거또 안야."

"아, 네. 금방 다녀올게요."

"웅."

마일라가 사라진 사이 나는 침대 밑으로 기어들어 갔다. 그러곤 바닥에 주저앉아 보따리를 열어 내가 모은 수집품을 늘어놓았다.

'이것들이 대충 시세가 어떻게 되는지 모르겠네.'

이 장물의 처분을 맡길 사람이 별로 없는 게 문제다.

'아무래도 훔친 거니까……. 집안 사람한테 부탁할 순 없고.'

내가 고민하는 사이 밖에서 인기척이 들렸다. 나는 화들짝 놀라 후다닥 보자기를 다시 싸서 침대 밑으로 물건을 쓱 밀어 넣었다.

"아가씨, 묽은 수프를 가져왔어요. 일단 이거 먹고 푸딩을 드신 다음에 저녁은 조금 더 건더기 있는 걸 먹어요."

"웅."

마일라가 나를 식탁에 앉히곤 가지고 온 수프를 후후 불어 가며 내 입에 넣어 주었다. 야금야금 받아먹다 보니 수프 그릇이 금세 바닥을 보였다.

"아휴, 우리 아가씨는 정말 식사도 너무 얌전히 하시네요. 뺨은 어떻게 이렇게 오동통한지."

마일라가 내 입술에 묻은 수프를 닦아 주며 흐뭇하게 웃었다.

"고마어, 마이라……."

"아니에요, 저야말로 감사하죠. 아가씨 덕분에 이런 호사를 누리고 있는걸요."

"호사?"

"네, 승진도 하고 월급도 올라가고 이렇게 귀여운 아가씨도 매일매일 보고요."

그렇게 말해 주다니 고마운 일이다. 나는 늘 누군가의 미운 오리 새끼였기 때문에 가끔은 이런 애정이 조금 낯설었다.

'말만 잘 들으면…….'

귀염을 받는 건 어렵지 않으니까. 상대를 기분 좋게 해 주는 말도 잘 알고 있었다.

"웅! 마이라가 행보카면 나도 행보케!"

"아이고, 마음씨도 고우셔라. 앞으로도 제 말 잘 들으실 수 있죠?"

마일라가 내 뺨을 살살 쓸며 물었다. 어쩐지 미묘한 느낌이었지만 나는 순순히 고개를 끄덕였다.

"웅!"

"그럼 공작님께 가실 준비를 해 보실까요?"

"웅."

내 허락에 마일라가 다른 시녀들을 불렀다.

"안뇽!"

"안녕하세요, 아가씨."

"치장을 도와드리겠습니다."

세 명의 시녀가 우르르 들어와 각자 인사를 건넸다.

"웅, 잘 부타케!"

나는 활짝 웃으며 고개를 끄덕였다. 나는 얌전히 앉아서 의연하게 치장을 받았다. 사실 움직이고 싶어서 죽는 줄 알았다.

"우리 아가씨는 어쩜 이렇게 어른스러우실까?"

"내가 다른 귀족가에서 일했을 땐 한번 치장시키려면 앞에서 우리가 온갖 장난감으로 관심을 끌어야 했다니까."

"그러게 말이야. 나도 아가씨 같은 딸이라면 정말로 키우고 싶어."

시녀들이 작은 목소리로 속닥거렸다. 나한텐 안 들린다고 생각하는 모양이지만, 일전에도 말했다시피 내 청력은 제법 좋았다.

'다행히 내 평판은 좋은 모양이야.'

치장하는 시간은 제법 길었다. 옷을 고르는 데만 30분씩 걸릴 때도 있으니까 말이다. 그렇다 보니 아이라고 할지라도 1시간은 족히 걸렸고 떼를 쓰거나 칭얼거리기라도 하면 시간은 두 배도 더 소요될 때가 많았다.

'나도 힘든데 다른 애들은 어떻겠어.'

하지만 어쨌든 나는 정신은 어른이니까 어떻게든 버틸 수 있었다.

"자, 다 되셨어요! 아가씨!"

"웅!"

지겨운 치장이 드디어 끝났다. 나는 폴짝 뛰어내려 거울 앞에 섰다. 머리카락과 비슷한 연분홍색 드레스가 하늘거렸다. 머리에는 리본이 달려 있는 것이 귀여움을 한층 살려 준다. 치장을 마친 후에는 침대에 누워 있던 호랑이 인형을 들었다.

'그러고 보니 이거 그때 더럽혀졌었는데.'

호랑이 인형은 제법 멀쩡하게 침대에 앉아 있었다.

"가쟈!"

"네, 아가씨."

나는 공작의 집무실로 향했다.

"안뇽, 머찐 기사님들! 하라부지 만나러 와써여."

문 앞에 도착한 내가 활짝 웃으며 꾸벅 고개를 숙이자 경비를 서던 병사들이 눈을 동그랗게 떴다. 예의 바른 인사야말로 100점짜리 첫인상이지.

그러자 병사 하나가 몸을 쪼그리고 앉아 나와 시선을 맞췄다.

"하하. 아가씨 저희한테 말씀하신 겁니까?"

"웅!"

"그러시구나. 가주님이랑은 미리 이야기가 되신 걸까요?"

"웅, 하라부지가 오라구 해써여."

"네, 잠시만 기다려 주세요, 아가. 안쪽에 말씀드릴게요."

"웅!"

병사들이 안쪽에 무언가를 말하더니 이내 고개를 끄덕였다.

"들어가 보시면 될 것 같습니다."

"웅! 힘내여, 머찐 기사님들!"

나는 심호흡을 크게 하고 집무실 안으로 들어갔다.

"저 아이야?"

"맞아, 그…… 이번 에르노 님의 유희거리."

"……밝은 앤데 안타깝네."

문이 채 닫히기 전에 들려온 목소리를 나는 애써 못 들은 척 했다. 여기 오기 전에 긴가민가하기는 했지만, 예상대로 집무실 안에는 미르엘 공작 혼자만 있는 것은 아니었다.

"안늉하세여. 하라부지, 아바지."

대치하듯 서 있던 두 사람이 내게로 시선을 돌렸다. 미르엘 공작의 뒤에는 겁에 질린 얼굴로 미르엘 공작의 다리 뒤에 숨어 있는 귀여운 얼굴의 여자아이가 있었다.

'일단은…….'

나는 도도도 뛰어서 에르노 에탐의 다리를 끌어안으며 포옥 얼굴을 묻었다. 나는 에르노 에탐이 미르엘 공작의 속을 긁기 위해서 고용(?)한 것이나 마찬가지니까 애교 좀 부려 주고.

"아바지!"

"……그래."

미묘하게 반응이 미지근하다.

'나한테 벌써 흥미가 가신 건가?'

아마 딸로 입양하라는 제안과 여주인공이 가진 능력을 알게 됐으니 그럴지도 모르겠다.

'……칫, 그렇다고 벌써 홀라당 넘어갔네.'

예상은 하고 있었지만, 실제로 미지근해진 에르노 에탐의 태도를 보니 아주 조금 기분이 이상했다.

'괜찮아.'

예상보다 일찍 끝나서 조금 놀란 것뿐이야! 당연히 도움 따윈 안 되는 징그러운 도마뱀 수인보단 모든 걸 다 가지고 태어난 여주인공을 선택하는 게 옳다.

'나라도 그랬을 테니까.'

응, 나 같은 게 뭐가 좋다고. 나는 애써 스스로를 납득시키곤 흘긋 고개를 돌려 미르엘 공작을 바라보았다.

"왔구나, 솜털아."

"……네! 에이링 와써여."

"네가 알려 준 곳에 부유석이 있었다. 덕분에 사업은 다시 궤도에 오르게 됐지. 골머리가 썩는 일이었으니까."

"다행이에여!"

"그리고 내가 자리를 비우는 사이 저놈과 무서운 일이 있었다고도 들었다. 네가 도와줬다던데."

"네, 아바지가 아파서 도와써여."

그 말에 에르노 에탐이 눈썹을 꿈틀거리더니 나를 내려다보는 게 느껴졌다. 나는 혹여나 내게 불똥이 튀지 않도록 조용히 입을 다물었다.

"그래, 나는 대가를 좋아한다. 합리적인 일을 한 자에게는 합당한 보수를 주어야 한다고 생각하지."

"보수여?"

나는 일부러 모르는 척했다. 그러자 미르엘 공작이 턱을 가볍게 문질렀다.

"간단히 소원권이라는 말이다."

"소원권?"

단어만으로도 심장이 두근거렸다.

"원하는 게 있으면 뭐든 말해 보아라. 직계의 성을 잇길 원한다면 그렇게 하마. 후에 광산이나 사업을 물려받고 싶다면 그것도 좋다. 뭘 원하느냐?"

미르엘 공작은 진지한 말투로 자신이 해 줄 수 있는 것에 대해서 길게 말했다. 나는 별로 고민하지 않았다. 사실 에탐 가문에서 얻어 나갈 것은 딱 하나밖에 없었다. 대단한 사업도, 대단한 건물도, 하물며 이 집안의 후계자가 될 수 있는 직계의 성도 원하지 않았다.

"돈이여."

나는 두 손을 접어 고이 내밀었다.

"뭐라고?"

"제 으냉 계자에 돈 주세여!"

"돈?"

"네!"

125

"돈을 달라고? 얼마를?"

얼마? 솔직히 거기까진 생각을 안 해 봤다. 한참의 고민 끝에 나는 양 손바닥을 쫙 펴서 앞으로 내밀었다.

"배, 백이여……."

"백?"

"네…… 100만 러스트……."

"허, 100만 로스트?"

여기서 백만 로스트란 쉽게 말해서 한국 돈으로 100만 원이다. 《입.양.각》 작가가 계산하기 귀찮았는지 단위를 한국 돈과 통일해 버렸다. 물론 나는 덕분에 계산하기 편했다.

'100만 원이면 엄청 큰돈이긴 한데…….'

이 세계에서도 그럴까?

'에르노 에탑은 1,000만 로스트를 줬지만…….'

나는 이 세계 물가를 잘 몰랐다.

"지금 100만 로스트라고 했느냐?"

미르엘 공작의 반문이 심상치 않다. 나는 슬쩍 눈치를 살피다가 고개를 저으며 한 손을 내려 뒤로 숨겼다.

"아녀, 오, 오십이여……?"

"50이라고?"

이쯤 되니 살짝 반발심이 들었다. 공작이라는 사람이 너무 쪼잔한 거 아닌가? 생각과는 다르게 내 손가락은 두 개가 추가로 더 접혔다.

"삼십……."

약간 억울했다. 물론 미래의 여주인공이 할 일을 빼앗아 간 것뿐이기도 하고 소설을 본 정보를 판 것뿐이긴 하다. 그래도 30만 원이라는 건 너무 가혹하지 않나 싶다. 신문사에 제보해도 이것보다 사례금이 더 나올 거다.

"그게 네가 매긴 네 정보에 대한 가치이냐?"

"……."

그가 내게 손을 내밀었다. 손목에는 빛에 반사될 때마다 무지갯빛으로 빛나는 플래티넘 팔찌가 채워져 있었다. 그리고 내 손목에도 브론즈 빛깔의 작은 팔찌가 채워져 있다. 이게 바로 은행의 출입증이자 금고의 열쇠이며 동시에 계좌이체의 역할도 했다. 플래티넘은 VVIP라는 의미고 나는 그냥 일반 고객이라는 의미지만.

팔찌와 팔찌를 맞대면 원하는 금액을 서로에게 전송하거나 전송받을 수 있다. 상점에서도 '마탑 가맹점'이라면 무겁게 화폐를 들고 다니지 않아도 이 팔찌 하나로 바로 결제가 가능했다. 물론 '마탑 가맹점'이 아니라서 '마법 결제기'가 없는 경우에는 현금 결제를 해야 한다. 내가 머뭇거리며 팔찌를 찬 손을 내밀자 미르엘 공작이 내 팔찌에 자신의 팔찌를 가져다 댔다.

파아앗—

작은 빛무리가 새어 나왔다가 금세 꺼졌다.

"내가 생각하기에 네 정보의 가치는 최소 그 정도다."

127

빛무리가 사라지고 팔찌 위로 홀로그램이 떠올랐다.

【 입금액: 100,000,000 Lo

총금액: 110,000,000 Lo 】

1억?!

그야말로 태어나서 처음 보는 금액에 입이 떡 벌어졌다. 내가 눈을 크게 뜬 채 한참이나 홀로그램을 바라보다가 고개를 들어 미르엘 공작을 보았다.

"하라부지!!"

정신을 차리고 보니 나는 그의 다리에 매달려 눈을 반짝반짝 빛내고 있었다.

"뭐, 뭐 하는 거냐, 이 솜털 같은 것이!"

"헤헤, 간샵니다!"

이걸로 집을 나갈 준비는 다 되었다.

"따님."

내가 미르엘 공작의 다리에 매달려 헤실거리고 있을 때였다. 어느새 허리를 굽힌 에르노 에탐이 내 겨드랑이에 손을 넣고 나를 달랑 들어 올렸다.

"지지야."

그가 평소와 다름없이 말하며 빙긋 웃는 얼굴로 내 팔찌에 검지와 중지를 얹었다.

파아앗―

이번에도 작은 빛무리가 번졌다가 사라졌다.

홀로그램이 떴다.

【 출금액: 100,000,000 Lo

총금액: 10,000,000 Lo 】

들어왔던 1억이 고스란히 빠져나가 사라졌다.

'뭐야?!'

눈앞에서 증발한 돈에 내가 입을 떡 벌리며 에르노 에탑을 바라보았다.

"함부로 음식 주워 먹으면 배탈 난단다."

"뭐라고? 이 패륜 놈이 진짜…!"

옳소, 옳소! 이, 이 사이코패스 같은 미친 인간!

'그러고 보니 이 인간 8서클 마법사였지.'

그 말은 즉, 마탑의 시스템을 뚫을 수 있는 몇 안 되는 미친 마법사라는 거다.

'이게 무섭지도 않나.'

마탑에서 추적이 들어올지도 모를 텐데. 황망함에 넋을 놓고 있으려니 그가 주머니에서 다이아몬드로 된 팔찌를 꺼내 내 팔찌에 가져다 댔다.

'다이아?'

저건 분명히 플래티넘을 아득히 뛰어넘는 제국에서 겨우 5개만 발행되었다는…….

파아아앗ㅡ!

이번에는 아까보다 한층 더 밝은 빛무리가 새어 나왔다.

【 입금액: 1,000,000,000 Lo

총금액: 1,010,000,000 Lo 】

눈 깜짝할 사이에 0이 하나 더 생겼다. 이게 얼마야?

10억?

"알겠니, 따님?"

그래, 네 말이 다 옳다.

"네!! 아바지 사랑해여!"

나는 눈을 반짝이며 에르노 에탐의 목에 폴짝 매달려 그의 목덜미에 얼굴을 비볐다. 어쩐지 그의 허리가 조금 뻣뻣해진 기분인데, 착각이겠지?

"정말 감삽니다, 아바지! 아바지가 채고! 천재! 머쨍이! 머찐 마완님!"

나는 내가 할 수 있는 최대의 칭찬을 열심히 내뱉었다.

'이거면 죽을 때까지 일하지 않아도 될 것 같은데.'

혹시 이게 바로 이 놀이의 끝을 알리는 간접적인 신호인 걸까?

'이 정도 돈이면 확실히 섬을 살 수 있을지도 모르겠는데.'

나는 눈치껏 빠져 주면 되는 건가? 그의 품에 안긴 채 흘긋 아래를 보자 눈을 동그랗게 뜨고 나를 보고 있는 여주인공이 있었다. 새까만 흑단의 머리카락과 에르노 에탐과 부녀지간이라고 해도 믿을 것만 같은 벌꿀 같은 눈동자가 사랑스럽다. 표정은 밝고 호기심이 흘러넘쳤으며, 아직 어린 소녀에겐 싱그러운 생기가 흘렀다.

나는 아이를 보는 순간 깨달았다. 왜 이 아이가 여주인공일 수밖에 없는지. 왜 모두가 그녀의 햇살 같은 면에 빠져들 수밖에 없었는지. 어떻게 모든 주·조연의 어두운 부분을 걷어 냈는지. 이곳에서 나는 철저한 조연이었다. 엑스트라다.

눈을 마주친 순간, 여주인공이 해사한 얼굴로 하얗게 웃었다. 결코 이길 수 없는 빛이 그곳에 있었다.

"에르노 에탐!"

"혹시 가주님께선 제 말이 안 들리시나요? 조만간 청력에 좋은 음식을 보내겠습니다."

"필요 없다! 그리고 아까 얘기했던 대로 이 아이는 네 누나의 아이니 입양하도록 해라. 네게 도움이 될 거다."

에르노 에탐의 눈동자가 둥글게 휘었다. 눈이 부실 정도로 화사한 미소였다. 그리고 소설에서는 그의 이런 모습을 이렇게 묘사했다.

〈악귀, 에르노 에탐이 웃을 때는 주의를 해야 한다.

그는 결코 진심으로 웃는 법이 없다. 그의 본질은 무(無)이며, 광기와 쾌락뿐이다.

그가 빙긋 미소를 지으면 조금 심기가 불편한 것이고 그의 눈 꼬리가 휘어지면 그때부턴 웬만해선 숨 쉬는 것도 조심해야 하며 그가 만면에 해사한 미소를 띠며 주변을 홀릴 때면 그냥 입을 다물고 그 자리를 벗어나라.

그가 이렇게 웃을 때면 반드시 사람이 죽든, 가문이 망하든, 도적이 사라지든, 어제까지만 해도 있던 산봉우리 하나가 자취를 감추든 무언가가 땅 위에서 사라진다.〉

나는 꿀꺽 침을 삼키며 바짝 긴장했다.

"제게는 이미 딸이 있는데 무슨 말인지 전혀 모르겠는데요."

"소꿉장난을 말하는 것이 아니다. 이 아이는 '그것'을 진정시키는 능력이 있다."

시종일관 건들거리며 건성으로 대화하던 에르노 에탐의 눈에 흥미가 깃들었다.

"……그 애가 말입니까?"

"그래. 너도 네 자식들에게 상처를 주고 싶진 않겠지."

"……흠."

그는 잠시 고민하듯 나를 한차례 보고 다시 미르엘 공작의 다리 뒤에 숨은 아이를 보았다.

"아바지, 나 방에 가께여!"

방해꾼은 이쯤에서 빠져 줘야지. 어차피 에르노 에탐의 진짜 딸이 될 수 있을 거라고는 생각지도 않았으니까.

'돈도 많이 벌었고.'

괜찮은 고아원도 알게 됐으니 이제 무사히 떠날 일만 남았다.

'응, 완벽하고 괜찮아.'

내 활기찬 음성에 에르노 에탐은 순순히 나를 내려 주었다.

"나는 대화를 좀 하고 가겠다. 저녁 식사 때 데리러 가마."

"네!"

다음을 기약하는 그 약속에 나는 활짝 웃으며 손을 붕붕 흔들었다. 밖으로 나오자 마일라가 기다렸다는 듯 내게 다가왔다.

"아가씨!"

"응, 방에 가쟈."

"네, 안에서 무슨 일이 있으셨나요? 생각보다 금방 나오셨네요."

"우움…… 용돈 바다써!"

용돈이라고 하기엔 아주 두둑한 돈이었지만 말이다. 내가 팔찌를 톡 두드리자 홀로그램이 떠올랐다. 숫자가 흐뭇하다.

"나 낮짬 자 꺼야, 안뇽!"

"네? 갑자기 낮잠이요? 그러면 제가 잠자리를 준비해 드릴게요."

"안야, 나 혼자 할 쑤 이써."

나는 마일라에게 말하곤 방으로 쏙 들어가 문을 닫았다. 다행히 마일라는 더 물고 늘어지지 않고 물러났다. 슬슬 떠날 준비

133

를 할 시간이었다. 나는 침대 밑으로 기어 들어가 지금껏 내가 모아 둔 물건을 조심조심 꺼냈다. 아마 다른 귀족들 눈에는 잡동사니에 가까울 테지만…….

"요건…… 돌려주고 가까?"

돈도 많이 받았는데, 별채에서 훔친 것까지 가져가기엔 양심에 찔렸다.

'별채 다녀와야겠다.'

그래도 저녁 식사는 같이하자고 했으니, 그 전까지는 돌아와야지. 나는 의자를 끌고 와 문고리를 살짝 돌려 열고는 밖을 살폈다. 다행히 밖에는 아무도 없었다. 나는 살금살금 방을 벗어나 짧은 다리를 열심히 움직여 별채로 돌아갔다. 별채는 본채에 비해서는 꽤 조용했다.

"이건 여기였고…… 이건 저기였나?"

나는 내가 훔쳐 온 곳에 도로 물건을 하나하나 옮겨 두곤 다시 방으로 돌아왔다. 오며 가며 병사들을 만나긴 했지만, 반갑게 인사하는 나를 유의 깊게 보진 않았다. 무사히 훔쳤던 것을 제자리에 돌려 두고 슬금슬금 별채로 돌아오려는 때였다. 누군가 새하얀 천을 품에 안고 후다닥 뛰어가고 있었다.

'……어? 마일라잖아?'

평소와는 다르게 마일라의 얼굴이 굳어 있었다. 잔뜩 긴장한 얼굴로 주변을 살피던 마일라가 이내 별채 뒤쪽으로 후다닥 사라졌다.

"……머지?"

바쁜 일이라도 있는 건가?

'아, 마일라가 오기 전에 돌아가야 하는데!'

마침 마일라가 여기에 있으니 적어도 내가 늦을 일은 없지 않을까 싶었다. 나는 그 틈에 재빨리 방으로 돌아와 침대에 몸을 날렸다. 그러곤 아무 일도 없었다는 듯 다리를 주먹으로 통통 두드리며 저녁 식사를 기다렸다. 그렇게 5시가 되었다.

'으음, 슬슬 오려나.'

바짝 긴장한 채 기다린 탓인지 조금 지친 나는 침대 위를 데구루루 굴렀다. 6시가 되었다.

'조금 늦네…….'

가물가물 눈이 감기려는 것을 애써 비벼 가며 눈을 힘겹게 떴다. 7시가 되었다.

여전히 에르노 에탐은 오지 않았다. 슬슬 불안한 감이 들었다. 보통 에르노 에탐과 함께하는 저녁 식사는 6시를 넘기지 않았다.

'일이 있는 거겠지.'

나는 애써 그렇게 생각하며 근처에 있던 호랑이 인형을 품에 끌어안았다. 그러나 8시가 되어도 에르노 에탐은 나타나지 않았다. 문득 깨달았다.

'아, 이게 끝이구나.'

그 사람이 흥미를 잃는다는 게 이렇게 잊힌다는 뜻인가 싶었다.

"갠차나……."

웅, 나는 괜찮아. 늘 있는 일이니까.

[왜 안 오지……? 어머니가 분명히 오늘 가족끼리 다 같이 외식
한다고 했는데……]

그날도 나는 그저 식탁에서 아버지가 했던 '내일은 가족끼리
다 같이 외식이나 하자꾸나'라고 했던 말을 기억하고 있었을 뿐
이었다.

그래서 학교에서 돌아와 옷도 다 갈아입고 기다렸다.

하지만…….

나는 고개를 들었다. 시계가 9시를 넘어가자 나는 에르노 에
탐을 기다리기를 포기했다. 자정이 되도록 옷도 갈아입지 않고
저녁 식사를 기다리고 있던 과거의 나와는 다르게 지금의 나는
애써 눈을 감았고 애꿎은 양을 세며 잠이 들기 위해 노력했다.
아니나 다를까, 그날 에르노 에탐은 오지 않았다. 마치 나만 두
고 외식을 하고 드라이브까지 다녀왔던 가족들처럼.

* * *

"세상에, 아가씨. 들으셨어요? 어제 에르노 공자님께서 근신

령을 받으셨대요."

평소와는 다르게 제법 일찍 눈이 떠져서 멍하니 앉아 있는데, 마일라가 밝은 얼굴로 들어왔다.

'역시 어제는 뭔가 일이 있었던 모양이야.'

나는 그렇게 생각하며 손등으로 눈두덩을 느릿느릿 비비며 대꾸했다.

"······아바지가? 왜?"

"글쎄요······. 그거까진 저도 잘 모르겠어요. 듣자 하니 공작 각하께서 화를 엄청나게 내셨다고 해요."

그런 거라면 내가 싫어서 일부러 안 온 건 아닐지도 모르겠다. 나도 모르게 피어오르는 기대와 희망에 흠칫 놀라 고개를 도리도리 저었다.

'무슨 생각을 하는 거야.'

나는 생각을 털어냈다.

"아바지 보러 가도 대?"

"네, 아마 아가씨는 출입이 가능하실 거예요!"

"갈래!"

나는 침대에서 폴짝 뛰어내렸다. 잠옷은 죽어도 안 된다고 비장한 얼굴로 길을 가로막는 마일라로 인해 시간이 조금 더 소요되긴 했지만.

'아침 식사를 같이해도 되냐고 물어볼까?'

나는 두근두근한 마음으로 방에 도착했다. 다행히 방문은 누가 열어 줘야 할 것처럼 꽉 닫혀 있지 않았다. 이상하게 앞을 지키는 병사도 없었다.

"마이라, 이제 가두 대!"

"네? 하지만……."

"갠차나, 아바지랑 밥 먹꾸 갈게!"

내가 주먹을 꼭 쥐며 피력하자 마일라가 기특하다는 듯 본인의 입을 꼭 막았다.

"마, 마일라……?"

"아, 네. 그럼 물러나 보겠습니다."

"웅."

마일라는 행동과는 다르게 무언가 아쉬운 듯 나를 흘긋흘긋 보더니 이윽고 고개를 끄덕이며 물러섰다. 나는 슬쩍 문을 열기 위해서 문틈 사이에 손을 밀어 넣었다.

"확실히, 정말로 효과가 있구나."

"네, 그러니까 부탁드려요……."

안에서 들려온 목소리만 아니었다면, 분명히 그랬을 거다. 에르노 에탑은 모두에게 부드러운 목소리를 낸다. 그의 심기를 거스를 때도 그는 그저 웃는다. 웃음이야말로 그의 상징이나 마찬가지였다. 모두에게 다정하진 않지만, 적의가 없다면 그는 모두에게 같은 톤의 목소리로 같은 거리를 두는 공평한 사람이다. 그 말은 즉, 누구도 특별하지 않다는 의미다. 모두에게 다정한 사람이 누구 하나를 특별히 여기지 않는 것처럼.

그러나 그런 에르노 에탐도 두 아들의 앞에서만큼은 본색을 드러낸다. 두 아들에겐 무표정한 얼굴을 하며 잘 웃지도 않는다. 그 모습이 진짜임을 질리도록 소설을 본 나는 알고 있다. 문틈 사이로 고개를 빼꼼 내밀었다.

'이렇게 될 건 알고 있었지만.'

여주인공과 세계관 내 강자가 만나는 건 당연한 일이다.

'곧 여주인공의 활약을 볼 수 있겠지?'

그래도 실제로 둘이 함께 있는 걸 보니까 기분이 조금 이상한데. 나는 문 앞에서 서성이다가 뺨을 긁적이며 들어갈지 말지 잠시 고민했다.

"음."

한참이나 고민하던 나는 결국 느리게 걸음을 돌렸다. 내가 낄 자리가 아니라는 생각이 들었던 탓이다.

"따님, 왜 안 들어와?"

날 발견한 목소리만 아니었다면, 나는 분명히 내 방으로 돌아가 짐을 마저 쌌을 것이다.

"어, 아바지…… 바쁜 거 가타서여."

"아니, 별로 바쁘지 않다. 이리 오렴."

에르노 에탐이 여전히 다정한 목소리로 문을 열고 나와 내게 두 팔을 뻗었다. 분명 목소리는 다정하지만, 진심은 아니다. 나도 그 정도는 알고 있다.

"아바지. 하라부지한테 혼나써여?"

"내가?"

에르노 에탐이 우습지도 않은 소리를 들었다는 듯 가볍게 미소 지었다.

"글쎄다……. 곧 가주님이 내게 달려올 건 알겠구나."

그는 씩 웃었다. 짓궂은 악동의 얼굴로.

"네?"

"3, 2, 1, 뒤를 보렴."

"에르노 에탐! 이 씹어 먹어도 부족한 망할 놈이……! 네놈이 지금 무슨 짓거리를 했는지 알기나 하느냐! 다른 놈들은 대가리가 꽃밭이라지만, 네놈 머리에는 아주 마구니가 들어차서는……!"

에르노 에탐의 말이 끝나기가 무섭게 정말로 미르엘 공작이 검을 뽑아 든 채 모습을 드러냈다. 붉으락푸르락한 얼굴은 그야말로 지옥에서 막 기어 나온 악귀라도 보는 듯한 느낌이었다. 한 손에 쥔 검이 분노로 요동쳤다. 붉은 불꽃을 뿜어내는 검에서 열기가 느껴졌다.

'저게 드래곤의 유물.'

드래곤의 뼈와 비늘을 세상의 끝에나 존재한다는 미스릴과 섞어 용암불에 달구어 만들었다고 전해지는 검이었다. 《입.양.각》에 따르면 에탐 가문에는 드래곤의 유물이 세 개가 있었다. 그중 하나가 불꽃을 품고 태어나 어떤 불꽃으로도 녹일 수 없고 흠집도 낼 수 없다는 저 '업화의 염'이라는 검이었다.

"가주님, 상황을 좀 가리시지요. 내 따님이 듣기엔 상스럽잖습니까."

"딸이라니……."

그제야 미르엘 공작의 시선이 에르노 에탐의 품에 안긴 나에게 닿았다. 그리고 그 아래에 있는 여주인공에게도 닿았다.

"애들 앞에서 제법 어르신다우십니다. 아니면…… 안경이라도 하나 맞춰드릴지요?"

"이, 가는 곳마다 사고만 치고 다니며 내 얼굴에 똥칠이나 하는 천하의 몹쓸 놈이……!"

"저런, 그런 걸 칠할 얼굴이 남아는 계신지."

에르노 에탐이 그야말로 화사한 미소를 띤 채 대답했다.

"감히 가문 명의의 광산을 개인 명의로 빼돌려? 네놈이 생각이 있는 거야, 없는 거야!"

"세월의 흐름에 이빨이 나가신 건 알겠지만 말은 똑바로 하시지요, 가주님. 저는 제 몫을 받아 간 것뿐입니다."

"뭐라?"

"예전에 주시기로 하시지 않으셨습니까. 기억 안 나십니까?"

"이, 허우대만 멀쩡한 놈이 헛소리하지 마라! 내가 언제 네놈에게 가문 사유지를 주기로 했느냐!"

에르노 에탐의 얼굴이 한층 더 화사해졌다. 그는 지금 기분이 몹시 나쁜 모양이다.

"했습니다."

"내가 언제!"

에르노 에탐의 입술 사이로 짧은 한숨이 새어 나왔다.

"정확히는 이렇게 말씀하셨죠. '네놈이 앞으로도 그따위로 한심하고 하찮은 인생을 살 거라면 내가 죽은 뒤 네놈에게 갈 유산이라고는 저기 있는 뒷산밖에 없을 줄 알아라'라고 정확히 말씀하셨습니다."

토씨 하나 틀리지 않은 듯한 정확한 음절에 미르엘 공작도 무언가 떠오르는 것이 있는지 새하얗게 질렸다.

"그건 그때 네놈이 거절하지 않았느냐……!"

"생각해 보니 앞으로도 이따위 인생을 살 예정이니…… 그냥 받기로 했습니다."

그가 해사하게 웃었다. 그야말로 '변덕왕'다운 말이었다. 즐거움이 가득 담긴 하얀 미소가 그의 입가에 그려졌다.

"대가리에 바람구멍이라도 났느냐? 미친 개소리 말고 당장 돌려놓거라!"

미르엘 공작의 분노에 에르노 에탐이 예쁘게 웃으며 입을 열었다.

"왈왈."

그 모습을 본 태산 같던 미르엘 공작이 기어코 뒷목을 붙잡았다.

"이, 이놈의 새끼가……!"

"이만 나가 주시죠, 가주님. 난 내 따님과 할 얘기가 있으니."

말이 끝나기가 무섭게 에르노 에탐이 가볍게 손가락을 튕겼다. 공간이 늘어났다. 땅이 길어지고 있는 것처럼 미르엘 공작과 우리의 거리가 순식간에 멀어지더니 어느새 공작은 눈앞에 사라지고 없었다.

콰앙—!

바깥에서 굉음이 들렸지만, 문은 꿈쩍도 하지 않았고 에르노 에탐은 평화로웠다.

"이제야 시끄러운 개가 집으로 돌아갔구나."

에르노 에탐이 언제나와 같은 어조로 말하며 침대에 앉아 나를 무릎에 앉혔다. 사방이 침묵에 휩싸였다. 뭘 해야 할지 고민하고 있는데, 눈앞에 무언가 불쑥 튀어나왔다.

"안녕?"

눈앞에 화사한 미소를 띤 소녀가 얼굴을 훅 들이밀었다. 여주인공이었다.

'와아…….'

나는 바짝 긴장한 채 숨을 삼켰다. 그녀는 누가 봐도 사랑스럽다고 생각할 정도로 귀엽고 예뻤다. 피부는 하얗고 뺨은 잘 자란 듯 오동통했으며 홍조를 띤 얼굴에선 한 점의 그늘도 찾아볼 수가 없었다.

"응, 안뇽."

"나는 샤르네라고 해. 여덟 살이고!"

이 여주인공은 소설에서처럼 이곳에서 행복해지겠지? 부럽다. 순간 든 생각에 나는 고개를 내저었다.

'아냐. 나는 나대로 잘 먹고 살면 되고.'

통장이 두둑해져서 망설일 필요는 없었다. 이제 남은 것은 에르노 에탐이 확실히 말을 해 주는 것뿐이다. 슬쩍 에르노 에탐을 보자 그가 빙긋 웃으며 고개를 끄덕였다. 그가 허락했으니 움직여야지.

"난 에이링야. 다섯 짤."

"다섯? 그럼 내가 언니네?"

"으음……."

나이로 따지자면 물론 그렇게 되겠지만…… 내 정신 연령이 약간…….

"언니!"

"……."

여주인공이 나를 반짝반짝한 눈으로 보고 있다.

"내가 언니지?"

"……."

뭘 원하는지 알 것 같다.

"응?"

"……."

아무리 눈길을 피해도 반짝반짝한 시선이 떠나질 않는다.

"어, 언니야……?"

입술이 잘 떨어지지 않았지만, 나는 간신히 입을 열었다. 그 순간이었다.

"꺄아아악!"

여주인공이 나를 덥석 끌어안았다.

'……어?'

에르노 에탑의 무릎에 앉아 있던 터라 몸이 크게 흔들리진 않았지만, 약간 놀랐다.

"나 예전부터 여동생이 너무너무 가지고 싶었어……!"

"으응…?"

눈을 반짝 빛내는 여주인공이 나를 꼭 끌어안았다.

'뭐지?'

이맘때의 여주인공은 살짝 우수에 젖어 있지 않았던가? 기억하기로 어머니가 돌아가시고 얼마 되지 않았을 때라서 한동안은 우울해했다는 묘사를 기억한다.

"와, 부들부들해."

환하게 웃으며 내 뺨을 매만지는 여주인공을 보며 내 입가도 결국 흐물흐물하게 풀어졌다. 슬퍼하는 것보단 낫지. 나는 여주인공을 좋아했다. 겨우 활자일 뿐이었지만 나와는 전혀 다른 세계에서 나와는 전혀 다른 슬픔을 겪고, 밝고 당당하게 모두에게 사랑받으며 살아가는 여주인공이 좋았다. 처음에는 단지 《입양된 줄 알았더니 착각이었대요!》라는 제목을 보고 들어온 것뿐이었다. 겨우 여자아이로 태어났다는 이유로 부당한 대우를 받으며 미운 오리 새끼처럼 살았던 나와 비슷할 것 같아서. 로맨스 판타지 소설은 대부분 해피엔딩으로 끝나니까 자기 위안이라도 해 보고자 하는 마음으로 시작했던 소설.

"여동생이 최고야……. 할아버님은 왜 여동생이 있다는 얘기는 하지 않으셨담? 네가 있다고 했으면 고민하지도 않았을 텐데. 정말 너무 귀여워."

부끄럽지도 않은지 후루룩 칭찬을 내뱉는 여주인공을 보며 나는 절로 할 말을 잃었다. 정말 한 점의 어두움도 보이질 않았다. 《입.양.각》의 여주인공은 늘 어둠 속에서 한 줄기 빛을 찾는 존재였다. 수많은 단점 속에서도 반드시 장점을 찾아낸다.

'역시 여주인공은 달라지지 않는구나.'

늘 활자 속에서 활약하며 내 동경의 대상이 되었던 여주인공이 눈앞에서 움직이는 것을 보고 있노라니 잠시 말문이 막혔다.

'이건 원작을 직관할 기회인가?'

나는 어차피 에르노 에탐이 질리면 떠나게 되겠지만, 그래도 그때까진 원작을 바로 옆에서 볼 수 있는 기회잖아? 툴툴대고 차가운 데다가 필요할 때만 여주인공을 이용해 먹던 에르노 에탐이 조금씩 여주인공과 함께 식사도 하게 되고 선물도 가져다주게 되는 변화의 시초!

'물론 끝까지 타 소설처럼 딸 바보가 되는 일은 없지만…….'

사실 그런 걸 기대했던 나로서는 다소 아쉬운 전개이긴 했다. 《입.양.각》의 이야기가 전개되며 많은 주·조연이 여주인공에게 각자 다른 의미의 사랑을 읊조린다. 하지만 에르노 에탐은 마지막까지 여주인공을 사랑한다고 하지 않았다.

"네가 외삼촌의 딸 맞지?"

"으응."

나는 대답하면서도 에르노 에탑의 눈치를 살짝 살폈다. 에르노 에탑은 다행히 조용히 앉은 채 언제나처럼 내 뺨을 조몰락거렸다. 한때 나는 여주인공처럼 되고 싶었다. 여주인공처럼 행동하려고 노력했던 적도 있다. 그렇게 하면 가족들이 나를 사랑해 줄 거라고 생각했으니까. 그러나 내가 꿈꾸었던 모든 것은 활자 위의 허상이었고 나는 여주인공이 아니었다. 문득 여주인공과 에르노 에탑의 관계를 조금 더 돈독하게 만들고 싶어졌다. 원작 소설을 뛰어넘고 싶다. 여주인공이 원작보다 훨씬 행복해질 수 있도록.

"아바지, 저 이제 가께여!"

갑작스럽게 떠오른 계획에 그의 무릎에서 폴짝 뛰어내리자 에르노 에탑의 미간에 미미하게 금이 갔다.

"어디를?"

"방에 가여."

"벌써?"

"네!"

그는 잠시 침묵했다. 나는 꾸벅 허리를 숙이곤 종종걸음으로 문을 향했다.

"따님."

"네?"

"어제 함께 식사하자고 해 놓고 가지 못했는데, 식사는 잘했느냐?"

막 문을 나서던 내 발걸음이 우뚝 멈췄다. 나는 이내 만면에 미소를 띤 채 고개를 돌려 그를 보았다.

"네! 마시썼어여!"

목표가 생겼으니 조금이라도 더 이 집에 들러붙을 이유가 생겼다.

'여전히 길어 봐야 반년이겠지만…….'

그래도 그때까진 귀찮지 않은 아이가 되어야지.

"……그래?"

"네!"

언제나처럼 그림 같은 미소를 띠고 있는 에르노 에탐의 입꼬리가 살짝 아래로 내려갔다는 것을, 아쉽게도 이맘때의 나는 눈치채지 못했다.

* * *

여주인공이 온 지 일주일이 지났다. 나도 이 촛불 같은 목숨을 아직 건사하고는 있었다. 지난 일주일간 생각해 본 결과 여주인공이 나타난 일은 내게 좋은 일이었다.

'동경하던 여주인공의 동생이 될 수 있는 거니까.'

생각해 보면 성덕도 이런 성덕이 없지 않은가.

"언니!"

"에이린!"

복도를 걷다가 우연히 발견한 여주인공에게 달려가자 여주인공이 두 팔을 활짝 벌려 작은 품을 내게 내어 주었다. 겨우 세 살 차이인데도 여주인공은 나보다 머리통 하나는 더 컸다.

"내 동생 너무 귀엽다아……."

한 가지 특이한 점은 그녀가 대단히도 '여동생'을 좋아한다는 것에 있었다.

'하긴 소설엔 매번 남자들만 나오긴 했지.'

친구도 남자, 역하렘인 만큼 주연급의 다양한 남주인공도 당연히 남자, 서브도 당연히 남자…….

'그러고 보니 여주인공은 동성 친구가 없었네.'

헉, 그렇다는 건 내가 여주인공의 유일한 첫 동성 친구가 될 수 있는 기회라는 걸까?

"에이린은 어쩜 뺨이 이렇게 잘 부푼 밀가루 같지?"

어, 그거 칭찬이지? 행복한 표정으로 내 뺨을 조물조물하고 있는 것을 보니 싫어하는 쪽은 아닌 것 같지만.

"언냐 오늘 모 해?"

"오늘은 오후에 할아버님 독대가 있어. 그거 말고는 자유!"

"우아, 그러쿠나."

나는 순수하게 감탄하는 척을 했지만, 여주인공이 무엇을 하러 가는진 어렵지 않게 알았다.

'광폭화를 진정시키러 가는 거겠지.'

에탐의 피가 짙을수록 누구나 광폭화의 위험이 있다. 특히 직계는 가장 피가 짙은 만큼 늘 광폭화의 불안에 신경이 곤두서 있었다. 그러니 여주인공은 주기적으로 에탐 가문의 일원을 만나러 다니곤 했다. 원작에서는 갑작스럽게 에탐 가문에 오게 되어 밉보이던 여주인공이 에탐 가문과 급격히 가까워지게 된 계기도 이것이었다.

"이짜나, 언냐."

"으응, 왜? 내 동생."

여주인공이 나를 품에 끌어안은 채 머리와 뺨을 연신 부비부비 만졌다.

"언냐, 아바지 따님 하구 싶지?"

"어……? 아니?"

"그러면 내가 도와…… 어……?"

"딱히…… 외삼촌의 딸이 되고 싶진 않아. 하지만 여기에 있으려면 보호자가 필요하대서."

여주인공이 어쩐지 조금 심드렁한 얼굴로 말했다.

'어…….'

뭐지? 원래 이런 성격이었나? 아니었던 것 같은데.

〈"샤르네, 에르노 에탐의 양딸이 되거라."

"꼭 그래야 하나요, 할아버님? 그분은 너무 무서워요. 게다가 절 별로 좋아하지도 않는 것 같고요."

"그런 거라면 걱정하지 마라. 그놈은 공평해서 모두에게 그 지X이니까."

"네?"

"그놈이 지독한 악동에 생각도 없이 날뛰는 개망나니처럼 보이고 실제로도 그렇지만, 제 울타리에 들어온 것만큼은 확실히 지킨다. 정식으로 후계자 지위를 가진 네 안위를 지키기엔 딱이야."

"······네, 알겠어요. 할아버지."〉

음, 생각해 보면 막 좋아했던 것 같진 않은데. 그렇다고 이렇게까지 심드렁했다는 묘사가 나온 것 같지도 않다. 나는 새삼 신기한 얼굴로 여주인공을 보았다.

'서로 좋아하게만 하면 되잖아?'

나는 심각한 얼굴이 되어 턱을 문질렀다. 여주인공은 혼자서 이런저런 포즈를 취하는 내가 좋은지 아까부터 나를 흐뭇한 눈으로 바라보고 있었다. 그 시선이 어쩐지 속을 묘하게 간지럽혀서 나는 슬쩍 시선을 피했다.

'아, 그러고 보니······ 곧 그 사건이 벌어질 때가 아닌가?'

문득 떠오른 생각에 나는 천천히 고개를 기울였다. 일명 '유물 도난 사건'. 이건 여주인공이 온 뒤 에탑 가문에서 발생한 첫 번째 사건이다. 이 사건으로 여주인공은 본격적으로 가문의 인정을 받고 에르노 에탐의 관심을 받으며 가문에 스며들게 된다.

'유물 도난 사건'이 뭐냐면, 말 그대로 머지않아 누군가가 에탐 가문에서 드래곤의 유물을 훔쳐 간 사건을 말한다. 그 때문에 에르노 에탐이 또다시 폭주가 일어날 뻔하는데 그것을 여주인공이 막아 준다. 그 계기로 에르노 에탐은 여주인공에게 크게 흥미를 가지게 되고 여주인공이 그에게 입양되는 것이다. 이번에 도난당하는 것은 에탐 가문의 세 개의 유물 중 두 번째 유물, '균형의 파편'이다. 그리고 그 유물의 소유자가 바로 에르노 에탐이었다. 이것이 바로 에르노 에탐이 안하무인으로 굴어도 미르엘 공작이 그를 쫓아내지 못하는 이유였다.

균형의 파편. 말 그대로 어긋난 것의 균형을 이루게 해 주는 물건으로 《입.양.각》 초반에 에르노 에탐의 불완전한 정신을 지탱해 준다. 균형의 파편은 보통 그 대에 드래곤의 피를 가장 짙게 이어받은 자를 선택한다. 드래곤이 인간을 아득히 뛰어넘은 계약자를 지키기 위해 내어 준 물건인 만큼, 가장 불안정한 인간을 선택하는 것이다.

모든 유물은 주인을 선택한다.

첫 번째 유물 '업화의 염'은 다음 대 에탐 가문의 가주를 주인으로 선택한다.

두 번째는 말했다시피 균형의 파편이다.

그리고 세 번째 유물은 '드래곤의 구슬'인데 이 유물은 모든 주인을 거부했다. 때때로 여주인공에게는 잠깐씩 힘을 빌려주긴 했지만, 결국 여주인공을 주인으로 선택하진 않았다.

"에이린?"

"응?"

"무슨 생각을 그렇게 해?"

내가 넋을 놓은 채 가만히 있었던 탓인지 여주인공은 걱정스러운 표정이었다.

"으응, 아냐."

나는 고개를 절레절레 흔들었다.

'분명히 에탑 가문 내부의 도움으로 누군가가 유물을 훔쳐 가는데…….'

이상하게 소설을 그렇게나 읽었음에도 범인이 누군지는 잘 기억이 나지 않았다. 누군가 그 부분만 지우개로 지운 것처럼.

'이 사건은 여주인공이랑 에르노 에탑이 가까워지는 계기인데.'

다른 건 몰라도 이 사건만큼은 방해하면 안 되는 게 아닐까?

'이번에는 저번처럼 죽거나 정말로 폭주하는 게 아니니까…….'

만약 폭주하더라도 분명히 여주인공이 광폭화를 안정시켜 줄 것이다.

"따님."

'그러니까, 굳이…… 내가 막을 필요는 없지 않을까?'

나는 뒤에서 들려오는 익숙한 목소리에 천천히 고개를 돌리며 생각했다.

"네, 아바지."

"거기서 뭐 하니?"

"언냐랑 노라써여!"

"푸딩, 먹을까 하는데 어떠니?"

"헉."

나도 모르게 양손으로 입을 가렸다. 푸딩? 이건 못 참지. 다른 건 몰라도 이 에탐 가문의 푸딩만큼은 내가 죽어서도 절대 잊지 못할 맛이다.

"언냐, 가자."

당연히 같이 가는 줄 알고 여주인공과 손을 맞잡으려는데 몸이 허공으로 덜렁 들렸다.

"아바지?"

"따님, 저 애는 가주님께 가야 할 거다. 그렇지 않니?"

"아⋯⋯."

그러고 보니 오늘은 미르엘 공작과의 독대가 있다고 했지. 아쉬운 표정으로 시선을 내리자 여주인공이 인상을 찌푸린 채 에르노 에탐을 노려보고 있었다.

"언냐?"

"아, 응. 맞아. 곧 할아버님을 독대할 시간이야. 푸딩은 다음에 같이 먹지 않을래? 기왕이면 둘이서."

햇살 같은 여주인공이 내게 말했다. 그 환한 미소에 나는 냉큼 고개를 끄덕였다.

"조아!"

"그래. 그럼 다음에 연락할게."

"응! 언냐 안뇽."

나는 손을 살살 흔들었다. 보면 볼수록 여주인공은 정말 천사 같은 것 같다.

"따님."

"넹, 아바지."

나는 눈을 동그랗게 뜨곤 다소곳하게 대답했다.

'지금은 아빠 바보 딸이지.'

그가 나가라고 하지 않았으니 아마 연극은 끝나지 않은 모양이었다.

"따님은 저 여자애가 좋니?"

"네? 네!"

여주인공이니까 싫어할 수가 없잖아.

"나보다 더?"

"……네엥?"

"나보다 더 저 여자애가 좋냐고 물었단다."

나는 옆구리에 낀 호랑이 인형을 한층 더 힘주어 안으며 인상을 찌푸렸다.

'무슨 의도지?'

설마 나를 떠보려는 건 아니겠지? 나는 잠시 고민하다가 활짝 웃으며 고개를 저었다.

"아녀! 에이링은 아바지가 쪠일 쪼아여! 아바지가 채고예여."

155

"……흠."

"정말이에여!"

지금 내 역할은 아빠 바보 딸을 연기하는 거니까 말이다.

"그러냐."

"네!"

그가 가볍게 웃으며 언제나처럼 내 뺨을 쓰다듬었다.

"네가 날 아버지라고 불렀다, 그걸 잊지 말렴. 넌 내 딸이란다."

다정한 목소리였다. 그 말에 눈이 절로 커졌다.

'이렇게 말하면 진짜 같잖아.'

어차피 흥미가 가시기 전까지의 잠깐의 유희면서. 에르노 에탐은 정말 나쁜 남자가 맞아.

'그래도 지금은 조금 위험했어. 심장 떨어질 뻔했어.'

나는 연신 고개를 도리도리 저었다. 순간 홀려서 내 위치를 잊을 뻔했다. 이번 사건만 지나면 분명히 여주인공이 에르노 에탐의 마음에 들어차게 될 거다.

"네, 아바지."

나는 활짝 웃으며 순종적으로 대답했다. 그날 먹은 푸딩은 이상하게도 어쩐지 지금까지 먹었던 것보다 맛있진 않았다.

* * *

평화롭다.

입을 달싹달싹 벌려 가며 마일라가 주는 푸딩을 받아먹으며
든 생각에 픽 웃음이 흘러나왔다. 얼마 전까지만 해도 집을 나
가기 위해서 짐을 싸고 있던 내가 이렇게 호화로운 생활을 하는
게 썩 믿기지 않았던 탓이다.

"그러고 보니 아가씨. 오늘이 무슨 날인지 아세요?"

"오늘?"

막 푸딩을 다 먹었을 때 들려온 갑작스러운 마일라의 질문에
고개가 절로 기울어졌다. 오늘 무슨 날이던가?

'원작에선 딱히 별말 없었던 것 같은데.'

기억을 더듬으며 나는 마일라의 눈치를 슬쩍 살폈다. 오늘은
그냥 에르노 에탐에게 푸딩을 얻어먹은 뒤로 딱 사흘이 지난 날
이었다.

"네!"

아무리 생각해도 마일라가 눈을 반짝일 별다른 이유가 없
다. 그는 나와 함께 식사를 했고 그와의 식사 후에는 여주인공
과 정원을 거닐며 이야기를 나누었다. 그리고 원작에서 오늘
은…….

'도둑이 유물을 훔쳐 가는 날이지.'

오늘은 달이 사라지는 '삭월의 밤'이었다. 그리고 삭월의 밤
에는 에탐의 피가 잠들었다. 에탐의 누구도 광폭화하지 않고
안정적이며, 예민하지도 않게 깊은 잠에 빠질 수 있는 날이 바
로 '삭월'이었다. 감당하기 힘든 힘을 얻은 인간에게 드래곤이

마련한 안식의 날. 이날은 직계, 방계 할 것 없이 에탑의 피를 이은 이들의 힘이 가장 약해지는 날이자, 에탑의 경비가 가장 강화되는 날이기도 했다. 에탑의 직계는 모두 이날 자신의 방에서 나오지 않는다. 정확히는 잠만 잔다고 하는 편이 옳았다. 물론…….

'나는 멀쩡하네.'

잠이라고는 코딱지만큼도 오질 않았다. 방계는 약간 몸이 나른해지는 정도라고 듣긴 했지만…….

'난 심지어 쌩쌩하네.'

나른함은 무슨, 전에 없이 팔팔하다. 에탑 가문의 피는 한 방울도 섞이지 않았다는 사실만 명확해졌다.

"마일라, 오늘…… 무슨 날잉데? 나 모라."

"오늘은 에르노 공자님의 생신이세요."

"……옹."

에르노 에탑의 생일이라고? 하필 삭월의 밤에? 그런 설정이 소설에 있었던가? 나는 의아한 표정으로 고개를 기울였다.

"다음 주엔 생신 연회가 있을 예정이에요. 혹시 선물은 준비하셨나요?"

"아니?"

이런 이벤트가 있었나? 나는 나도 모르게 인상을 찌푸렸다. 생일에 관한 이야기는 전혀 없었는데.

"에이, 아가씨께선 에르노 공자님의 유일한 따님이시잖아요.

제일 먼저 선물을 해 드려야죠."

"웅. 긍데 오느른……."

삭월의 밤인데? 모두 잠이 든 날에 무슨 선물을 해 줄 수 있다는 거지?

"제가 좋은 방법을 알려드릴까요?"

"먼데?"

어쩐지 기분이 이상했다. 나는 애써 미묘한 마음을 누르며 되물었다. 마일라는 언제나처럼 상냥한 표정이었다.

'근데 진짜 범인이 누구였더라?'

분명히 그렇게 대단한 사람은 아니었던 것 같은데.

"에르노 공자님께서 늘 착용하시는 귀걸이가 있거든요."

분명히 그리 비중 있는 역할은 아니었다.

"그게 사실은 구슬 모양인 거 아세요? 그걸 다 모으면 에르노 공자님이 무섭게 변하시는 일도 없을 거예요."

그저 빚더미에 올라 돈이 필요했던 엑스트라가…….

"제가 그 나머지 파편이 어디에 있는지 알고 있어요."

또한 마찬가지로 비중 없는 엑스트라를 속여서 한창 사이가 벌어지고 있던 여주인공과 에르노 에탐이 가까워지기 위한 하나의 장치.

"아가씨께서 그걸 가지고 오시면 분명히 아가씨를 조금 더 사랑해 주실 거예요."

……그게 나였던 모양이다. 문득 누군가에게 쫓기는 사람처

159

럼 별채 뒤쪽으로 사라졌던 마일라가 떠올랐다.

'왜 몰랐지?'

나는 이마를 짚었다.

'생각났다. 내가 쫓겨난 결정적인 이유.'

본래 소설대로라면 나는 도마뱀이라는 사실이 밝혀져서 혈족 검사를 받는 중이어야 했다. 혈족 검사는 결과가 나오기까지 최소 한 달 이상이 걸린다. 소설에서 지금은 내가 유예기간으로 이 저택에 머물러 있을 때였다. 그리고 아마 결정적으로 이 일 때문에 쫓겨난 것이 분명했다.

'왜 이제야 떠오른 거지?'

이상했다. 수년 동안 봐 온 소설이 어떻게 이렇게 특정 장면만 기억이 나지 않을 수 있는 걸까? 그리고 그 의심을 지우기라도 하려는 듯 머릿속에 소설의 한 장면이 선명하게 떠올랐다.

〈"생각해 보세요, 아가씨. 만약 에르노 공자님의 호적에 들어갈 수만 있다면 집에서 쫓겨나지 않으실 수 있어요."

"……하지만."

"이런 선물을 해 주신다면 분명히 새로 들어온 분 대신 아가씨를 입양하실 거예요."

"……그럼 계속 너랑 있을 수 있어?"

"물론이죠, 아가씨."〉

정신이 아득해지는 기분에 나는 이마를 짚었다.

'마일라가 범인이었구나.'

나는 거칠게 뛰는 심장을 진정시켰다. 나는 잠깐 고민한 끝에 고개를 저었다. 사실 별로 고민할 건 없었다. 어떤 말을 해야 할지 생각한 거지.

"시러, 이 먼청아."

나는 코웃음을 치며 대꾸했다. 그러자 마일라의 눈이 놀란 듯 커졌다. 원작이 아무리 좋아도 내 목숨을 걸고 싶을 정도는 아니었다.

"아가씨, 제가 그렇게 잘해 드렸는데…… 제가 한 말 중에 아가씨께 나쁜 게 있었나요?"

"나도 잘해 조짜나, 먼청아. 그리구 나두 나쁜 거 조은 거 구분할 수 이써."

"그러다가 제가 실수로 아가씨가 수인이라는 걸 말해 버릴지도 몰라요."

그 말에는 조금 놀랐다. 내가 수인이라는 걸 마일라가 어떻게 알고 있지? 딱히 들킨 적은 없는 것 같은데.

"제가 그렇게 오랜 시간 아가씨를 돌봤는데 모를 거라고 생각하셨나요?"

그렇게 말하는 마일라의 표정이 혐오스러움으로 가득 차 있었다. 어제까지만 해도 다정했던 하녀의 표정이 아니었다. 나는 크게 숨을 들이마셨다.

"하지만 이상하네요. 원래라면 신년 회의에서 인간화가 풀렸어야 했거든요. 남대륙에서 죄인에게 쓰는 꽤 효과 좋은 약이라고 들었는데요."

마일라가 언제나처럼 다정한 목소리로 말했다. 하얗게 웃는 얼굴은 내가 기억하는 모습 그대로였다.

'……설마 그것도?'

약간 뒤통수가 얼얼했다.

'알 게 뭐야.'

어차피 쫓겨나는 건 예정된 일이었고 밝혀지든 말든 내 알 바는 아니었다. 나는 몸을 돌렸다.

"후회하실 거예요."

"너나 후회해라, 먼충아."

"내일 아침이 기대되네요."

"웅, 너 어차피 2주 디에 주금."

나는 어린애처럼 대꾸하며 방으로 돌아갔다. 실제로도 마일라…… 아니 원작 속에 나왔던 그 엑스트라는 소설 속 악역에게 죽었다. 한마디로 토사구팽을 당한 것이다.

'……마일라가 결국 귀걸이는 훔치겠지만.'

그건 원작 그대로 흘러갈 이야기였다. 왜냐하면 그래야 여주인공이 에르노 에탑에게 능력을 써서 돋보일 수 있으니까. 그러니까 이것에 관해서는 적어도 최소한 내 잘못이 되지는 않겠지. 하지만 슬슬 떠날 준비는 할 필요가 있어 보였다.

'오늘은 여주인공도 없는데.'

여주인공도 에탐의 피를 짙게 타고났기 때문에 오늘은 긴 잠에 빠질 것이다.

'짐이나 싸자.'

나는 한숨을 폭 내쉬며 옆구리에 낀 호랑이 인형을 내려다보았다.

"에휴."

인생은 늘 마음대로 안 된다.

'호랑이는 데리고 가야지.'

그래도 내가 받은 선물이니까. 물론 짐을 싼다고 해 봐야 이 인형뿐이기는 했지만 말이다. 그리고 다음 날, 마일라는 결국 사달을 내고 말았다.

* * *

"저 애가 정말……?"

"세상에…… 마일라가 보모처럼 저 애를 돌봤잖아."

"은혜를 원수로 갚는군!"

"감히 에탐 가문에 더럽기 짝이 없는…….."

오늘은 에르노 에탐이 오지 않았다. 당연히 마일라도 없었다. 굶을 순 없으니 하는 수 없이 식당으로 가기 위해 타박타박 걸어가는데 귓가에 들려오는 목소리가 심상치 않았다.

'뭔가 일을 또 친 모양인데.'

물론 그래 봐야 기껏 수인이라는 사실을 정말로 밝힌 것뿐이 겠지. 뒷소문이나 뒷담화는 익숙하다. 학교에서 겪었던 일에 비 하면 그나마 여긴 악의가 없다.

"아가씨."

그림자가 머리 위로 길게 늘어진다고 생각했는데 누군가 내 앞을 가로막았다.

"누구야?"

"에탐가의 집사장, 카일로라고 합니다."

말이 집사장이지 미르엘 에탐의 오른팔이나 마찬가지였다.

'그가 왔다는 건······.'

미르엘 공작의 귀에도 이 사건이 들어갔다는 거다.

"가께여."

"······무슨 일인지 아시고 있는 모양이군요."

"저가 귀가 조아서여."

"······그렇군요."

내가 순순히 앞으로 걸어가자 카일로가 금세 따라와 앞장섰 다. 그는 긴 다리로 나와 보폭을 맞춰 주었다.

"들어가시면 됩니다."

그가 회의실의 문을 열며 말했다. 안에는 미르엘 공작 혼자 있는 것이 아니었다. 에르노 에탐과 그 옆을 지키는 여주인공 그리고 에탐 가문의 가신과 방계를 비롯한 주요 인사들이 있었다. 그리고 회의실 한쪽에 서 있는 마일라가 보였다. 축축하게 젖은 손수건을 들고 눈을 발갛게 물들인 그 모습을 보니 지금껏 잘해 준 것이 배가 아팠다.

'내가 온갖 정보를 다 알려 줬건만.'

내가 도와주지 않아도 어차피 어떻게든 마일라는 살아남았을 것이다.

'엑스트라 악역은 필요할 때까진 끈질기게 생존하니까.'

《입.양.각》에서 나와 마일라의 존재 이유는 에르노 에탐과 여주인공을 이어 주는 역할이다. 실제로 여주인공은 에르노 에탐의 손을 잡고 그의 광폭화를 억제하고 있는 모양이었다.

나는 느리게 심호흡을 했다.

"안뇽하세여."

내 인사에도 누구 하나 대답해 주는 사람이 없었다.

'괜찮아.'

익숙한 일이니까. 학창 시절 내내 누구 하나 내 인사를 받아 준 사람이 없지 않은가. 아니, 사실 학창 시절뿐만은 아니지. 가족도 마찬가지였다.

"너, 지금부터 내 질문에 솔직히 답해라."

"네."

눈을 매섭게 뜨는 미르엘 공작의 으름장에 나는 끝을 예감하며 순순히 대답했다.

"네가 검은 옷을 입은 사람과 결탁해서 이놈의 귀걸이를 훔쳤다는데 사실이냐?”

“…….”

“그게 어떤 귀걸이인진 아느냐?”

와, 이걸 나한테 뒤집어씌운다고? 황당함에 말문이 턱 막혀서 고개를 들자 서러운 듯 울고 있는 마일라가 보였다.

“네가 수인이라는 사실은 어떻고.”

“…….”

내가 입을 열지 못하자 미르엘 공작이 주먹으로 탁자를 쿵 내리쳤다. 다행히 이번에는 탁자가 반으로 갈라지진 않았다.

“솔직하게 대답하거라! 아니라면 아니라고, 맞다면 맞다고!”

“수인은 마…….”

수인은 맞지만 귀걸이를 훔치진 않았다고 대답하려는데, 기다렸다는 듯 몸이 뜨겁게 달아오르기 시작했다.

‘어……?’

언뜻 마일라의 입술 끝이 천천히 호선을 그렸다.

‘뭐야? 나한테 무슨 짓을…….’

한 게 분명하다고 생각하는 순간이었다.

퍼엉—!

시야가 훅 낮아지며 눈앞이 어둑해졌다. 인간화가 풀렸다.

‘……말도 안 돼.’

이게 뭐야? 갑자기 여기서 이렇게 인간화가 풀린다고?!

‘일단 원래대로 돌아가야 해.’

나는 황급히 다시 인간의 모습으로 바뀌려고 했다. 문제는…….

'어떻게 하지?'

나는 내 의지로 인간화를 풀거나 다시 인간화를 해 본 기억이 없었다. 주변이 새까맸다. 나는 일단 어떻게든 어둠 속에서 빠져나오기 위해서 허우적거렸다. 내 옷가지로 추정되는 것에서 간신히 벗어나는 순간 나보다 훨씬 커다래진 호랑이 인형이 바로 옆에 있었다.

'호랑이 인형이 이렇게 컸나?'

아니, 내가 그만큼 확 줄어든 거겠지. 내가 현실을 깨닫는 순간 주변 사람들도 현실을 깨달았는지 시끄러워지기 시작했다.

"꺄아아악! 수인이야!"

"더러운 수인이 감히 어디를……!"

"파충류 수인이라니. 하급 중의 하급이……."

음, 그나저나 계획이 조금 망했는걸? 음, 아니 조금 많이 망했을지도. 계획이 제대로 틀어졌다.

'일단…….'

튀어야겠는데?

폴짝.

토도독.

나는 그대로 몸을 돌려 필사적으로 네 발을 굴렀다.

토도도독.

회의실이 침묵에 휩싸인 탓인지 작은 발이 대리석을 밟는 소

167

리가 꽤 컸다.

"잡아!"

내가 회의실에서 도망을 가려고 하는 순간 병사들과 가신들이 일어나 나를 쫓아오기 시작했다.

"자, 잡아!"

"나, 난 뱀이 싫다고!"

뱀이 아니라 도마뱀이거든?!

'으아아악!'

그들이 사정없이 발을 내리찍었다.

'이러다 정말 밟히겠다고!'

콰득—

"끽……!"

아니나 다를까 꼬리가 밟혔다. 비명인지 뭔지 이상한 소리가 새어 나갔다. 생리적인 눈물이 툭 튀어나왔다.

"잡았다!"

반사적으로 몸을 버둥거리자 꼬리가 똑 떼어졌다.

'아, 그리고 보니 도마뱀은 꼬리를 버릴 수 있었지.'

떨어져 나가니 그나마 통증이 조금 덜했다.

타다다닥.

나는 급히 벽을 타고 기어올랐다. 아래를 내려다보니 주변을 둘러싼 사람들이 보였다. 도마뱀이 되었는데도 어쩐지 숨이 가빴다. 저 멀리 에르노 에탐이 보였다.

'실망했겠지.'

아니나 다를까 그는 굳은 얼굴로 나를 보다가 천천히 내게로 걸음을 옮겼다. 그가 다가오자 모세의 기적이라도 일어난 듯 사람들이 우수수 흩어졌다. 내 앞까지 다가온 에르노 에탐이 내게 느리게 손을 내밀었다.

"……이리로."

나는 내게로 뻗어 오는 손을 피해 후다닥 뒤로 더 도망갔다.

'아프고 서럽네.'

바닥을 나뒹구는 호랑이 인형은 이미 사람들에게 짓밟혀 엉망이었다.

'……난생처음 받은 나를 위한 선물이었는데.'

짓밟혀 더러워진 호랑이 인형을 보니 괜스레 눈물이 났다.

'도마뱀도 울 수 있나?'

시답지 않은 생각에 대한 대답은 금세 해결됐다.

후두둑.

흘러내린 눈물이 에르노 에탐의 손바닥 위로 흠뻑 떨어졌기 때문이다.

"너……."

에르노 에탐의 손이 조금 더 뻗어 왔다.

'죽고 싶지 않아.'

나는 눈을 질끈 감았다.

'제발 어디로라도 좋으니까 날 여기서 벗어나게 해 줘.'

그 순간 눈앞이 새하얗게 물들었다. 다시 눈을 떴을 때 나는 더 이상 에탑 가문에 있지 않았다.

* * *

새하얀 빛이 뿜어지는 것과 동시에 갑자기 아이가 사라졌다. 순간이동이라도 한 것처럼 온데간데없이 사라진 아이의 모습에 주변이 술렁거렸다.

"대체 어디로……."

"얼른 찾아야 해. 저런 게 에탑 가문을 돌아다니게 둘 수는……."

"……잖아."

그 작은 중얼거림에 누군가 의아한 표정으로 반문했다.

"네?"

서걱—

섬뜩한 소리와 함께 그의 서늘한 안광이 마일라에게 닿았다. 팔 하나가 바닥을 나뒹굴었다. 에르노 에탑은 어느새 인파에서 벗어나 미르엘 공작의 바로 옆에 서 있던 마일라의 앞에 있었다. 그것도 피가 뚝뚝 떨어지는 검을 든 채로. 누구도 눈치채지 못할 정도의 빠른 속도로 워프한 것이다.

"끄아아아악!"

뒤늦게 본인의 팔 한쪽이 가벼워진 것을 눈치챈 마일라가 숨이 넘어갈 듯 비명을 질렀다.

"내 따님이 울었잖아."

"에, 에르노 공자님! 저, 저건 당신 딸이 아니라……."

"내가 저 아이를 따님이라고 하는데……."

황금빛 눈동자가 초점을 잃은 채 마일라를 보고 있었다.

"끄아아악!"

"그 이상의 이유가 필요한가?"

그가 검을 움직였다.

"어디 말해 봐."

섬뜩한 소리가 연신 울렸다. 마일라가 옴짝달싹도 하지 않을
때가 되어서야 피를 뒤집어쓴 악귀가 느리게 고개를 돌렸다. 그
의 시선이 에이린을 둘러싸고 있던 가신들에게 닿았다.

"꽥꽥 시끄럽던데. 더 말 안 하나?"

짧게 한숨을 내쉰 그가 한 걸음을 내딛는 순간, 그는 이미 가
신들의 앞에 있었다. 그의 검이 한 번 더 움직였다.

"내 따님이 울었다고."

말이 끝나기가 무섭게 에이린의 꼬리를 밟은 사내가 바닥을
나뒹굴었다.

"끄아아아악!"

모두가 새하얗게 질려 입을 다물곤 슬금슬금 물러나기 시작
했다.

"일부러 따님께서 놀랄까 봐 조심히 다가갔는데 말이야."

"에르노 에탐, 도를 넘었다. 그만해라."

사태를 지켜보던 미르엘 공작이 자리에서 일어나며 입을 열었다.

"아…… 광폭화가 시작된 모양이네요. 내 검이 주체를 못 하는 걸 보니."

그가 느리게 읊조리며 검을 가볍게 허공에 휘둘렀다. 그의 검 끝이 미르엘 공작의 코앞을 아슬아슬하게 스쳤다.

"애초에 이따위 일만 안 벌이셨어도…… 쯧."

그가 몸을 돌렸다.

"한동안 집 나갑니다, 그렇게 아십시오."

"가긴 어딜 가! 이 무뇌아 같은 놈이! 네놈이 밖에 나가서 광폭화라도 일어나면……!"

"다 가주님 때문이겠군요."

"애초에 양녀로 들이지도 않을 거였으면서 내 속이나 뒤집자고 끼고 돌던 게 아니었느냐! 게다가 파충류 수인이라니……. 에탐 가문의 핏줄일 가능성도 희박하다!"

밖으로 나가던 에르노 에탐의 검이 정확히 미르엘 공작의 정수리를 향해 날아갔다. 미르엘 공작이 손에 쥐고 있던 만년필을 움직여 가볍게 검의 궤도를 바꾸었다.

콰앙—!

벽에 커다란 구멍이 뚫렸다.

"그건 내가 정할 일이고. 양녀로 들이지 않은 건 잠시 생각할

게 있었을 뿐입니다."

그가 서늘하게 말했다.

"근데 이런 식으로 뺏기니 화나네."

에르노 에탐이 낮게 읊조렸다.

"당장 돌아와라! 내 몸이 한계라는 걸 정말 모르느냐!"

"그러니 내가 폭주하기 전에 따님을 내 앞에 데려다 놓는 게 좋을 겁니다. 통신 좌표는 아시리라 믿습니다."

에르노 에탐이 그대로 자리를 벗어났다.

"저, 저……! 상도도 없이 패륜이나 저지르는 자식이……!"

미르엘 공작이 거칠게 원탁을 내리쳤다. 원탁이 정확히 반으로 갈라져 또다시 무너져 내렸다.

"……이번에는 조금 과하셨습니다."

뒤로 다가온 집사장, 카일로가 말했다.

"네놈까지 그러기냐!"

"저 시녀가 '명월(明月)'의 끄나풀인 것은 알고 있지 않으셨습니까."

"제 입으로 확인받으려고 했을 뿐이다!"

"아이가 보기엔 겁박처럼 보였겠지요. 주인님께서 내뿜는 기백은 가끔 저도 등골이 오싹하니 말입니다."

"헛소리!"

"하지만 찾으실 것 아닙니까."

"……모른다!"

"네, '테렘'을 움직이겠습니다."

"난 모른다고 했다."

미르엘 공작이 성큼성큼 회의실을 벗어났다. 카일로가 엉망
이 된 회의실을 보며 짧게 한숨을 내쉬었다.

* * *

"이게 뭐야? 도마뱀이랑…… 인형?"

수려한 얼굴의 소년이 설핏 고개를 기울였다. 긴 머리카락이
사르르 흘러내렸다. 흘러내리는 보랏빛 머리카락은 끝으로 갈
수록 색이 옅어졌다. 소년의 눈동자가 재밌다는 듯 휘어졌다.
드롭 형태의 은빛 스틱 귀걸이가 소년의 오른쪽 귀에서 달랑거
렸다.

"꼬리는 어디다 버려두고 온 거야? 멍청한 도마뱀이네."

소년이 손을 뻗어 작은 도마뱀을 가볍게 쥐었다. 몸이 차가웠
다. 소년이 품에서 해진 손수건을 꺼내 도마뱀을 돌돌 감쌌다.

"마침 애완동물이 필요했는데 이걸로 할까?"

보아하니 동물은 아닌 것 같지만 말이야.

"마음에 들었어. 너는 꼬리가 없고 나는 부모가 없으니까 우
린 제법 비슷하네."

나직하게 덧붙인 소년이 차게 식은 도마뱀을 손에 쥔 채 언덕
을 내려왔다.

'새싹의 시간 고아원.'

소년이 들어간 번듯하고 알록달록한 건물 앞 팻말에는 이와 같은 글자가 또렷하게 아로새겨져 있었다.

III

'추워······.'

정신이 가물가물했다. 몸은 춥고 그나마 몸을 둥글게 감쌀 꼬리도 느껴지지 않았다.

'너무 추워.'

또다시 그렇게 생각한 순간 기다렸다는 듯 무언가 포근한 것이 몸을 휘감았다. 난로에 들어간 듯한 따뜻한 온기에 휩싸여 한참이나 그 품에서 어리광을 부리던 나는 한참 만에 이 모든 감각이 상당히 낯설다는 것을 깨닫고 아주 천천히 눈을 떴다.

깜빡.

정신을 차리니 눈앞에서 자수정이 반짝였다.

"오, 눈떴구나."

"꾸우욱─!"

자수정이 아니라 사람의 눈이었다. 깜짝 놀라 비명을 질렀는데, 이상한 울음소리가 새어 나갔다.

"도마뱀도 우네?"

'……도마뱀?'

나 아직도 설마 도마뱀이야? 급하게 고개를 돌리자 바로 옆에 작은 거울이 있었다.

'진짜 아직도 도마뱀이네…….'

순간 말문이 막혔다. 핑크빛이 도는 은색 비늘을 몸에 두른 기묘한 도마뱀이 내가 움직이는 대로 움직이고 있었다. 그리고 엄청 작다.

'말도 안 돼…….'

아직도 사람으로 돌아가지 못했을 줄은 몰랐다.

'대체 어떻게 하면 다시 인간이 될 수 있는 거야?'

눈을 질끈 감고 아무리 몸에 힘을 줘 봐도 영 돌아갈 기미가 없었다.

'설마 평생 이러고 살아야 하는 건 아니겠지?'

덜컥 겁이 났다. 그 순간 소년이 코앞까지 얼굴을 불쑥 들이밀더니 내 머리를 검지로 살살 쓰다듬었다.

"죽었으면 실험체로 쓰려고 했는데 살아서 다행이네."

"……."

으스스 소름이 돋는 말에 나는 화들짝 놀라 타다다닥 뒷걸음질을 쳤다.

"뭐야, 어디 가?"

나보다 두어 살 더 많아 보이는 소년이었다. 아래로 내려갈수록 색이 옅어지는 특이한 머리카락에 짙은 자수정빛 눈동자를 품은 소년. 흔히 보기 힘든 장발은 마치…….

'……누구를 떠올리게 하네.'

예를 들어서, 새싹 고아원에 있을 것이 분명한 서브 남자 주인공 중 하나인 '리하르트 콜린'이라거나.

'……는 무슨, 얘 리하르트 콜린이잖아?!'

흔하지 않은 장발과 흔하지 않은 머리색 그리고 흔하지 않은 문양이 새겨진 드롭 귀걸이까지! 누가 봐도 엑스트라에게 줄 만한 설정들이 아니다. 그리고 엑스트라 외에 이런 외양을 가진 사람은 내가 알기로는 딱 한 명뿐이었다.

리하르트 콜린.

에탐 가문에 에르노 에탐이 있다면, 마탑에는 리하르트 콜린이 있다. 이 소년이야말로 미래의 마탑주가 될 장대한 서사시가 예정된 두 번째 또라이였다.

에르노 에탐은 그나마 이름을 살짝 참고한 '싸패 에탐' 정도의 귀여운 별명이 붙었지만, 독자들이 칭하는 리하르트 콜린은 그냥 '또라이'였다.

왜냐하면…….

〈"아하하하! 좀 더 미쳐 날뛰어 보라고! 좀 더! 발바닥이 뜨거우면 더 춤을 춰야 할 거 아니야!"

"뭐? 살려 달라고? 아하하하, 좋아! 난 자비로운 마탑주니까 말이야. 저 나무를 10초 안에 터치하고 오면 살려 줄게. 자, 시—작! 10, 9, 8…… 0! 실패했네."

"숫자가 틀렸다고? 아닌데? 저게 맞아. 왜냐고? 내가 맞다고 하니까."

"야야, 넌 궁금하지 않냐? 인간은 몇 번의 죽을 고비를 넘겨야 차라리 죽고 싶다고 할까? 나 실험해 보고 싶어졌어! 어때? 우리 같이 실험해 보지 않을래? 내가 연구원이고 너는…… 그래, 실험용 쥐로 하자! 걱정하지 마. 죽이지는 않을게!"〉

그냥 또라이였기 때문이다. 잊지 말기를 바란다. 이 원작은 본래 17금 육아물이었다는 사실을. 물론 저 또라이 짓에도 이유가 있긴 했다. 그는 어린 시절 노예 상인에게 이리저리 팔려 다녔고 성인이 되어선 그것에 대한 복수를 하기 위해 연관된 이들의 3대를 멸족하러 다녔다.

'……그래도 어릴 땐 꽤 멀쩡했나 보네?'

묘사에서 봤던 것보다 인상이 훨씬 순했다. 하긴 소설에 한창 등장할 때엔 거의 청소년기를 지나 성년이 되기 직전 무렵이었다. 리하르트가 콜린 가문에서 잃어버린 막내아들이라는 걸 알게 되는 것도 그때쯤이었던 것으로 기억한다. 당연하지만 여주인공을 제외한 많은 주·조연들에겐 서글픈 서사가 있고 여주인공이 그것을 감싸 안는 스토리로 전개됐다. 나중에 리하르트 콜린의 또라이 같은 성격도 조금 바뀌기는 한다.

〈"샤르네, 넌 내가 지켜 줄게. 그러니까 내 옆에만 있어. 알았지? 개 X같은 새끼들 전부 조져 줄 테니까 말이야."

"······하지 말라고? 좋아, 키스해 주면 그럴게."

"샤르네가 하지 말라고 했으니까······ 뭐 아예 없던 일로 만들어 볼까? 세상에서 없어지면 하지 말랄 것도 없으니까."〉

그러니까······ 그냥 또라이에서 여주인공 중심의 또라이로 말이다.

"내가 아니었으면 넌 죽었을 거야."

그가 생글 웃으며 내게 손을 뻗었다. 책상 앞에 앉아 살짝 턱을 괸 모습이 책의 묘사대로 상상했던 것보다 더 예뻤다. 종종 뒷모습만 보면 여자랑 헷갈릴 때도 많다고 들었는데, 충분히 그럴 만한 외모였다.

"내가 널 살렸으니까, 넌 내 거야. 그러니까 앞으론 내 옆에 있어."

그가 조금 더 내게 손바닥을 내민다. 잠시 고민하던 나는 조심스럽게 발을 움직여 그의 손바닥에 올라갔다. 내가 그의 손바닥에 올라가자 리하르트 콜린의 표정이 화악 밝아졌다.

'꼬리가 없으니 조금 불편하네.'

있던 신체가 없어진 기분이 미묘했다.

"꼬리가 없어서 다른 도마뱀한테 괴롭힘이라도 당한 거야? 자기랑 다른 걸 배척하는 건 인간이나 파충류나 똑같구나."

리하르트 콜린의 목소리에 나는 나도 모르게 눈을 크게 뜨고 고개를 들어 그를 보았다.

"내가 널 강하게 키워 줄게. 다음에 가서 복수해. 꼬리가 없어도 건강하게 누구보다 강해질 수 있다는 걸 증명하는 거야."

그러고 보면 그도 수많은 편견 속에서 살아왔을 것이다. 남들보다 특출나게 머리가 좋았고 남들보다 특출나게 아름다웠고 남들보다 특출난 재능이 있었고 남들과는 다르게 부모가 없었다.

'그러게, 다를 게 없네. 소설 속이나…… 현실이나.'

시대를 막론하고, 장소를 막론하고, 결국 어딘가에선 미운 오리 새끼가 탄생하는 법이다. 나는 작달막한 손을 뻗어 작고 차가운 발바닥을 리하르트 콜린의 뺨에 착, 올렸다. 두어 번 토닥토닥 두드리자 리하르트 콜린의 눈이 동그래졌다.

"뭐야, 너 되게 신기하네. 마치 말을 알아듣는 것 같아. 꼬리가 없어서 머리가 좋아진 걸까?"

음, 근데 얘 아까부터 착각을 하나 하는 것 같다.

"불편할 텐데 꼬리 모형이라도 만들어 줄까?"

내 꼬리, 다시 자랄 거거든. 아마도.

'도마뱀이니까 자라겠지?'

나는 눈동자를 도르륵 굴렸다.

"아, 그 전에 이름을 정해야 할 텐데…… 뭐가 좋을까?"

이름이 있는데 또 이름이라니. 하지만 지금은 말을 할 수 없는 처지였다. 내가 가만히 있자 리하르트 콜린은 한참이나 고민하는 듯하더니 눈을 반짝였다.

"피부가 은색이니까 흰돌이?"

나는 경악한 얼굴로 리하르트 콜린의 손바닥에서 뒷걸음질을 쳤다.

"어어, 야. 너 떨어진다?"

나는 급히 고개를 절레절레 저었다.

"싫다고……? 그럼, 음. 은색이니까 실버……?"

"……."

누가 알았을까. 이 또라이의 작명 센스가 바닥을 친다는 사실을. 내가 경악한 듯 움직이지 않자 리하르트 콜린도 이건 좀 아니라고 생각했는지 멋쩍은 얼굴로 입을 열었다.

"그럼 뱀뱀이……?"

"……."

거세게 날아온 어퍼컷에 나는 그만 고개를 떨구고 말았다.

"오, 이건 마음에 드는구나. 그럼 이걸로 하자! 잘 부탁한다, 뱀뱀아."

그렇게 나는 뱀뱀이가 되었다.

　　　　　　　　　* * *

　"아, 귀찮아. 또 훈련 시간이야."

　'훈련을 거의 매일 하네?'

　내가 고개를 갸웃하는 것을 뭐라고 생각했는지 또라이……
아니 리하르트 콜린이 덧붙였다.

　"나한텐 전혀 쓸모없는 건데 말이야. 뱀뱀이 네가 보기에도
그렇지?"

　그렇게 말하는 리하르트는 무척이나 피곤해 보였다. 이 고아
원에 온 지도 무려 사흘이 되었다. 그동안 나는 인간화에는 실
패했고 이 고아원과 리하르트 콜린에 대한 의외의 면을 발견하
게 됐다. 이 고아원은 현재 성마대전에서 대승을 거두고 행방이
묘연해진 전쟁 영웅, 알비온이 운영하는 고아원이었다.

　평생을 평민으로 살아왔던 그는 성마대전이 일어나며 신의
계시를 받아 영웅이 되었다. 단 한 번도 무언가를 죽여 본 적 없
는 사람이 전장의 최전선에서 무언가를 죽여야 하는 상황이 된
것이다. 그래도 그는 영웅의 성흔을 받은 것을 증명하듯 전장을
승리로 이끌었다.

　'하지만 전쟁 뒤의 상황을 견뎌내지 못했지.'

　처참하게 늘어진 시체와 가족을 잃어버리고 통곡하는 사람
들 사이에서 영웅으로 추앙받는 것에 환멸을 느낀 그는 조용히
모습을 감췄다. 왜냐하면 그가 영웅이 됐기 때문에 그는 아내와

딸을 잃어야만 했으니까. 그래서 그는 전쟁고아를 비롯한 고아들을 모아다가 돌보기 시작했다. 그렇게 만든 곳이 바로 이 '새싹의 시간 고아원'이었다. 그는 이곳에서 자신이 전쟁터에서 구르며 몸소 배운 모든 지식을 전수해 주기 위해서 노력한다. 그래서인지 이 고아원에서 10년 뒤쯤엔 꽤 유명한 인사들이 많이 나오곤 했다.

"난 멍청한 놈들이랑 수업 듣기 싫어."

"그래도 들어야 한다, 리히트."

뒤쪽에서 들려온 건조하며 무감정한 목소리에 리하르트 콜린의 어깨가 흠칫 떨렸다. 그의 어깨에 앉아 있던 내 몸도 폴짝 뛰었다가 돌아왔다. 고개를 돌리자 훤칠한 키에 평범한 외양의 사내가 보였다. 밝은 갈색 머리카락에 마치 메말라 죽어 가는 들판 같은 녹색 눈동자를 지닌…… 이 고아원의 원장이자 성마대전의 영웅, '알비온'이었다.

"헹, 난 듣기 싫은데."

"마법사도 언젠가는 검사와 전투를 벌일 때가 있다. 그때를 대비해서라도 배우는 것이 좋다."

"몰라! 내가 왜 배워야 하는데? 저런 멍청한 놈들 정도는 얼마든지……!"

리하르트 콜린이 버럭 언성을 높였다. 작은 손이 서툴게 손가락을 튕기는 순간 마력이 발화했다.

화르륵—

순식간에 타오르는 화염구가 생성됐다. 화염구가 움직이려는 순간 그것이 순식간에 두 동강이 나더니 허공에서 사라졌다. 어느새 알비온은 검을 손에 쥐고 있었다.

"마법은 건물 내부에서 하는 게 아니다. 잘못하면 전부 죽는다."

"난 배우기 싫다고!"

"배워야 죽지 않는다."

"……난 안 죽어!"

"죽음은 네가 원할 때 찾아오지 않는다."

우와, 알비온 정말 말주변이 없구나. 용케 고아원을 운영해 왔다는 생각이 절로 들었다.

'이곳 자체가 알비온에겐 속죄의 공간일 테니까.'

무력하게 죽어 가는 아이를 조금이라도 줄이기 위해서 그 나름대로 노력하고 있는 것이 분명했다.

"원장님이 뭘 알아."

반항기 가득한 리하르트 콜린이 몸을 휙 돌렸다. 그리고 잠깐 방심하고 있던 나도 하늘을 날았다.

'으악!'

철퍼덕.

급히 손에 힘을 줘 발을 붙이고 섰는데 뭔가 따뜻하고 말랑하다. 슬쩍 고개를 돌리자 희번덕거리는 녹색 눈이 보였다.

"꾸우욱!"

나도 모르게 비명이 튀어나갔다.

"······도마뱀?"

알비온이 손을 뻗어 나를 붙잡았다. 거친 손아귀에 붙잡힌 내가 버둥거리자 그가 미간을 찌푸렸다.

"리히트가 키우는 건가? 애완동물은 키우면 안 된다고 말해야겠군."

'이렇게 쫓아내겠다고?'

절대 싫어!

내가 버둥거리며 고개를 절레절레 흔들자 알비온이 멈칫했다.

"너는 마치······ 말을 알아듣기라도 하는 것 같군."

그는 본인이 내뱉고도 우스운 소리라는 걸 깨달았는지 허탈한 숨을 뱉었다. 나는 재빨리 그의 손아귀를 벗어나 팔을 타고 기어올라서 어깨에 앉았다. 다행히 알비온은 나를 제지하지 않았다.

"리히트는 마법에 재능이 있다. 하지만 재능 있는 마법사라고 한들 어린 마법사는 그저 노예로 사고팔릴 뿐이다."

'그러고 보니 리하르트 콜린이 노예 상인에게 사고팔리던 걸 알비온이 구했다는 설정이었지?'

"하지만 잘 모르겠군. 내 죄책감을 덜기 위한 알량한 선의 따위······ 어쩌면 닿지 않는 걸지도 모르겠다."

'아, 맞다. 이 사람 엄청나게 자존감이 낮았지······.'

알비온은 한번 우울해지면 바닥까지 파고드는 성격이다. 예를 들어서 살짝 땅이 흔들렸다고 하자. 알비온은 이것을 '지진

이 났나?'라고 생각하며 걱정하다가 '모두가 죽는 게 아닐까?'
라는 생각으로 번진다. 그렇게 결국은 '내가 땅을 걸었기 때문
에……'라는 괴상한 망상에 빠져 지하 내핵까지 땅굴을 파는 성
격이다. 나는 땅굴을 파고 들어가려는 알비온을 보곤 급히 앞발
을 들어 그의 뺨에 턱하고 올렸다.

착―

'그런 말 하지 마. 네가 얼마나 열심히 했는지는 내가 다 알고
있는데.'

열심히 입술을 뻐끔거렸지만, 목소리가 나오진 않았다. 나는
하는 수 없이 고개를 절레절레 저으며 다시 한번 알비온을 격려
하듯 뺨을 툭툭 쳤다.

"……이건, 지금 내게 시비를 거는 건가?"

하하, 역시 사람을 달래는 데 뺨을 두드리는 건 아니지! 내가
급히 앞발을 거둬들이고 다시 어깨를 툭툭 두드리자 알비온의
어깨가 아주 미세하게 움찔거렸다.

'내가 소설을 얼마나 열심히 봤는데.'

알비온은 열심히 했다. 《입.양.각》에서 알비온은 분명히 거의
비중이 없었지만, 그래도 나는 그가 얼마나 열심히 살았는지 알
수 있었다. 지금도 그는 노예 상인이나 인신매매 등을 알선하는
곳을 찾아다니며 토벌하곤 했다. 그뿐이랴, 얼마 벌지도 못하는
돈을 탈탈 털어서 고아원에 쏟아붓고 떠도는 부랑아나 갈 곳이
없는 아이들에게 가진 것을 전부 주곤 했다. 밤늦게 고된 용병

일을 해서라도 어떻게든 고아원을 먹여 살리기 위해 애를 썼다.

'리하르트 콜린도 알비온을 좋아할 정도니까.'

스승의 날에 몰래 꽃을 두고 간다는 묘사도 아주 간간이 나왔다.

"……리히트를 찾아야 한다."

알비온이 짧게 말하곤 고아원을 나섰다.

'다 좋은데……'

이거 나도 가는 거야?

알비온은 나를 어깨에 올려 둔 채로 달렸다. 그야말로 전투기만큼이나 빠른 속도였다. 인간이라곤 믿기지 않는 미친 속도에서 떨어지지 않기 위해 나는 없는 발톱을 한껏 세워 필사적으로 알비온에게 매달려야 했다.

'근데 이 사람 리하르트 콜린이 어디로 갔는지는 알고 가는 거야?'

내가 괴로움에 어깨를 퍽퍽 내리치자 알비온이 커다란 나무 위에서 걸음을 멈췄다.

"리히트가 뛰어간 방향에는 마을밖에 없다."

그랬구나. 의외로 자세히 보고 있었던 모양이다. 내가 고개를 끄덕이자 그가 기다렸다는 듯이 나무 위에서 뛰어내렸다.

"여기서부턴 하나하나 찾아야 한다."

그는 진지한 얼굴로 나를 나무에 올려 두었다.

"찾을 수 있겠나?"

'진심이야?'

나는 지금 도마뱀인데?

"찾으면 내 냄새를 맡고 찾으러 오면 된다."

"……."

이 영웅이 사실 전쟁터를 너무 구르다 보니까 조금 정신이 어떻게 된 게 아닐까? 아니면 너무 인외종만 상대하다 보니 사실 평범한 도마뱀에 대해서 전혀 모른다거나? 알비온이 나를 품에 안더니 자신의 가슴팍에 바싹 가져다 댔다.

"자, 냄새를 맡아라."

"……."

이렇게 맡는다고 내가 알겠…… 어? 뭔가 느껴지는 것 같기도 하고. 냄새를 맡고 있으니 알비온이 나를 벽에 놓아 주었다. 그러더니 천 조각을 하나 꺼내 내게 내밀었다.

"이게 리히트의 냄새다."

나는 저도 모르게 코를 박고 냄새를 맡다가 흠칫 멈췄다.

'내가…… 무슨 개도 아니고…….'

정말 이래야 하는 거야?!

'근데 좀 알 것도 같은데.'

그쪽이 더 비참한데. 알비온은 무척 훌륭한 탐지견이라도 발견한 듯한 표정으로 내 머리를 살살 쓰다듬었다.

"잘못하면 밟힐 수도 있으니 웬만하면 벽으로만 다니도록 해라."

그가 명령하듯 말하곤 몸을 돌렸다.

'이러고 버리고 가는 건 아니겠지?'

나는 잠시 망설이다가 결국 조심스럽게 네 발을 움직였다.

'이런 나라도 필요로 해 주니까.'

그러니까 움직이지 않을 수가 없었다. 그리고 다행히도 나는 머지않아 리하르트 콜린을 발견할 수 있었다. 그는 인파가 많은 공원 벤치에 힘없이 주저앉아 있었다. 고개를 푹 숙인 리하르트 콜린에게 나는 스리슬쩍 다가갔다.

투둑.

무릎 위로 양 손바닥을 펼치고 있는 리하르트 콜린의 손바닥 위로 굵은 물방울이 후두둑 떨어졌다.

'……얘 설마 우는 거야?'

왜 갑자기 울어?

"미안해……. 뱀뱀아."

뱀뱀이?

'……나?'

내가 왜?

"내가 널 떨어뜨리고 가서, 네가 마차에……."

섬뜩한 소리에 비늘이 바짝 섰다. 벤치 위로 올라가 슬쩍 보자 웬 형체를 잃은 무언가의 사체가 리하르트 콜린의 손바닥에 있었다. 뭉개져서 형체가 뭔지도 알아보기가 힘들어 보였다. 나는 떨떠름한 얼굴로 냉큼 리하르트 콜린의 몸을 타고 기어올라 그의 뺨을 툭 건드렸다. 뺨을 적신 눈물이 손바닥에 닿았다.

찹찹—!

두어 번 뺨을 더 때리자 그제야 감각이 느껴졌는지 리하르트 콜린의 고개가 돌아갔다.

"……뱀, 뱀이?"

"뀨욱."

"뱀뱀아!"

리하르트 콜린이 손에 있는 걸 내동댕이치며 나를 끌어안았다.

'……숨 막혀.'

내 몸이 본인의 손바닥만 하다는 걸 부디 리하르트 콜린이 한 시라도 빨리 눈치채 주길 바랄 뿐이다.

"네가 죽은 줄 알았어. 뒤를 돌았는데 없어서…… 널 찾으러 다시 돌아갔는데 네 울음소리가 들렸어."

그건 다른 도마뱀이 아니었을까?

"그래서 보니까 마차의 바퀴가 지나간 곳에 네가 있어서……."

그러니까 그거 나 아니라고.

"다행이다. 언데드 마법은 아직 공부하지 못했거든."

그거 금기된 흑마법 아니었던가.

"내가 살렸으니까 멋대로 죽지 마."

나는 떨떠름하게 리하르트 콜린을 보았다. 리하르트가 나를 손에 쥔 채 고개를 돌리더니 이내 무언가를 발견하기라도 한 듯 눈을 크게 떴다. 소년은 말문이 막힌 듯 한참이나 정면을 바라보고 있었다.

'뭐지?'

나도 궁금증을 참지 못하고 그를 따라 천천히 시선을 옮겼다. 평일 오후의 분수대가 놓인 아담한 공원은 화목한 가족들과 연인으로 인산인해였다. 투박한 돌을 깎아 만든 분수대 근처에서 도란도란 대화를 나누는 사람들이 보였다.

"우와, 엄마! 엄마! 엄마! 이거 봐요. 나 왕사슴벌레 잡았어! 엄청나죠? 제가 잡았어요!"

"그러다 넘어진다, 조심히 오렴. 엄마가 다 봐 줄게. 그래."

"이거 봐요! 엄—청 크죠? 아빠, 아빠!"

"그러게, 역시 우리 아들. 천재가 따로 없는데? 하하. 안 그렇소, 여보?"

"그러게요."

도란도란한 가족이었다. 겨우 곤충 한 마리를 채집했다고 한껏 신이 나서 달려온 아이를 아버지는 덥석 들어 품에 안았고 그것으로도 부족해 아이가 사랑스러워 어쩔 줄 모르겠다는 듯 몇 번이고 입을 맞췄다. 아이는 간지럽다는 듯 까르륵 웃음을 터뜨렸고 어머니는 여동생으로 보이는 아이를 품에 끌어안은 채 흙투성이가 된 소년의 뺨을 부드러운 천으로 털어 주었다.

'……'

나는 한참이나 그 장면을 멀거니 바라보았다. 예전이나 지금이나, 나이를 몇이나 먹어도 결국 저렇게 단란한 가정을 보고 있으면 시선을 빼앗길 수밖에 없었다. 그저 조금 부러웠다. 그리고 생각하게 될 뿐이다. 내게도 저런 가족이 있었으면 어땠을까 하는 생각. 그저 잠시 잠깐 행복한 상상에 잠겨 보는 것이다. 전생에서도 그랬다. 가끔 공원이나 놀이터에 앉아 지나가는 가족들을 보곤 했다.

'어휴, 언제까지 이럴 건지.'

나도 참 아직 제대로 어른이 되려면 멀었다 싶다. 슬슬 알비온에게 돌아가자고 하기 위해서 리하르트 콜린의 뺨을 톡톡 두드리려는 때였다. 리하르트 콜린의 시선은 여전히 그 가족들에게 닿아 있었다. 다시 한번 소년의 시선을 따라 고개를 돌리자 가족들이 화기애애한 표정으로 군것질거리를 사러 가고 있다.

"가끔 생각해."

갑작스럽게 들려온 목소리에 반사적으로 고개가 돌아갔다.

"내 부모는 왜 날 버렸을지. 평범한 인간은 마법사를 싫어한다고 하던데, 그 때문이었을까?"

소년은 짧게 숨을 뱉었다.

"그럼 또 그런 생각이 드는 거야. 날 왜 낳았을까? 아니면 차라리 갓난아기 때 죽여 버리지. 그랬으면…… 그랬으면 나는 적어도……."

리하르트 콜린의 말에 내 눈이 절로 커졌다. 늘 내가 스스로에게 읊조렸던 생각을 타인의 입으로 듣게 될 줄은 몰랐던 탓이다. 나는 느릿느릿 양쪽 앞발을 뻗었다. 내가 손을 뻗는 것을 본

리하르트가 천천히 상체를 숙여 내게 얼굴을 가져다 댔다.

톡.

앞발이 리하르트의 양 뺨에 아슬아슬하게 닿았다.

"혹시 너도 꼬리 없다고 버림받았어……?"

그러니까 꼬리는 잘린 거고 다시 날 예정이라니까. 하지만 지금 내 말이 들릴 리 만무하다.

"왜일까? 너는 도마뱀 주제에…… 마치 사람의 말을 알아듣는 것 같아. 너도 나처럼 천재일지도 모르겠다."

살짝 뜨끔하는 말에 시선을 스리슬쩍 피했다.

"괜찮아. 언젠가 날 버린 놈들과 날 사고판 놈들에게 전부 복수할 거니까."

리하르트는 애써 의연하게 말했다. 나는 작은 머리를 움직여 천천히 고개를 저었다.

"……하지 말라고? 뱀뱀아. 설마 너까지 그런 말을 하는 건 아니겠지?"

리하르트가 황당한 듯 언성을 높이며 내게 쏘아붙이다가 주변에서 느껴지는 시선에 냉큼 입을 다물었다.

"아니, 참…… 나도 도마뱀한테 무슨 말을 하는 거야."

'그게 아니라…….'

그게 아니었다. 콜린 공작 부부는 리하르트를 결코 일부러 버린 것이 아니다. 평소 콜린 가문에 악감정이 있던 시녀 중 하나가 저택에 몰래 숨어들어 왔다가 가문 사람들이 정신없는 틈을 타서 리하르트를 훔쳐 노예 상인에게 팔아 버린 것이다. 콜린 공작 부부가 사실을 알자마자 사람을 풀어 찾아 헤맸지만, 이미 한 해적단의 노예로 팔려 버린 리하르트를 찾을 순 없었다.

'이대로라면 결국 성인이 될 때까지 찾지 못할 거야.'

그게 옳은 일인가? 나는 누구보다 외로움을 잘 안다. 누구보다 부모의 부재에 대해서 잘 알고 있었다. 정답을 알면서도 원작의 흐름이 그렇다는 이유로 외면하는 건 옳은가?

'······그럴 리가 없잖아.'

다시 인간이 되면 콜린 공작가를 찾아가자.

'아들 얘기라고 하면 설령 함정이라고 생각한들 오겠지.'

그러면 분명히 리하르트 콜린은 제자리를 찾을 수 있을 거다.

'그러면 미래의 또라이 같은 성격도 좀 바뀌려나?'

나는 다시 한번 리하르트의 뺨에 앞발을 착! 하고 올렸다. 오로지 앞만 보고 있던 리하르트의 시선이 꿈결에서 벗어나듯 아주 천천히 내게 닿았다. 나는 앞발로 공원의 입구를 쿡쿡 찌르며 가리켜 보였다. 그리고 앞발로 눈을 가리며 열심히 누군가를 찾는 시늉을 했다.

'가자, 알비온이 너 찾으면 오랬어!'

물론 알아들을 리가 없었기 때문에 열심히 뛰는 시늉도 해 보였다. 그리고 다시 한번 가족들을 앞발로 가리키고 그의 손바닥 위에서 뒷발로 우뚝 서서 짧은 앞발로 내 가슴을 톡톡 두드렸다.

'가족을 찾아 줄게. 날 믿어.'

195

어디까지나 도마뱀…… 아니, 보디랭귀지였다.

"……뭐라고 하는 거야?"

전달은 전혀 안 된 모양이지만 말이다. 힘이 쭉 빠졌다. 나는 뒷발에 힘을 빼고 흐물흐물 무너져 내려 그의 손바닥 위에 늘어졌다.

'인간화 방법이 분명히 있기는 할 텐데.'

그러나 《입.양.각》의 실제 여주인공은 수인이 아니었고 나중에 등장하는 수인은 너무 당연하게 인간화를 했으니 인간화를 하는 방법 따위는 소설 속엔 없었다.

'어떻게 하면 좋을지 모르겠어.'

멀지 않은 곳에서 알비온의 냄새(?)가 느껴졌다. 다행히 리하르트는 내가 손짓과 발짓으로 가리키는 곳을 따라 순순히 움직여 주었다.

* * *

"뱀뱀아, 밥 먹자."

히끅.

내가 펄쩍 뛰자 리하르트 콜린이 내 몸을 붙잡고 책상 위에 올려 두었다.

"오늘은 하나라도 먹어 봐. 책을 보니까 단백질 섭취는 필수래."

리하르트 콜린이 아예 채집 상자에 나를 집어넣고 애벌레 두어 마리를 함께 넣었다.

'으아아아악!'

꼬물꼬물 움직이는 애벌레를 피해 채집통의 벽에 달라붙었다.

'싫어, 싫어, 싫다고!'

식사는 다행히 리하르트 콜린이 과일을 주고 있어서 해결할 순 있었다. 처음에는 곤충이나 애벌레 따위를 잡아 와서 내밀었던 터라 얼마나 기겁을 했는지 모른다. 나는 허겁지겁 채집통을 타고 오르며 고개를 붕붕 저었다.

'저렇게 꿈틀거리는 걸 어떻게 먹어!'

내가 필사적으로 고개를 젓자 리하르트 콜린은 수려한 미간을 설핏 찡그렸다.

"너무 과일만 먹어도……."

나는 이제 목이 떨어져 나가라 고개를 저었다. 꿈틀거리는 애벌레가 슬슬 움직이고 있었다. 내가 허겁지겁 채집통의 가장자리를 붙잡고 늘어지자 리하르트가 한숨을 쉬며 내게 손바닥을 내밀었다. 나는 냉큼 그의 손바닥을 통해 팔을 타고 기어올라 어깨에 앉았다. 이것도 좀 앉아 봤다고 편해진 것도 같다.

"고기를 좀 먹어 줘야 하는 거 아냐?"

고기는 좋지만, 살아 있는 애벌레 고기는 싫다고!

"뭐, 싫다니까 어쩔 수 없네. 넌 내가 아니면 다른 데도 못 가겠어. 나 같은 주인이 세상에 어딨어?"

"……"

"그러니까 어디 가지 말고 옆에 있어. 나 아니면 다들 너한테 저런 벌레나 먹일 거야."

리하르트는 그렇게 말하며 잘게 조각낸 사과를 손가락에 올려 내게 내밀었다. 나는 날름 그것을 쏙 먹었다.

"근데 뱀뱀아, 이 등에 있는 건 뭐야?"

'등? 내 등에 뭐가 있는데?'

내가 고개를 갸웃하며 등을 보기 위해 노력했다. 물론 노력은 누구나 할 수 있는 거고 노력이 곧 결과라는 의미는 아니었지만. 내가 내 등을 볼 수 있을 리가 없었다.

"뭔가 엄청 조그마한 게 있어."

'조그마한 거? 그게 뭔데?'

내 고개가 또다시 비스듬히 기울어졌다. 말을 할 수 없으니 모르는 걸 물을 땐 항상 이렇게 행동으로 하게 됐다.

'겨우 일주일밖에 안 됐는데……'

누가 인간은 적응의 동물이라고 하던데, 그건 말 못 할 짐승이 되어서도 마찬가지인 모양이었다.

"날개……인가? 뭔가 너무 작아서 그냥 콩알 같기도 하고……."

리하르트가 뭉툭한 손끝으로 내 비늘 위를 도도독 긁었다. 깜짝 놀라 비늘이 오소소 날을 세웠다.

"미안, 놀랐어?"

조금 놀라긴 했는데…… 이상하게 그가 만진 부근이 예민했다. 살짝만 건드려도 약간 근육통이 오는 기분이라고 해야 할까?

"얼마 전까지만 해도 이런 건 없었는데…… 너 진짜 돌연변이가 맞기는 하구나."

이런 혹(?)은 처음 봤다고 중얼거리는 목소리에 나는 흠칫 굳어 버렸다. 설마…….

'암은 아니겠지……?'

걱정이 이상한 곳으로 튀었다.

* * *

"수인이나 도마뱀에 관한 자료는 아무리 찾아도 없네."

리하르트 콜린은 고아원에 있는 온갖 책을 다 뒤져 보고도 부족해서 중앙 도서관에 가서 온종일 도마뱀에 관한 자료를 찾아보곤 지친 얼굴로 중얼거렸다. 리하르트가 진지해지니 나도 점점 생각이 이상한 쪽으로 기울어 갔다.

'정말로 암인가?'

'설마 위험한 건 아니겠지?'

'대체 뭐가 있다는 거야…….'

머릿속에서 온갖 생각이 스치고 지났다. 거울에 이리저리 등을 비춰 보려고 해도 사족보행의 모습으로 등을 보기란 영 쉽지 않았다.

"네가 말을 할 수 있으면 좋을 텐데."

내가 말을 할 수 있는 시점에서 이미 나는 도마뱀이 아니라고.

"슬슬 저녁 식사 시간이네."

늦은 저녁이 되어서야 몰래 빠져나갔던 고아원으로 슬금슬금 돌아온 리하르트는 손을 씻고 곧장 식당으로 향했다. 평소에는 밖에서 빵을 사 와서 먹는데 오늘은 웬일인가 싶었다.

"야, 왔다."

"그냥 냅둬. 쳐다도 보지 마."

"안 봐. 맨날 밥 안 먹는다더니…… 왜 여기 와서 먹는 거야?"

"원장님은 왜 쟤만 저렇게 편애하는지 모르겠어. 맨날 훈련도 안 받고."

"그냥 꺼림칙해서 그렇겠지. 게다가 노예였다잖아…… 불쌍해서 그렇겠지."

여기저기서 악의적인 말이 오갔다. 식판을 들고 배식을 받으려던 리하르트가 얼굴을 확 구겼다. 그가 식판을 아이들이 옹기종기 모인 쪽으로 내던졌다.

타앙—!

"꺄아아악!"

"야, 뭐 하는 거야!"

"꽥꽥 시끄럽네, 멍청한 돼지들이. 더 떠들어 보든가! 왜 내 앞에선 안 떠들어?"

리하르트가 한껏 날 선 시선으로 목소리를 높였다. 독기에 찬 자수정빛 눈동자에서 불이 뚝뚝 떨어졌다.

"뭐? 우, 우리가 뭘 어쨌다고!"

바닥에 내동댕이쳐진 식판을 노려보던 리하르트가 몸을 확 돌렸다. 성큼성큼 본인의 방으로 돌아가는 리하르트의 어깨에 대롱대롱 매달린 나는 한숨을 푹 내쉬었다.

"뀨우우……."

"왜, 너도 내가 꺼림칙해?"

애 갑자기 왜 이래?

"노예였던 게 뭐 어때서. 내가 밑바닥에서 애완견 취급받았다고 너도 내가 더러워? 난……."

잔뜩 일그러진 얼굴 위로 망울망울 눈물이 맺혔다.

"씨이……."

리하르트는 그런 스스로가 수치스러운 듯 소맷자락으로 벅벅 눈가를 문질렀다.

'애완견이라니…….'

사실 노예가 멀쩡한 인간 취급을 받긴 쉽지 않지. 마음이 좋지 않았다. 나는 조심스럽게 손을 뻗어 리하르트 콜린의 뺨을 토닥토닥 두드렸다.

"동정도, 위로도 필요 없어. 난 살기 위해서 최선을 다했어."

'알아.'

나는 이제는 익숙해진 뒷발 서기를 이용해 앞발로 가슴을 통통 두드렸다. 음, 꼬리가 없는 탓일까? 원래 익숙하지 않은 자세라서 그럴까? 오래 서 있기는 조금 힘들었지만 말이다.

"하, 너는 내가 무슨 말을 하는 줄은 아는 거야?"

리하르트가 웃으며 내 머리를 손가락으로 살살 쓰다듬었다.

"그냥 칭찬해 주니까 하는 행동인 건 뻔히 아는데……."

아니, 아니거든? 그렇기엔 타이밍이 너무 좋다고 생각하지 않아?

"어쩐지 뱀뱀이 너는 내가 누군지 잘 아는 것 같아."

알고 있다. 소설 속에서 나름대로 비중 있는 캐릭터였던 터라 리하르트의 과거에 대해서 아주 단편적인 정보 정도는 있었다.

"미안, 오늘은 네 밥도 준비 못 했는데."

나는 물끄러미 리하르트를 보았다.

"우리 오늘은 일찍 잘까?"

리하르트가 한쪽에 있는 이불장에서 작은 이불을 꺼내며 말했다. 본래 고아원에선 모두가 함께 자는 게 원칙이었는데, 리하르트는 그 특수한 상황 때문에 알비온이 방을 따로 내준 터였다.

"너도 자."

리하르트가 나를 작은 손수건 위에 올리고 이불을 덮어 주며 말했다. 작은 온기라도 찾듯 내 앞발을 본인의 손바닥으로 덮은 리하르트가 꾹 눈을 감았다. 나는 앞발을 꼼질꼼질 움직여 리하르트의 손등을 톡톡 두드려 주었다. 거칠고 보송하지도 않은 파충류의 차가운 앞발이지만 그래도 조금이나마 위로가 되기를 바라면서.

"흑……."

내 의지가 통한 거였을까? 리하르트는 새벽까지 숨죽여 울었다. 무엇이 그렇게 서러운지 입도 벙긋하지 않은 채로. 그리고 간신히 리하르트가 잠들었을 때쯤, 드르륵하며 방문이 조심스럽게 열렸다. 천천히 고개를 돌리자 낯익은 사내가 이불 옆에 한쪽 무릎을 꿇고 앉았다. 알비온이었다.

"너는 아직 안 잔 모양이군. 야행성 도마뱀 쪽인가?"

명실상부 주행성이거든. 그냥 애가 서럽게 우는 걸 보니 비슷한 꼴이었던 과거의 누가 생각나서 잠이 오지 않았을 뿐이다.

"울었나?"

나는 굳이 대답하지 않고 고개만 갸웃거렸다.

"저번엔 말을 알아듣는 것도 같았는데…… 착각이었나."

'……으음.'

아무리 생각해도 내가 말을 알아듣는 것을 많은 사람이 알아봐야 좋을 것 없단 말이야. 괜히 어디 팔려서 해부라도 당하면 어떡해. 인간화하는 방법을 빨리 알아야 할 텐데 말이다.

"마법사는 그냥 태어나지 않아. 마법사의 혈통이 있는 유전자에서만 나온다. 마법사의 아이는 귀하다. 제대로 된 부모라면 함부로 버렸을 리가 없지. 나는 리히트의 부모를 찾기 위해 노력 중이다."

알비온이 고해성사를 하듯 말하며 젖은 손수건으로 리하르트의 뺨과 눈을 닦아 주었다. 오래 검을 쥔 자의 서툴고 또 투박한 손길이었다. 그나저나 그래서 요즘 고아원에 자주 없는 거였나?

"마법사의 아이는 부모의 품으로 돌려보내는 것이 가장 행복해지는 길이다."

그건 그렇겠지. 알비온이 그렇게 말하며 차분히 자리에서 일어났다.

"그렇게 많은 아이를 내 손으로 키워 독립시켰는데도 아이는 여전히 어려운 것 같다."

그는 짧게 한숨을 내쉬며 리하르트의 방을 조용히 빠져나갔다. 문이 닫혔다. 고요하고 적막한 밤이 찾아왔다.

'에르노 에탐은 잘 지내고 있겠지? 다시 폭주하진 않았겠지?'

아냐, 설마 여주인공이 옆에 있는데 그런 일이야 있겠어?

'설마 배신했다고 나를 찾고 있진 않겠지……?'

괘씸하다고 죽이기 위해서 찾고 있으면 무서울 것 같은데. 등줄기에 소름이 쫙 돋았다. 마지막에 날 죽이기 위해 손 뻗었을 때의 표정이 어찌나 무서웠는지 모른다.

'그래도 아쉬워.'

조금만 더 그 품에 있고 싶었는데. 그 다정함이 전부 연기라는 걸 알지만 그래도…… 잠시 가족이 생긴 것 같아서 정말로 기뻤었다. 한순간의 꿈이었지만.

'빨리 다시 인간이 되고 싶다…….'

도마뱀의 몸은 불편해도 너무 불편한 것 같았다.

'부탁이니까, 다시 인간이 되게 해 줘…….'

그렇지 않으면 리하르트 콜린도 결국 불행의 늪에 빠져 버릴 것만 같았다. 돌아갈 곳이 있는데도 돌아가지 못한다는 건 너무 슬픈 일이니까.

'등이 간지러워⋯⋯.'

팔이 짧아서 긁을 수도 없는 등이 간지러운 느낌에 나는 이리저리 몸을 비틀다가 간신히 눈을 감았다. 그때의 나는 몰랐다. 내 등에서 이상한 것이 조금씩 크기를 키우고 있다는 것을. 그리고 잠들기 전 빈 소원이 생각보다 빠르게 이뤄졌다는 것도.

* * *

"으아아악! 뭐, 뭐야!"

"으응⋯⋯ 시끄러어⋯⋯."

"시끄럽긴! 너 뭐냐고! 뭔데 내 이불 속에 들어와 있어?! 그것도 아, 아, 알⋯⋯! 이런 파렴치한⋯⋯!"

귓가를 때리는 리하르트의 시끄러운 목소리에 나는 눈을 느리게 깜빡였다. 밝은 빛에 잠시 눈앞이 캄캄했다. 보이는 것은 내 몸을 푹 덮고 있는 이불과 경악한 시선으로 구석에 주저앉아 나를 삿대질하고 있는 리하르트 콜린이었다.

'어⋯⋯?'

시야가 높다. 나는 슬쩍 시선을 내려 아래를 보다가 내 손을 보고 다시 천장을 보고 다시 나와 비슷한 눈높이의 주저앉은 리하르트 콜린을 보았다.

"어?"

목소리도 나왔다. 새하얗게 질린 얼굴로 기겁하고 있는 리하르트 콜린을 보고 있자니 기분이 이상했다. 나는 천천히 내 상황을 다시 살폈다. 왜인지 몰라도 자고 일어나니 인간화가 됐다. 그리고 수인화가 되면서 옷가지는 저쪽에 버리고 왔으니 당연히 나는 지금 아무것도 입지 않고 있다.

'……아.'

그래서 놀란 거구나. 근데 뭐 다섯 살짜리 어린애 몸인데 보이면 좀 어때서.

'……는 무슨, 내가 알몸이라니.'

나는 나를 덮고 있는 이불을 조금 더 부둥켜안고 당황한 얼굴로 입을 뻐끔거렸다.

"너 대체 누구냐고 묻잖아!"

"리하르트 대체 무슨……."

그리고 방에서 나는 소란스러운 소리를 들은 듯 타이밍 좋게 알비온이 들어왔다. 그는 이불을 필사적으로 끌어안고 있는 나와 옥박지르고 있는 리하르트를 보곤…… 그대로 얼어 버렸다.

'아니, 당신이 여기서 얼면 어떡해!'

이런 사태에 내성이 없어서 버퍼링이라도 걸린 모양이었다.

"뱀뱀이……."

리하르트가 눈을 크게 뜨더니 내게 다가와 이불 주변을 살폈다. 그러더니 뭔가를 발견한 듯 두 손으로 조심스럽게 주워 들었다.

"아, 안 돼⋯⋯."

뭉개진 무언가를 내려다보던 리하르트의 눈가가 발갛게 달아올랐다. 리하르트는 나를 죽일 듯이 노려보더니 목소리를 높였다.

"너⋯⋯ 내 뱀뱀이 어쨌어!!"

살짝 시선을 내리자 리하르트의 손에는 도마뱀의 껍질 같은 것이 가지런히 놓여 있었다.

'⋯⋯어? 나 탈피했나?'

아무래도 나도 모르게 탈피를 한 모양이었다. 생각지도 못했다. 도마뱀은 탈피한다는 당연한 사실을 완전히 잊고 있었다. 내가 도마뱀이면 뭐 하는가. 도마뱀에 대해 전혀 아는 것이 없는데 말이다.

'아, 탈피 때문에 몸이 원래대로 돌아오지 않은 건가?'

탈피를 하는 데엔 영양분이 꽤 소모된다고 들었으니 인간화를 하고 있으면 곤란했던 것이 분명했다.

"⋯⋯도마뱀?"

알비온이 아주 작은 목소리로 중얼거리더니 내게 다가왔다. 리하르트의 손바닥 위에 있는 탈피의 흔적을 보고 바짝 긴장한 나를 보더니 그는 낮게 탄식했다.

"넌⋯⋯ 수인이군."

그는 오랜 시간 전쟁터를 구른 영웅답게도 내 정체를 너무나도 빠르게 눈치챘다.

"도마뱀이 신기한 구석이 있다고 했더니…… 하지만 도마뱀 수인이 이렇게 작았던가?"

그가 의아하다는 듯 말했다.

'확실히 내가 엄청 작기는 하지.'

수인은 기본적으로 같은 종에서도 가장 우세한 종에서 태어나곤 했다. 즉 같은 도마뱀이라고 하더라도 가장 크고 오래 살아남은 강력한 종에서 이어진 것이다.

"나도 도마뱀 수인을 본 적이 있다. 2m는 훌쩍 넘었지. 혼종인가?"

그 중얼거림에 나는 배시시 웃어 보였다. 웃는 것 외엔 어떻게 해야 좋을지도 모르겠다.

"워, 원장님. 뭐라는 거야. 얘가 내 뱀뱀이라고?"

"그래. 아직 아성체조차 되지 못한 새끼로 보인다."

알비온은 그렇게 말하며 이불을 내 몸에 꼼꼼히 감싸 망토처럼 묶어 주었다.

"뱀뱀이가 사람……."

리하르트의 턱이 떨어질 것 같다. 한참이나 할 말을 찾던 나는 한참 만에 조심스레 입을 열었다.

"미아내, 놀라써? 사람이 되구 시펐는데, 잘 안 대써……."

"……정말 네가 뱀뱀이야?"

"으응, 나는 에이링이야."

뱀뱀이 같은 이상한 이름 좀 제발 치워 줬으면 하는 바람이다.

"그 눈동자…… 뱀뱀이 맞네."

그러니까 에이린이라고…….

"뱀뱀이가 사람이 됐어."

눈을 크게 뜬 리하르트는 언제 그랬냐는 듯 내 코앞까지 다가와 얼굴을 불쑥 내밀었다. 반짝거리는 눈동자가 마치 로봇이 변신 합체도 된다는 걸 알게 된 소년의 눈빛이다.

"부모가 찾고 있을 텐데 코모도 가문에서 왔나?"

나는 천천히 고개를 저었다.

"그럼 어디에서 왔지? 내가 알기로 도마뱀 수인의 가문은 그렇게 많지 않은 것으로 아는데."

나는 입술을 뻐끔거리다가 천천히 고개를 저었다. 차마 에탐 가문에서 도망쳤다는 말은 할 수가 없었다.

'어차피 돌아가도 좋은 꼴을 못 볼 테니까.'

리하르트를 콜린 공작가에 되돌려주고 나는 리하르트의 빈자리를 차지하여 이 고아원에 있게 해 달라고 부탁해 봐야겠다. 내가 다시 한번 고개를 숙인 채 고개를 젓자 리하르트가 내 앞을 가로막았다.

"고아원까지 왔잖아! 사정이 있겠지. 여기서 키우면 되잖아."

"수인은 보호자가 있어야 한다."

"내가 하면 되겠네, 보호자. 내가 주웠으니까 얜 내 거야."

리하르트가 내 손을 꽉 붙잡았다. 내 앞을 가로막은 작은 어깨를 보니 이상한 기분이 들었다. 알비온이 아무런 대답을 하지 않자 리하르트가 으르렁거리며 이를 드러냈다.

"내 거라고, 원장님."

"리히트. 네 마음은 알겠지만 수인은 성인이 되려면 부모가 필요하다. 수인은 인간과 다르게 성장하기 위해선 특정 조건이 갖춰져야 하니까."

"하지만……."

리하르트가 붙잡은 손에 힘을 주었다. 억울함에 분통이 터질 것 같은 얼굴이다.

'여기서 쫓겨나면 나도 곤란한데.'

나는 천천히 고개를 저었다.

"가, 갈 곳이 업써여."

"……설마. 유기당한 건가?"

아니, 그렇게 말하니까 정말 내가 짐승처럼 느껴지잖아. 물론 반은 짐승이기는 한데…… 내가 천천히 고개를 끄덕이자 알비온의 표정이 딱딱해졌다.

"감히……."

그의 목소리가 서슬 퍼렜다.

'아, 그러고 보니 이 사람, 아동 학대를 견디질 못하지…….'

딸을 잃어버린 트라우마 때문에 그는 유독 아이에 예민했다.

"원장님, 내가 잘할게. 수업도 잘 나가고 훈련도 꼭 참가할게. 밥도 투정 안 부리고 잘 먹으면 되잖아. 다른 애들한테 멍청한 돼지들이라고도 안 할게."

리하르트가 두 손을 모아 잡고 원장의 앞으로 한 걸음 다가갔다. 알비온이 어깨를 움찔 떨었다.

'애들한테도 약하고.'

알비온이 당황한 듯 리하르트를 내려다보았다.

"응? 내가 잘 돌볼게. 먹을 게 없으면 내 거 나눠 주면 되니까……."

나는 리하르트의 행동에 기뻐하면 좋을지 슬퍼하면 좋을지 알 수가 없었다.

"……훈련에 제대로 참여할 건가?"

"응! 할게."

"……아이 한 명 정도 늘어나는 건 문제가 없다."

그는 잠깐 나를 바라보다가 묵묵히 자리에서 일어났다.

"……에이린."

그가 조금 낯선 이름을 혀끝에서 굴렸다. 타인에게서 듣는 진짜 내 것이 아닌 이름이 낯선 것은 나도 마찬가지였지만.

"……네."

"옷을 가져다주마, 잠시 있거라. 리하르트, 넌 밖으로 나와라."

"왜?!"

"에이린은 여자애니까."

"……아."

리하르트가 그제야 얼굴을 벌겋게 붉히며 고개를 끄덕였다. 푹 숙인 머리가 어쩐지 잘 익은 벼를 보는 것만 같았다.

'일단…… 고아원에 정착하는 건 성공한 거겠지?'

생각지도 못한 가출이 이런 식으로 이뤄질 줄은 생각지도 못했다.

'그래도…… 돈이 있으니까.'

나는 손목을 두 번 톡톡 두드렸다. 그러자 모습을 감추고 있던 은행용 팔찌가 모습을 드러냈다.

'여기에 이런 기능이 있는 걸 알아서 다행이지…….'

책에서 본 기억이 있었다.

"아십다…….."

조금 더 에탑 가문에 있고 싶었는데 말이다. 나는 주변을 서성이며 옷자락을 매만지다가 얼마 뒤 알비온이 가져다준 옷으로 갈아입으려는 때였다.

"……어?"

꼬리가 다시 자라났다.

"어……?"

게다가 인간화를 했는데도 꼬리가 사라지지 않았다. 그제야 나는 알비온이 내가 수인이라는 사실을 어떻게 바로 알아챘는지 깨달았다.

'대체 왜 이건 아무도 지적해 주지 않은 건데?'

나는 당황스러운 시선으로 거울에 비치는 내 꼬리를 보며 입을 떡 벌렸다. 치마 안쪽으로 꼬리를 꾹꾹 눌러 넣고서야 나는 간신히 일어날 수 있었다.

* * *

꼬리가 사라지지 않는다. 아무리 노력해도 사라지질 않았다. 인간화는 됐는데 되다만 인간화라서 이젠 아예 고아원에서 벗어나는 것도 난감한 일이 되었다.

"뱀뱀이가 말도 할 줄 알다니 신기하다."

"……나 에이링이야."

물론 리하르트와 알비온은 전혀 신경 쓰지 않는 모양이라서 고맙기는 했지만…… 아무리 노력해도 사라지지 않는 꼬리에 내가 울 것 같은 얼굴을 하자 알비온은 한쪽 무릎을 꿇고 눈을 맞춘 채 진지하게 위로까지 해 주었다.

[본래 어린아이는 인간화가 서툴 수 있다. 조만간 수도에 가서 한번 정보를 얻어 보겠다.]

물론 도움은 되지 않았다.

"응. 근데 내가 뱀뱀이라고 불렀으니까, 넌 뱀뱀이야. 내가 널 살렸잖아."

이를 드러내고 희게 웃는 아이를 보며 나는 그저 조용히 입을 다물었다. 나는 사흘째 같은 말을 하고 있었고 리하르트도 사흘째 같은 대답을 돌려주었다. 또라이는 떡잎부터 또라이 기질이 있는 모양이다.

"나랑 뒷산 가자."

"하지만 리하르트 조금 이쓰면 훈련이자나."

"……훈련 다녀와서 가면 되잖아. 내가 1등으로 끝내고 나올게."

"그 뒤엔 밥 머거야 대."

"……."

리하르트가 불만스럽게 입술을 툭 내밀었다. 하지만 제 입으로 약속한 것이 있는 터라 더 고집을 부리진 않는다.

"뱀뱀아, 그러면 내가 예쁜 거 구경시켜 줄까?"

"이쁜 거?"

"응, 산책하다 보면 가끔 줍거든."

리하르트가 책상 서랍 안쪽 깊은 곳에서 허름한 나무 상자를 꺼냈다.

"자, 이리 와 봐."

아직 채 개지 않은 푹신푹신한 이불 위에 앉은 리하르트가 나무 상자를 조심스럽게 열었다. 나무 상자를 열자 안에서 뭔가가 반짝반짝 빛났다. 햇빛에 반사되어 반짝거리는 것들이 안에 가득했다. 색색의 작은 스테인드글라스의 파편부터 반짝이는 돌, 조개껍데기 등이었다.

"예쁘지?"

그 안에서 각자의 빛을 뽐내는 것들은 확실히 작은 별 무리라고 해도 부족하지 않았다.

"응."

"가지고 싶은 게 있으면 줄게. 넌 내 뱀뱀이니까."

나는 홀린 듯 상자 안을 가볍게 손으로 훑었다.

'이건…….'

그리고 그 안에서 푸른빛을 띠는 조각을 발견했다.

'……왜 이게 여기에 있는 거야?'

나는 조심스럽게 손을 뻗어 그것을 살포시 쥐었다. 조각을 코 앞까지 가지고 가자 한층 더 확실해졌다.

'정말 그게 맞잖아?'

약간 이해할 수 없는 기분에 표정이 이상해졌다.

'대체 이게 여기에 왜 있는 거지?'

내가 한참이나 물끄러미 조각을 내려다보고 있자, 리하르트 가 불쑥 다가왔다.

"그게 마음에 들어? 그거 줄까?"

리하르트의 말에 나는 나도 모르게 절로 눈을 동그랗게 떴다.

'이건…… 가지는 편이 좋겠지.'

나는 천천히 고개를 끄덕였다.

"좋아, 이걸 내가 주면 너는 뭘 해 줄래?"

"그냥 주는 거 아니어써……?"

"물론 그래도 되지만, 그건 내가 제일 아끼는 거니까……. 뭘 해 줄래?"

내가 해 줄 수 있는 거……? 그렇다면 내가 말할 수 있는 건 딱 하나밖에 없었다.

"부모님을 만나게 해 주께……."

"……뭐?"

"내가 리하르트의 부모님을 차자 줄게!"

내가 힘주어 입을 열자 리하르트가 눈을 크게 뜨더니 천천히 입가를 허물어뜨렸다.

"내 걱정 했어?"

나는 고개를 끄덕였다.

눈앞에서 그렇게 숨을 죽여 가며 서럽게 우는데 걱정하지 않을 수가 있을까?

"좋아."

만족스러운 거래였다. 어차피 그의 부모는 찾아 줄 생각이었으니까 말이다.

"대신 실패하면 뱀뱀이는 평생 내 옆에 있는 거야, 알았지?"

잘 나가다가 이야기가 어쩐지 이상한 곳으로 빠졌다. 리하르트가 짓궂게 웃었다.

"너나 나나 둘 다 외톨이니까 서로에게 가족이 되어 주는 거야, 어때?"

그 애절한 목소리에 나는 나도 모르게 고개를 끄덕이고 말았다.

"약속했다!"

리하르트의 얼굴이 한껏 환해졌다.

* * *

리하르트에게 파편을 건네받고 사흘이 지났다. 이제는 다행히 멋대로 수인화가 되는 일은 없었다. 하지만 그렇다고 내가 원할 때 수인화와 인간화를 오갈 수 있느냐고 하면 그건 또 아니었다.

'이걸 배울 수 있는 곳이 없네.'

보통은 부모에게 배울 테지만, 아쉽게도 나는 내 부모조차 모르는 천애 고아 신세였다.

"윽, 또 왔네……?"

"기분 나빠……."

"얘 꼬리 봤어? 징그러워……."

"리하르트 걔는 대체 왜 이런 이상한 걸……."

"걔가 이상한 게 하루 이틀이냐?"

"근데 수인은 사람보다 밑이라고 하지 않았어? 나 예전에 길에서 주워들었어. 주인이나 부모 없는 수인은 노예 같은 거래."

쿡쿡 아픈 곳을 잘도 찌른다. 나는 아이들의 이야기를 못 들은 척하며 배식을 받았다.

'오늘은 리하르트가 늦네.'

고된 훈련을 하러 간다고 했으니 알비온과 일대일 훈련이라도 하는 걸지도 모르겠다.

"야, 넌 어디서 나타난 거야?"

나는 흘긋 내 옆으로 다가온 아이를 보았다. 덩치가 큰 것을 보니 열 살은 되어 보였다.

217

"몰라?"

"네 주인이 리하르트야?"

나는 음식을 오물오물 씹으며 소년을 향해 빙긋 웃었다.

"으……. 우, 웃지 말고! 이, 인간인 내가 묻잖아!"

내가 겁에 질리지 않아서 민망하기라도 했는지 소년이 얼굴을 벌겋게 물들인 채 소리쳤다.

"응, 근데 내가 대답해야 대?"

"다, 당연하지! 나는 인간이고 너는 짐승이잖아!"

나는 오랜만에 먹는 고기를 오물오물 씹으며 고개를 기울였다.

'예나 지금이나 이런 어른이나 아이는 시대가 바뀌고 세계가 뒤바뀌어도 달라지지 않는다니까.'

달라지는 것은 그저 사람의 생김새 정도였다.

"애쉬, 나는 사라미야. 짐승이 아니라."

"그, 그런 괴물 같은 꼬리를 달고…… 리하르트 놈이랑 네가 다를 게 뭐야!"

입맛이 뚝 떨어졌다. 나는 포크를 살짝 던지듯 내려놓았다.

"똑가타."

"뭐?"

"나랑 리하르트는 똑가타. 리하르트가 같은 외토리래써."

외톨이 같은 아이가 여기서 더 외톨이가 되게 만들 순 없었다.

'잘못하다가 너희 목숨도 소리 소문 없이 사라진다고.'

리하르트가 미래에 얼마나 위대한 또라이가 되는지에 대해서 한마디 하는 편이 좋을까 싶어 자리에서 일어나는데 뒤에서 작은 손이 내 머리에 툭 얹어졌다.

"말 잘했어, 뱀뱀아."

뒤에서 닿아 온 손길에 눈이 절로 커졌다.

"리하르트……?"

"응, 내 뱀뱀이."

그놈의 뱀뱀이라는 말 좀 어떻게 해 주면 좋겠는데.

"야, 뚱돼…… 아니다. 이 말은 안 쓰기로 했지."

리하르트가 작게 읊조리다가 이내 본인의 입을 한차례 때리는 것으로 입을 틀어막았다.

"야, 비루먹은 고릴라."

돼지와 고릴라의 싸움인가.

"한 번만 더 내 뱀뱀이한테 손대면 죽는다. 다음엔 쓰레기통에 영영 처박힐 줄 알아."

리하르트가 냉큼 내 손을 붙잡고 끌어당겼다. 소년의 손끝이 살짝 떨렸다.

"너, 다친 데 없지?"

나는 천천히 고개를 끄덕였다. 그냥 설전을 벌인 것뿐이니 당연히 다친 곳은 없었다. 리하르트는 입을 꾹 다문 채 성큼성큼 방으로 돌아갔다. 그러더니 나와 마주 선 채 대뜸 내 몸을 이리저리 살피더니 나를 확 끌어안았다.

"……다치지 마."

누군가 이렇게 걱정해 주는 게 얼마 만이더라. 나도 모르게 깊은 숨을 뱉으며 대답을 흘리고 말았다.

"응."

"내 옆에서 떠나지도 마. 넌 내 가족 같은 거잖아. 그러니까 내 옆에 있어."

"미아내, 네가 안 와서 밥만 머그려고 해써."

"다음부턴 빨리 올게. 오늘은 망할 원장님이 그동안 못한 걸 한다고 날 굴리고 굴려서……."

으르렁거리는 목소리를 들으며 리하르트를 보니 확실히 여기저기 꼬질꼬질하다. 흙 위에서 한두 번 구른 게 아닌 것도 같다. 그래도 그 와중에 상처 하나 없는 것을 보면 알비온이 얼마나 뛰어난 실력을 갖췄는지 알 것 같았다.

'알비온이 엄한 성정이 있기는 하지…….'

다시는 아이들이 자신의 목숨을 지키지 못해서 죽어 가지 않기를. 알비온은 그런 소망을 담아서 허름한 시골 동네에서 제국 여기저기를 밤마다 떠돌며 부모 잃은 아이를 돌보고 있는 것이었으니까.

'그러고 보니 알비온이 곧 수도로 떠나는 날이 오지…….'

그때 알비온도 여주인공과 인연이 생기게 된다. 수도에서 일어나는 사건에서 임시로 호위기사를 하기도 했다. 그러다 나중에는 여주인공이 이 새싹의 시간 고아원을 지원하는 것에 이르게 되고…….

'이곳에서 리하르트는 여주인공을 처음 만나지.'

이야, 이렇게 생각하니까 나오는 사람들은 모두 여주인공이랑 한 번씩 인연을 맺네. 그저 부러울 따름이다. 그저 잘 깔린 레일을 걸어가기만 하면 되는 삶이란 얼마나 세상을 다 가진 기분일까?

'어……? 수도……?'

알비온이 수도에 가면 그때 나랑 리하르트도 따라가면 되는 거 아닌가? 수도에만 가면 콜린 공작가에 소식을 알리는 건 어렵지 않을 것이다. 은행도 일단 수도에 가장 크게 있고 무엇보다…… 거기엔 에르노 에탑이 있을 테니까. 파편 돌려주러 가야지.

'오, 완벽……?'

나는 왼손바닥 위에 주먹을 내리치며 눈을 번쩍 떴다.

"뱀뱀아?"

한참이나 뒤에서 나를 끌어안고 있던 리하르트가 천천히 몸을 뗐다.

"우리 여행 가쟈!"

"여행? 어디로?"

"수도!"

"나도 좋은데, 원장님은 허락하지 않을걸."

"갠차나, 몰래 가. 언쟝님이랑 가치 가!"

"……원장님이랑 같이?"

"응!"

221

리하르트가 피식, 웃음을 흘리더니 고개를 끄덕였다.

"그래, 그러자."

어차피 안 될 걸 뻔히 알지만, 장단을 맞춰 준다는 기색이 강했다. 곧 사실이 되겠지만 말이다.

'우리 리하르트. 미친 또라이 말고 훌륭한 또라이가 되자.'

또라이라는 것엔 변함이 없겠지만 말이다. 리하르트가 나를 책상 의자에 앉히곤 분주하게 이불을 펴기 시작했다. 원장에게 대거리까지 해서 얻어 낸 이불 두 채였다. 알비온은 나를 여자 아이들이 묵는 방에 두고 싶어 했지만, 리하르트 때와 비슷하게 상황이 특수했던 터라 결국 묵인하고 말았다.

"뱀뱀아, 이리 와."

리하르트가 화사하게 웃으며 내게 두 팔을 벌렸다. 정말 심장 떨리게 하는 외모였다. 내가 의자에서 내려와 이불로 다가가자 리하르트가 나를 눕히고 두툼한 이불을 목 끝까지 덮어 주었다.

"꼬리는 불편하지 않아?"

"응."

꼬리는 생각보다 조절하기가 쉬웠다. 앉을 때도 딱히 배기는 것은 없었다.

"널 만나서 다행이야."

"……."

"넌 내가 태어나서 만난 행운 중에 가장 큰 행운이야."

소년이 화사하게 웃으며 이불 틈 사이로 손을 맞잡아 왔다.

[아, 얘랑 같은 반이라고? 진짜 운 더럽게 없다. 최악이야……]

[야, 나는 걔랑 짝꿍이거든? 진짜 개빡쳐.]

[야, 난 너 같은 더러운 게 내 누나라는 사실이 역겹고 끔찍해. 알아?]

[널 낳는 게 아니었는데…… 널 만들고, 널 낳은 게 내 인생의 가장 큰 실패야!]

문득 떠오르는, 더는 내게 생채기조차 내지도 못하게 된 오래된 기억과 손에 닿는 온기를 느끼며 나는 천천히 눈을 감았다.

"잘 자, 에이린."

흐리게 들려오는 목소리를 마지막으로 내 정신도 깊이 가라 앉았다.

* * *

"……내 뱀뱀이는 의외로 대담하네."

마부석의 의자 밑에 함께 숨은 리하르트가 내게 말했다. 이른 아침, 알비온이 한동안 자리를 비우게 되었다며 새 선생님을 소개해 주었다. 고아원의 앞에는 이른 아침부터 마차가 대기하고 있었으니 오늘이 알비온이 떠나는 날이 분명했다. 그리고 나는 곧장 리하르트를 끌고 마부가 잠시 화장실을 간 틈을 타서 마부석 밑에 몸을 숨겼다. 중간쯤 갔을 때 모습을 드러낼 예정이었다.

'이번에 알비온이 가는 이유는 지하에서 벌어지는 옥션 때문이었지.'

제국에서 가장 크게 열리는 그 옥션은 사람도 사고팔았던 것으로 기억한다. 노예 제도는 겉으로는 사라졌지만 아직도 전쟁의 악습이 만연하듯 지하에는 그런 저열한 행위를 즐기는 인간들이 흘러넘쳤다.

'그리고 거기에서⋯⋯ 여주인공을 만나지.'

아, 왜 여기에 여주인공이 있냐면⋯⋯ 잠깐 쇼핑을 나왔다가 납치를 당했기 때문이다. 귀엽고 예쁘게 생긴 여주인공을 납치한 놈들은 하필 지하 경매에 팔 물건을 탐색하던 범죄자들이었고⋯⋯.

'당연하게도 알비온이 여주인공을 구하지⋯⋯.'

이렇게 하나하나 따져 보면 모든 세계관이 여주인공을 위해서 움직이는 것만 같다.

'지금쯤이면 여주인공은 저택 사람들이랑 다 친해졌겠지.'

분명히 모두에게 귀염을 받고 있을 거다. 나도 여주인공처럼 될 수 있으면 얼마나 좋을까?

"이만 출발하지."

한창 망상에 빠져 있을 때 알비온의 목소리가 들렸다. 나와 리하르트는 황급히 서로의 입을 틀어막았다가 눈을 동그랗게 떴다.

"예, 출발하겠습니다!"

마부가 의자에 앉았다. 숨결이 닿을 정도로 코앞에 리하르트가 있었다. 소년은 어쩐지 발갛게 물든 얼굴로 고개를 돌려 사내의 신발 뒤꿈치에 시선을 고정한 채였다.

덜컹—

이윽고 마차가 출발했고…….

나는 지옥을 맛봤다.

* * *

"……미쳤군."

마부석의 의자 밑에 웅크리고 엎드려 있던 우리가 발견된 것은 마차가 출발하고 2시간쯤 되었을 때였다.

생각보다 마차는 낡았고 또 거칠었으며 힘들었고 허리가 부러질 것 같았다.

"……재송함미다."

"……"

내가 사과를 건넸지만, 리하르트는 입을 꾹 다물고 있었다.

"당장 돌아가라."

"안 대여."

내가 냉큼 고개를 젓자 알비온의 눈매가 매서워졌다. 그가 이번에 어디를 가는지 아는 만큼 그의 분노는 타당했다. 물론 그렇다고 해서 그게 내가 물러날 이유가 되었던 건 아니지만.

"차, 찾을 사람이 이써여……."

"찾을 사람?"

"네……."

"말하면 내가 찾으마. 수도는 위험하다. 이만 돌아……."

"제가 가야 대여."

콜린 공작가에 설명하는 것도 내 몫이었다. 아마 이런저런 추궁이 들어올 테니 그에 걸맞은 대답도 생각을 해 두어야 했다.

"에이린. 나는 놀러 가는 게 아니다."

알비온은 한참 만에 한쪽 무릎을 꿇고 나와 시선을 마주한 채 내 어깨를 붙잡았다.

"저두여. 언장님 말 잘 들을게여……."

"위험하다."

"……제가 아라여."

나는 결국 눈을 질끈 감으며 입을 열 수밖에 없었다.

"안다니…… 무엇을?"

"언장님 따님이 어디에 있는지 아라여."

말이 끝나기가 무섭게 알비온의 기세가 사나워졌다.

"……너."

동공이 세로로 찢긴 것처럼 보일 정도로 사나워진 시선에선 살기가 풀풀 풍겼다. 리하르트가 흠칫 놀라 내 앞을 가로막을 정도였다.

"원장님. 지금 내 뱀뱀이한테 뭘 하는 거야!"

"비켜라. 암살자일 수도……."

내가 암살하긴 뭘 암살해. 알비온도 말을 하다가 멈칫하는 걸 보니 자신이 한 말이 얼마나 허무맹랑한지 깨달은 것이 분명했다.

"……대체 그걸 어떻게 알지?"

"도마뱀일 때, 우연히……."

"내 집무실에 들어왔었나?"

으응, 그렇게 오해해 주면 고맙긴 하지. 나는 망설이는 척하다가 천천히 고개를 끄덕였다.

"그럼 그때 내가 중얼거리는 소리를 들었겠군."

뭘 중얼거렸는진 모르겠지만 알아서 오해해 주는 것이 기꺼웠던 터라 나는 다시 한번 고개를 끄덕였다.

"하지만 내 딸아이는 이미 죽었다. 내 눈앞에서 적군의 검에 찔려서."

이것이 그가 어린아이에게 집착하게 된 이유 중 하나였다. 가호를 받은 영웅인 그를 막기 위해서 적군은 그의 가족을 인질로 삼았다. 그리고 그는 눈앞에서 딸을 잃고 적군에게 크게 당해 시체조차 잃어버렸다.

"응, 근데 바로 죽진 않아써여."

전쟁이 끝나고도 그녀는 근처 수도원의 병원에서 몇 년간 살아남았다. 다리를 잃고 침대에서 움직일 수 없는 신세였지만, 그럼에도 남길 수 있는 것은 있었다. 그러니까 소설을 본 내가 알고 있는 건…….

"정확히는 저가 언장님 따님의 무덤이 어디에 있는지 아라여."

"……네가 그걸 어떻게 알지?"

사실 이런 얘기는 하고 싶지 않았다. 그의 아픈 상처를 이런 일로 이용하고 싶진 않았다.

본래라면 수년 뒤에 여주인공이 이에 대해 우연히 알게 되어 알비온에게 전달해 주게 된다. 내가 끼어들 틈은 없다는 거다.

'하지만 어쩔 수 없잖아.'

나는 살고 싶었다. 정말로 소설 속의 두 줄짜리 엑스트라처럼 한심하게 죽고 싶지 않았다.

"어떻게 아랐는지는 비미리에여."

알비온은 한참이나 내 눈을 들여다보더니 주먹을 몇 차례 쥐었다가 폈다. 거짓일 확률이 높다는 걸 알면서도 믿어 보고 싶은 절박함이 보였다.

"그 말이 거짓이라면……."

"주겨도 대여."

"……!"

내 말에 알비온이 얼굴을 확 찌푸렸다. 그는 주먹을 꽉 움켜 쥐더니 내 어깨를 가볍게 붙잡았다가 놓았다.

"그런 말은 농담이라도 하지 말아라. 내 영역에 들어온 이상, 넌 내 원생이니 반드시 지킨다."

나는 나도 모르게 눈을 크게 떴다가 흐리게 웃고 말았다.

"널 믿으마. 자세한 이야기는 나중에 듣지. 하지만 위험한 일을 하려고 한다면 막을 수밖에 없다."

"아니에여."

"……둘 다 마차에 타거라."

간신히 허락이 떨어졌다. 리하르트가 나를 조심스럽게 이끌었다.

* * *

"소식은?"

"아직 찾지 못했습니다. 하지만 분홍색 머리카락과 황금색 눈동자라면 흔하지 않으니 분명히……."

"그 흔하지 않은 걸 지금 한 달째 못 찾고 있다면 내가 네놈의 무능을 탓해야 할까?"

"……죄송합니다. 아직 아가씨께서 도마뱀으로 계실 확률도 높기 때문에……."

"그럼 전 세계 도마뱀을 다 잡아서라도 해결해야지? 내가 네놈들의 목구멍으로 돈을 처넣어 주는 건 그걸 위해서잖나?"

에르노 에탐의 날 선 목소리에 바짝 긴장한 부하가 주먹을 꼭 쥐며 고개를 푹 숙였다. 황금색과 붉은색의 경계선을 넘나드는 눈동자에는 살기가 넘실거렸다.

똑똑.

정확히 두 번 울리는 노크에 에르노 에탐이 천천히 고개를 돌렸다.

"아버지, 접니다."

"들어와라."

칼란 에탐이 안으로 들어오다가 짧게 한숨을 내쉬었다. 그가 살짝 눈짓을 하자 울 것 같은 얼굴로 서 있던 부하가 눈치를 살피며 후다닥 도망치듯 방을 빠져나갔다.

"뭐냐."

"샤르네가 왔습니다."

"……필요 없다고 했을 텐데."

"그 애가 돌아왔을 때 아버지를 보고 기절이라도 하면 어쩌려고요?"

에이린을 언급하고 나서야 에르노 에탐이 느리게 고개를 돌렸다.

"적어도 인간의 모습은 유지해 주세요."

그가 덧붙이며 손짓하자 밖에서 상황을 살피던 실리안 에탐이 여주인공 샤르네를 데리고 들어왔다.

"손잡아도 되나요?"

"그러든가."

늘 여유롭던 에르노 에탐에겐 어울리지 않는 퉁명스러운 대답이었다.

'겨우 그 아이가 뭐라고…….'

그렇게 생각하다가도 말랑거리던 아이가 손아귀에 없다고 생각하니 속에서 천불이 일었다.

"이상하게…… 외삼촌께는 제 능력이 잘 통하지 않는 것 같아요."

손을 잡고 능력을 사용하던 샤르네가 흐린 얼굴로 읊조렸다. 다른 사람들은 이렇게 10분만 있으면 눈 색이 원래대로 돌아오는 데에 반해 그는 두어 시간을 붙잡고 있어도 다음 날이면 다시 원상 복구가 되었다.

"얼른 약을 개발해야 하는데……."

칼란 에탐이 머리를 벅벅 긁으며 답답하다는 듯 중얼거렸다.

"칼란, 은행 쪽은 확인해 봤나?"

"아, 네. 하지만 개인정보는 공개할 수 없다고 제법 강경해서요."

"그래서?"

"그래서 한바탕 뒤엎었더니 은행 방문 기록이나 계좌 열람 여부 정도는 알려 준다고 하더군요."

"그래?"

"네, 그 아이가 오면 연락을 달라고 했으니……."

칼란 에탐이 사납게 웃었다.

"죽기 싫으면 연락하지 않을까 싶어요."

"그래."

"……근데 의외네요. 이번에도 아버지의 장난이라고 생각했는데요."

실리안 에탐이 슬쩍 눈치를 살피더니 조심스럽게 입을 열었다.

"……그래, 장난이다."

장난이었다. 분명히 그렇게 시작했을 텐데, 대체 무엇이 자신을 이렇게 만들었는지 에르노 에탐조차 이해가 되지 않았다.

[간삼미다, 아바지!]

[요거…… 아바지 달마써여! 요게 조아여.]

단순히 아이가 쥐고 있었을 뿐인 반지에서 감지했던 청량한 느낌을 찾기 위한 흥미. 그것이 기점이었다. 아이는 이것이 유희라는 것을 알고 있는 사람처럼 아무것도 묻지 않고 그의 연극에 기꺼이 발을 들였다. 연극이었다. 딸을 위해선 무엇이든 할 수 있는 아빠와 아빠를 좋아하는 딸의 연극. 아이는 순순히 잘 따라와 주었다. 오랜만에 즐거운 촌극이라고 생각했다.

'언제부터였지? 진심이 된 건.'

그는 제 손을 꼬물꼬물 만지고 있는 죽은 누나의 아이를 보았다.

[아바지가…… 나 때무네 하라부지한테 혼나니까여……. 아바지
혼내지 마세여……. 혼나는 거 시러…….]

[아바지 조으면 저두 다 조아여!]

[아바지…… 하내지 마……. 무셔여…….]

쪼그마한 것이 잘도 말한다고 생각했다. 진짜 아버지가 아닌 것도 알고 있으면서 꽤 여우 같은 면도 있는 건가, 그런 생각도 했었더랬다. 그러나 아이가 자신을 구하기 위해 필사적으로 애를 쓴 걸 본 순간 그는 알 수 없는 감정에 휩싸였다. 저도 모르게 아이의 머리를 쓰다듬고 있었다.

[간삼니다, 아바지! 아바지가 채고! 천재! 머쨍이! 머찐 마완님!]
[아녀! 에이링은 아바지가 쩨일 쪼아여! 아바지가 채고예여.]

아이의 저 말이 진심이 아니라는 걸 알면서도 가슴 한구석에 기묘한 감각이 피어나는 것을 막지 못했다. 짧은 유희라고 생각한 것이 그저 유희는 아니었던 모양이다.

'훌쩍 떠나서 코빼기도 보이지 않는다는 건……'

아이가 작정하고 숨었거나 그것도 아니면 아이의 신변에 무슨 일이 일어났다는 의미가 됐다.

"어느 쪽도 짜증 나는데."

작게 중얼거린 그가 샤르네가 붙잡고 있던 손을 거칠게 잡아뺐다.

"앗, 외삼촌! 아직……."

"이만 됐다, 효과는 없는 것 같으니."

그는 전혀 줄어들지 않는 두통과 몸에서 들끓는 열기에 짧은 한숨을 뱉었다.

"파편을 훔쳐 간 범인은 아직도 못…… 하. 노망난 늙은이께서 오시는군."

"아비에게 말을 누가 그따위로 하느냐! 이 식충이 같은 녀석. 아주 폐인이 다 되어선 아비에게 못 볼 꼴을 보이는구나."

"그럼 오시질 마시지요. 제가 가주님과 놀아드릴 기분은 아닌지라."

에르노 에탐은 아예 미르엘 공작이 있는 쪽으로는 시선도 두지 않은 채로 입을 열었다. 미르엘 공작은 한참이나 자리에 우뚝 선 채 망설이는 듯하더니 결국 한숨처럼 입을 열었다.

"그…… 크흠. 그 아이는 아직도 못 찾았느냐?"

"이제 와서 후회라도 하시는지요? 당연히 제가 알려드릴 이유는 없습니다."

"내가 원하면 그거 하나 못 알아볼 줄 아느냐!"

"그럼 예민한 사람 성질 긁지 말고 따로 알아보시던가."

꽤 오랜 시간 광폭화에 시달린 듯 에르노 에탐의 얼굴은 어둡고 날이 서 있었다. 광폭화의 증상이 올라오기 시작하면 온몸은 용암처럼 뜨거워지고 심각한 두통과 근육통에 밤잠을 이룰 수도 없을 터였다.

"애초에 칠칠치 못하게 네 물건을 관리하지 못해서 벌어진 일 아니냐!"

"……쓸데없는 일에 신경을 쓰시는 것 같은데요."

서늘한 시선이 미르엘 공작에게 닿았다. 그는 어딘지 조금 초

234

조해 보이는 표정이었다.

"크흠. 그래서 그 애는 찾았느냐고."

"쫓아내고 나니 퍽이나 신경이 쓰이시는 모양입니다."

"입은 비뚤어졌어도 말은 바로 하지. 쫓아내긴 내가 언제 쫓아냈다고 그러냐."

"애 앞에서 그러고 옥박지르는 게 쫓아내는 게 아니면 뭔지."

코웃음을 치는 목소리에 미르엘 공작의 시선이 한층 사나워졌다.

"내가 하루 이틀 그러더냐! 다른 에탐의 아이들도 그렇게 자란다!"

에르노 에탐이 피곤한 얼굴로 지끈거리는 머리를 짚었다.

'대체 어디에 있는 거야, 따님.'

* * *

"나는 일이 있어서 계속 함께 있어 줄 순 없다."

일주일이라는 긴 시간 만에 우리는 수도에 도착했다.

'이렇게 멀었을 줄이야…….'

앉아 오느라 허리가 깨질 것만 같았다.

'숨어서 왔으면 이미 난 죽었어.'

리하르트와 알비온은 어떻게 피곤한 기색 하나 없는지 의아할 정도다.

"이곳에 여관을 잡았다. 식사는 웬만하면 방에서 하도록 하고 밖으로 나가는 일은 삼가도록 해라."

알비온은 그야말로 걱정이 가득한 듯 우리 둘을 침대에 앉혀 놓고 일장 연설을 늘어놓기 시작했다.

"……사탕이나 먹을 걸 준다고 해도 따라가면 안 되고 일단 허름한 옷차림으로 접근하는 놈들도…… 그리고 돈은 절대 많이 들고 다니면 안 되고 골목길 같은 곳도 절대로…… 이거는 통신구이니 필요할 때 연락을 하면 되고…… 마지막으로 신변이 위험할 때는 이 보석을 깨라. 내가 바로 이곳으로 달려올 수 있도록 장치를 해 두었다."

거의 2시간이 넘는 연설에 리하르트와 내 정신이 비몽사몽일 때쯤 알비온은 불안한 얼굴로 자리에서 일어났다.

"수도에서 가장 치안이 좋은 여관이지만 밖으로 나갈 땐 여기 이 로브를 쓰고 눈에 띄지 않도록 돌아다니거라."

"……."

"……."

"대답은?"

"네, 네!"

"알겠다고, 원장님……."

리하르트가 피곤한 얼굴로 흐물흐물 침대에 무너지며 말했다. 그러고도 불안한지 몇 번이고 당부한 알비온이 한참 만에 뭉그적거리며 여관을 벗어났다.

"뱀뱀아, 이리 와."

알비온이 사라지자마자 리하르트가 반색하며 푹신한 침대의 한쪽 편을 내어 주며 말했다. 긴 여정으로 제법 피곤했던 탓에 나는 순순히 이불 속에 꼬물꼬물 들어갔다. 그러자 리하르트가 내 목까지 이불을 푹 덮어 주곤 옆에 털썩 누웠다.

"아, 좋다. 이렇게 있으니까 여행하러 온 것 같고 좋다, 그치?"

키득키득 웃는 소년의 얼굴이 가족 여행이라도 온 듯한 천진 난만한 얼굴이었다.

"근데 수도까진 왜 오자고 한 거야?"

"약쏙 지키려구……."

"약속?"

"응, 엄마랑 아빠 찾아 주기로 해짜나……."

움찔. 내 등을 토닥여 주고 있던 손이 사뭇 굳은 것만 같다. 하지만 정신적으로도 육체적으로도 지쳐 있던 탓일까? 나는 그걸 돌아볼 생각도 하지 못했다. 수마는 순식간에 나를 집어삼켰다.

* * *

"너도 날 버리려고?"

색색거리며 잠든 에이린을 내려다보는 시선이 옅은 배신감으로 넘실거렸다.

"안 돼, 누구 마음대로. 너한텐 나밖에 없잖아. 나한테도 너밖에 없어."

리하르트 콜린이 작게 중얼거렸다.

"너만, 날 피하지 않았어."

에이린만이 원장님 다음으로 본인의 손길을 피하지 않았다. 짐승도 인간도 전부 자신의 손길을 피하는데, 이 아이만큼은 순순히 자신의 손바닥에 올라탔다. 본인의 손길에 두려움을 느끼지 않았다.

"내가 살렸으니까, 넌 내 거야. 나랑 평생 같이 있어야 해."

색색 규칙적인 숨소리가 울려 퍼졌다.

"네가 내 유일한 가족이잖아. 온전히 나만의 것이야. 날 버린 가족보다 내가 찾은 가족이 더 좋아. 너도 그렇잖아."

그러니까 이제 와서 진짜 가족을 찾는다고 한들, 달라질 건 없을 거다. 에이린의 손을 꽉 붙잡은 리하르트 콜린이 천천히 눈을 감았다. 늘 불면증처럼 잠들기 힘들었던 밤이 에이린의 온기가 있으면 편안한 밤이 되었다.

이윽고 서로의 손을 붙잡은 두 아이가 고른 숨을 내쉬며 깊은 잠에 빠져들었다.

* * *

쏟아지는 햇살에 기다렸다는 듯 정신이 들었다.

'완전히 잠들었네…….'

몸을 일으키려던 나는 손이 아직 잡혀 있다는 사실을 깨닫고 몸에서 힘을 뺐다. 고개를 살짝 돌리자 순진한 얼굴로 새근새근 잠을 자는 리하르트가 보였다.

'잘 자네.'

정말 '미친 또라이'라고 불리면서도 늘 인기투표에서 5위 안에 들었던 이유를 알 것 같았다. 나는 손을 뻗어 리하르트의 흘러내린 머리카락을 살짝 쓸어 올렸다.

'콜린 공작가가 어디에 있더라…….'

소설에는 약도 따위가 나와 있던 건 아닌 터라 수소문을 통해서라도 찾아야 하지 않을까 싶긴 했다.

'얘를 데리고 나가긴 좀 그렇고…….'

여기서 기다리라고 해 봐야 말을 듣지 않을 것이 분명했다. 눈을 뜨면 분명히 따라오려고 할 게 분명했다. 밤사이 알비온이 잠시 들렀다 간 것인지 몇 가지 갈아입을 옷과 생필품 그리고 소량의 돈이 탁자 위에 가지런히 올라가 있었다. 분명 알비온은 좋은 아빠가 됐을 텐데 말이다.

'좀 미안하긴 하지만…….'

몰래 나가야겠다.

나는 느슨해진 리하르트의 손에서 슬쩍 내 손을 빼내곤 살금 살금 내려와 옷과 로브를 들고 욕실로 향했다.

'꼬리도 잘 숨겨야지.'

239

로브 안쪽으로 넣으니 다행히 티가 나진 않았다.

'대체 이건 언제 사라지는 거야……?'

외출할 때마다 불편해 죽겠다.

'그나저나 멋있다…….'

어제는 너무 피곤해서 제대로 확인하지 못했는데, 여관이 무슨 호텔 수준이다.

'아마 제일 비싼 여관에 비싼 방을 내어 준 거겠지.'

이 방의 풍경에 대한 묘사를 본 기억이 있었다. 여주인공이 때때로 일이 있으면 묵었던 여관이 분명했다.

'호텔 같다고 하더니 정말 호텔 같네.'

실제로 호텔은 사진으로밖에 본 적이 없지만 그런 느낌이었다.

'돈도 없을 텐데.'

알비온은 버는 돈을 족족 고아원에 쓰거나 아니면 다른 고아원에 기부하곤 해서 형편이 썩 넉넉하진 않았다. 그래서 마지막까지 그가 영웅이라는 사실을 독자 외에는 아무도 몰랐다.

'그래도 여주인공을 만나면 구원받겠지.'

여주인공을 위기에서 구함으로써 알비온은 딸을 구하지 못했다는 죄책감으로부터 벗어난다.

〈"……제대로 지키지 못해서 미안하다."

"네? 무슨 소리예요. 기사님은 절 지켜 줬어요. 사지 멀쩡하게 가족들의 품으로 돌려보내 줬잖아요."

"그래도 여자애 팔에 상처가……."

"영광의 상처라고 아세요? 그런 거예요. 고마워요, 기사 아저씨. 절 살려 줘서……. 그때, 그 순간에, 아저씨가 있어서 정말 다행이었어요."

"……!"〉

약간 마음의 짐을 더는 정도이기는 하지만 말이다. 그 뒤로도 여주인공과 알비온은 가끔 편지를 주고받는다. 그리고 우연한 계기로 여주인공이 알비온의 딸에 대한 실마리를 흘리면서 알비온은 딸의 무덤을 찾는다.

'뭐, 내가 끼어들 틈은 없지.'

조금 이용하게 된 게 미안하기는 하지만 말이다. 나는 아직 잠을 자는 리하르트에게 짧은 쪽지를 쓴 뒤 회색빛의 로브를 푹 눌러쓰고는 여관을 나섰다.

'일단 돈이 필요한데…….'

현금을 꺼내려면 일단 은행을 가야 하는데 에르노 에탐이 날 아직 찾고 있다면 위험한 게 아닐까? 알비온이 주고 간 돈을 조금 챙기기는 했지만 이걸로 개인 마차를 탈 수 있을지는 모르겠다.

'3만 로스트…….'

공용 마차가 아닌 개인 마차를 타는 건 좀 비싸다고 들었는데. 소설에선 통상적인 1인의 한 끼 식사가 6천 로스트 정도라

241

고 했었다.

'일단 물어보자.'

여관을 나선 나는 슬쩍 주변을 살폈다. 수도의 중심에 나와 보는 것은 그때 계좌를 개설하러 나왔을 때를 제외하곤 처음이었다.

'엄청나게 크네……'

에르노 에탐이 곁에 있을 때는 몰랐는데 세상이 이렇게 크고 넓었던가?

'와, 빵 냄새.'

고소한 냄새에 코를 킁킁거렸다.

꼬르르륵—

대차게 울리는 뱃고동 소리에 나도 모르게 배를 부여잡았다. 민망함에 주변을 봤지만, 다행히 나같이 작은 아이를 신경 쓰는 사람은 없었다. 모두 이른 아침 가게를 열고 장을 보느라 바빠 보였다.

'배고프네……'

밥을 먹지 않고 나온 탓이다. 나는 슬금슬금 빵집에 다가가 유리창 너머로 보이는 빵에 시선을 주었다. 먹음직스러운 갓 구운 빵들이 가득했다.

'하나 정도는 먹어도 되겠지?'

3만 로스트나 있으니까 말이다.

"어? 귀여운 꼬마 손님이네. 빵 사러 온 거니? 들어오렴."

"아, 네."

빵집 안으로 들어가자 고소한 냄새가 진동했다. 먹음직스러운 빵이 어찌나 많은지 몰랐다.

'1천 로스트에서 6천 로스트까지 다양하네……'

그렇게까지 부담되는 가격은 아니었다. 나는 돈을 꼭 쥔 채 빵집을 천천히 둘러보았다. 전부 먹음직스럽게 생겼지만 유독 시선을 잡아끄는 것이 있었다. 종류별로 있는 스콘이었다. 한 개에 3천 로스트지만, 내 주먹만 한 크기라서 충분할 것 같았다.

"요거 주세여! 딸기쨈 스콘!"

"잠시만 기다리렴. 갓 구운 거로 주마."

"네에!"

나는 스콘을 들고 냉큼 가게를 벗어났다.

꼬르르륵―

스콘을 크게 한 입 베어 물려는데, 어디선가 우렁찬 소리가 들렸다. 소리가 어찌나 큰지 나도 모르게 고개가 돌아갔다. 골목길 바로 앞 쓰레기통에 쪼그려 앉아 있는 무언가가 있었다. 회색 로브를 뒤집어쓰고 몸을 한껏 웅크린 그 무언가는 내 시선을 느꼈는지 움찔 몸을 떨었다. 나는 애써 시선을 돌리며 다시 스콘을 베어 물었다. 웅크린 몸이 한층 더 움츠러들었다.

'내가 신경 쓸 일은 아니지.'

길바닥 거지한테 전부 적선할 것이 아니라면 말이다.

'……아니긴 한데.'

그럼 보질 말았어야지, 멍청한 나!

나는 거의 울 것 같은 얼굴로 몸을 돌려 빵집에 들어가 스콘을 두 개 더 샀다. 그리고…….

"저기, 오다 주워써. 너 머거."

혹시나 동정이나 적선이라고 기분 나빠할까 봐 어디 소설에서 본 것 같은 장면을 흉내 내보았다. 그 순간 땅만 쳐다보고 있던 믿기지 않을 정도로 아름다운 새파란 눈동자가 내게 닿았다.

'아, 이 위화감 뭐지?'

이 눈만 봐도 아름다울 것이 분명한 외모가 위험 신호를 발했다. 《입.양.각》 작가는 결코 엑스트라에게 대단한 외모 묘사를 하는 사람이 아니었다. 솔직히 나만 해도 묘사가 거의 없다시피 했다. 그러니까 이 정도의 외모라면 분명히 주연 혹은 비중 있는 조연급이다.

'간다.'

이것만 주고 떠난다. 나는 솔직히 더는 엮이고 싶지 않다. 주·조연급이라면 모두 여주인공과 얽히게 될 텐데 그러면 어떻게든 내 정보가 들어갈지도 몰랐다.

'이름은 둘째치고 외모만 알려 줘도…….'

분명히 에탑 가문의 정보력은 나를 금방 찾아낼 것이다. 그는 내가 준 스콘을 조심스럽게 받아 눈치를 살피더니 크게 베어 물기 시작했다. 나는 그 모습을 보다가 슬쩍 몸을 돌렸다.

'……아, 온 김에 이것도 주고 와야지.'

나는 돈을 넣어 둔 주머니 안쪽에서 푸른색의 작은 파편을 꺼냈다. 일전에 리하르트의 보물상자에서 받은 '균형의 파편'의 일부였다. 사실 '균형의 파편'은 한 조각이 아니었다. 본래는 '균형의 돌'이라는 이름의 진주처럼 둥근 푸른 보석이었는데, 초대 에탐 가문의 가주가 필요한 사람들에게 '균형의 돌'을 쪼개서 나눠주기 시작했다. 파편은 총 일곱 조각으로 가장 큰 파편은 세 개가 모인 에르노 에탐의 파편이었다. 그리고 이건 그 파편의 한 조각이다.

'소설 속에서도 리하르트가 소유하고 있다는 얘기가 있었지…….'

그래서 이후에 여주인공이 요구했을 때 리하르트는 군말 없이 그녀에게 조각을 넘겨주었다. 나는 그걸 이번에 리하르트에게 받았고.

"하아……."

물론 내가 훔친 건 아니지만 미리 말했으면 에르노 에탐이 잃어버릴 일도 없었을 거다. 아마도 보호 장치라도 더 걸어 놨겠지. 미약한 죄책감은 있었다.

'세 개를 다 돌려 주진 못하겠네.'

에르노 에탐 것과 내가 리하르트에게서 받은 걸 제외하면 흩어진 파편이 세 개가 더 있긴 하겠지만 두 개는 미래의 대신관이 가지고 있을 테고…….

'한 개는 어디에 있더라?'

기억이 잘 나질 않았다.

타박타박—

저벅저벅—

타박타박—

저벅저벅—

그리고 왜 나 혼자 걷는 거 같지가 않은 걸까? 내가 우뚝 걸음을 멈추자 뒤따라오던 그림자도 우뚝 멈춰 섰다. 나는 침을 꿀꺽 삼켰다.

'……누구지?'

혹시 나를 알아본 사람이라도 생긴 걸까? 바짝 긴장한 채 일단 인파가 많은 곳으로 걸어가 천천히 뒤를 돌아봤다.

"……너."

나를 쫓아오던 것은 아까 그 로브를 뒤집어쓴 아이였다.

"왜……? 나 먹을 거 더 업써."

"너…… 따라가도 돼?"

앳된 미성에 눈이 절로 커졌다. 아니, 그것보다 이게 무슨 말이야.

"머? 그게 무슨 소리야……."

"갈 곳이 없어."

고개를 푹 숙인 채 웅얼거리는 목소리에 나는 잠시 말문을 잃었다.

"널 주인으로 삼을게…… 아니, 삼게 해 주세요."

그가 거리 한복판에서 무릎을 꿇으며 말했다. 내 말문은 당연히 막혔고 지나가던 사람들의 시선은 모조리 몰리기 시작했다.

"미, 미쳐써? 얼른 이러나!"

나는 급히 소년의 어깨를 붙잡았다.

"따라가게 해 주세요, 주인님."

무릎을 꿇고 애절하게 말해 오는 목소리에 나는 눈을 크게 떴다.

"뭐지……?"

"뭔가 잘못한 것 같은데? 귀족이 암행을 나왔나……."

"아무리 그래도 저렇게 한복판에서 무릎을 꿇리다니……."

아냐아아! 내가 아니라고!

나는 당황해서 눈치를 살피다가 급히 소년의 어깨를 붙들었다. 로브 아래로 보이는 푸른 눈동자가 아래로 축 늘어져 있었다.

"가, 가자……. 일단 가자……."

"정말 따라가도 되나요……?"

왜 이렇게 버려진 강아지처럼 구는지 모르겠다. 나는 대충 고개를 끄덕였다.

화악—

로브 아래로 비치는 소년의 얼굴이 환해졌다. 나는 멍하니 그 얼굴을 보다가 급히 몸을 돌렸다.

'이건…….'

분명히 주·조연급이야! 아무리 봐도 그렇다. 조연이라면 아주 아주 비중이 있는 조연일 확률이 높았다. 내가 몸을 돌리자 소년이 쪼르르 옆에 따라붙었다.

"그거 저도 있어요."

"응?"

"손에 들고 계신 거 저도 있어요, 주인님."

그의 시선을 따라 고개를 돌리자 '균형의 파편'을 쥔 내 손이 보였다.

"이게 있따구……?"

"네."

그가 로브 안쪽을 뒤적이더니 내게 뭔가를 내밀었다.

'균형의 파편'이었다. 그것도 내 것보다 더 큰 두 조각이었다.

'……두 조각?'

어? 이상한 생각이 머릿속을 스친다.

왜냐면 에르노 에탐이 잃어버린 것을 제외하면 세상에 남은 '균형의 파편'은 네 조각이다. 개중에 한 조각은 내가 가지고 있고 다른 한 조각은 행방을 모르고 두 조각을 가지고 있는 건…….

'미래의 대신관……인데…….'

에르노 에탐의 세 조각짜리가 땅바닥에 굴러다닐 일은 없으니까…….

"어……."

불안한 생각이 머릿속을 스쳤다.

"주인님……?"

아니겠지. 왜 미래의 대신관이 여기에 있겠어. 본래 신전에 있는 게 정상이잖아? 나는 애써 머릿속에 드는 생각을 부정하며 머리를 흔들었다.

"주인님, 어디 가요?"

"콜린 공작가!"

"아…… 그 가문이라면 이쪽이에요."

소년이 내 손을 조심스럽게 맞잡으며 앞서 걸었다.

"이짜나, 왜 나 따라와……?"

"말했다시피 갈 곳이 없어서요."

거짓말. 신전에서 찾지 않을 리가 없었다. 그가 정말 내가 생각하는 사람이라면 지금쯤 그는 신관 후보생으로 신전에 있어야 한다.

"너 요기 이써."

저택에 도착한 나는 거대한 정문 근처 그늘진 나무 밑에 그를 두었다.

"……왜요?"

"금방 오께."

"오지 않으면요? 전 주인님 이름도 모르는데."

도대체 왜 내가 주인님인데…….

"에이링이야. 나 거진말은 안 해."

물론 나와서 왜 따라오냐고 싸울 순 있겠지만.

249

'그리고 들어갈 수 있을지도 모르겠지만.'

하지만 리하르트에겐 가족이 필요했다. 어느 어린아이에게나 가족은 필요하다.

'돌아갈 곳이 있다면 돌아가는 편이 좋아.'

특히 그곳이 자신을 사랑해 줄 수 있는 곳이라면.

"안뇽하세여. 혹시 공작님을 만날 수 있나여?"

나는 배시시 웃으며 문 앞을 지키는 병사에게 인사를 건넸다.

"뭐? 뭐 때문인지는 모르겠지만 공작님은 함부로 만날 수가 없단다."

"어…… 공작님의 아들이 어디에 있는지 아라여! 그러케 전해 주실 수 이써여……?"

"얘야, 헛소리하지 말고…….."

"이봐."

옆에 있던 다른 병사가 나를 상대하던 병사에게 귓속말을 했다. 그러자 병사의 표정이 이상해졌다.

"……무조건이라고? 얘는 아직 아이잖나. 분명히 부모가 시켰거나…….."

"명령 불복을 하고 싶은 건 아니겠지."

"그건 아니지만…… 하아. 알겠네. 잠시만 기다려. 다녀올 테니."

병사가 잠시만 기다리라고 하더니 급히 저택으로 뛰어가기 시작했다. 슬쩍 고개를 돌리니 로브를 쓴 소년이 나무 밑에 서서 같은 자세로 나를 보고 있었다.

'콜린 공작가……'

콜린 공작가는 에탑 공작가와 비슷한 정도의 규모의 가문이었다. 물론 에탑 공작가가 조금 더 우위에 있기는 하지만 말이다. 이곳은 뛰어난 마법사를 배출하는 오랜 혈통을 자랑하는 가문이었다. 그런 콜린 공작가의 가주 콜린 공작은 본인의 아내와 그 배에서 태어난 자식을 제외하면 모든 것에 냉소적이고 차가운 사람이라고 했다. 가족의 일이 되면 수천억의 이익조차 포기할 수 있을 정도로 헌신적이기도 한 사람.

'믿어 주겠지?'

분명히 뭔가 사례를 한다고 할 텐데 뭘 받을지 정하지 못했다.

'돈을 받겠다고 하면……'

분명히 은행 계좌에 기록이 남을 텐데 아무리 생각해도 에르노 에탑이 계좌 기록 정도는 확인할 것 같다.

'그럼…… 뭘 달라고 하지?'

생각에 잠겨 있는 동안 병사가 돌아왔다.

"공작 각하께서 들어오시라고 한다."

"네!"

"……하, 이제 좀 거짓말하는 놈들이 없어졌다 했더니 또 들쑤시는군. 또 송장 치르게 생겼어."

송장? 그러고 보니 이쪽 성격도 장난 아니었지…….

특히 거짓말을 혐오하는 수준이라서 거짓말을 하는 순간 그 자리에서 목이 날아간다고도 들었다.

꿀꺽.

침을 삼킨 나는 주먹을 꼭 쥐었다.

'거짓말은 아니지만……'

그렇다고 당장 증거가 있는 것도 아니니까…….

"이쪽이다. 만약 거짓말이라면 바로 사과하는 게 좋을 거다."

병사가 나직하게 속삭이곤 문을 열어 주었다. 문이 열리자 잉
크 냄새와 종이 냄새가 느껴졌다. 안에는 머리를 뒤로 넘긴 깔
끔한 인상의 사내가 무표정한 얼굴로 서류를 처리하고 있었다.
살짝 날카롭게 올라간 눈매와 시선에서 세상에 대한 무관심이
느껴졌다.

"말해 봐라."

그는 서류에서 시선을 떼지 않은 채 말했다.

"네……?"

"내 아들을 안다고 하지 않았나? 인상착의, 생김새, 특징, 이
름, 뭐든 좋으니 아는 대로 말해 보라고 했다."

서늘하고 차가운 목소리다. 겉보기에라도 다정하고 부드러웠
던 에르노 에탐의 목소리와는 차원이 달랐다. 내가 아무런 대답
도 하지 않자 감정이 결여된 듯한 보랏빛 눈동자가 기이하게 빛
나며 내게 닿았다.

'진짜 미친 외모다……'

콜린 공작은 그야말로 오랜 시간 얼음에 갇혀 있던 '얼음 정
령'이라고 해도 이상하지 않을 정도로 아름다운 사내였다. 차가

운 하늘색의 머리카락은 아래로 내려갈수록 설원에 눈이 내린 듯 새하얗게 옅어졌다. 리하르트와 비슷한 머리카락이었다. 이렇게 보니 생김새도 굉장히 닮았다. 이 사람을 누가 유부남으로 볼 거야.

'하지만 눈이 너무 차가워.'

기대감이라고는 전혀 없는, 그저 저 사기꾼을 어떻게 죽여 버릴까만을 고민하는 듯한 시선이었다. 이해는 되지만, 등줄기는 섬뜩했다.

"말 안 하나?"

"아…… 머리가 길구여…… 보라색 눈동자구…….”

내가 정신을 차리고 말하자 그가 계속해 보라는 듯 고개를 까딱였다. 나는 꿀꺽 침을 삼켰다.

'미친, 정말 죽겠는데.'

여기서 한 번이라도 오답을 내는 순간 송장이 될 것이 분명했다.

"보라색…… 머리카락이구…… 아저씨를 닮아써여……. 리하르트도 머리카락이 아래루 갈수록 색이 옅어여…….”

거기까지 말하는 순간 무감정한 그의 눈에 처음으로 빛이 돌았다.

"……뭐라고?"

"네?"

"방금 그 애 이름을 뭐라고 했지?"

"리하르트…….”

"머리카락이 아래로 갈수록 색이 옅다고?"

"네⋯⋯."

그는 그 말에 숨을 크게 들이마시더니 천천히 자리에서 일어났다. 그러고는 천천히 소파에 앉는다.

"거기 앉아 보아라."

"네엡."

나는 순순히 그의 맞은편에 앉았다.

"더 기억나는 건?"

"어⋯⋯ 오른쪽에 은색의 귀거리를 차구 이써여. 이렇게 긴 거⋯⋯."

손가락 하나를 쫙 펼쳐 보이며 말하자 이번에는 콜린 공작의 무표정이 잠시 흔들렸다.

"혹시 이것과 닮았나?"

차분한 인상의 사내가 조급하게 자리에서 일어나 서랍에서 뭔가를 꺼내더니 내게 보여 주었다.

"네! 요거예요."

"⋯⋯."

그는 믿기지 않는 표정으로 나를 보다가 다시 귀걸이를 내려다보았다.

"⋯⋯그 애는."

"네?"

"그 애는 어디에 있지?"

"수도에 이써여."

"당장 위치를……."

나는 초조한 듯 자리에서 일어나려는 그의 옷자락을 급히 붙잡았다.

"아야……."

너무 급하게 붙잡느라 소파 테이블에 무릎을 세게 박아 버렸다.

"무슨 짓을……."

"저가 내일 데꼬 올게여. 오늘은 안 대여……."

"……왜지?"

"리하르트 화나쓸 거라서……."

"화? 대체 왜?"

말도 없이 내가 나갔으니 엄청 화가 났을 것이 분명했다.

"어…… 저가 사시른 리하르트 몰래 나와써여."

"……뭐라고?"

"그래서 달래 줘야 해여."

나는 입가를 허물어뜨리며 배시시 웃어 보였다. 그러자 콜린 공작은 말문이 막힌 듯 잠시 조용해졌다.

"내일 오께여."

"무슨 말도 안 되는 소리를……."

그가 수려한 미간을 확 찌푸렸다.

"리하르트는 아직 아저씨를 만날 준비가 안 대써여. 저가 데꼬 올게여."

255

"······넌 그 애가 어떻게 내 아이라는 걸 알았지?"

음, 뭐라고 말하는 편이 좋을까?

"소문이여."

"소문?"

"돈 마니 준다는 소문 드러써여."

사실이었다. 그는 몇 년째 대대적으로 자신의 아이에 대해서 어마어마한 포상금을 걸고 수소문을 계속하고 있었다. 그러나 여태껏 그를 찾아온 이들은 순 사기꾼들뿐이었다. 돈을 노린 사기꾼들은 때때로 자신의 자식까지도 둔갑시켜 데리고 오곤 했다.

"돈······."

그는 내 말에 헛웃음을 터뜨리듯 얼굴을 쓸어내리며 고개를 숙였다.

"하, 그딴 건 얼마든지 주마. 그 아이만······ 그녀와 함께 다시 만날 수 있다면."

그 말에 나는 서툴게 웃으며 고개를 끄덕였다.

"네, 내일 바여."

"넌, 누구지?"

"에이링이에여."

내 대답에 그는 잠시 말문이 막힌 듯 조용했다가 말을 바꿔 물었다.

"그 아이와 무슨 관계지?"

어, 리하르트와 내 관계라고 하면 뱀뱀이와 주인……?

"애완……동물?"

날 처음 주웠을 때 펫으로 키운다고 했으니 리하르트 입장에선 아마 그런 게 아닐까?

"……뭐?"

콜린 공작은 당황한 기색이 가득한 얼굴로 반문했다.

나는 다시 한번 고개를 끄덕였다.

"애완동물이에여……!"

"……."

일단 도마뱀이니까 말이다. 그런데 그는 어쩐지 큰 충격을 받은 듯한 얼굴로 입을 꾹 다물고 나를 노려보았다.

"내일 마차를 보내지."

콜린 공작은 충격받은 표정을 숨기지 않은 채 나를 보다가 한참 만에 꺼낸 그 말을 마지막으로 내게 축객령을 내렸다. 돌아오는 길에 병사가 대체 어떻게 살아남았냐고 내게 꼬치꼬치 캐물어서 조금 귀찮았다. 그뿐만이 아니다. 내가 밖으로 나오자마자 미래의 대신관께선 강아지처럼 내게로 곧장 달려와 엉겨 붙었다. 나는 어쩌다 주워버린 그까지 챙겨 다시 숙소로 향했다.

* * *

자, 이제 어쩐담? 밖에 나갔다가 웬 사람 하나를 주웠고 리하르트는 잔뜩 골이 나 있을 것이 분명했다. 여관 앞에 선 나는 고개를 돌려 로브를 둘러쓴…… 아마도 미래의 대신관이 될 예정인 소년을 보았다.

"날 구지 쫓아오는 이유가 이써?"

"네."

"먼데?"

"주인님이시니까요."

"나는 주인이 아냐."

"먹을 걸 주셨어요. 그러니까 주인님이세요."

나는 물끄러미 나를 바라보며 해사하게 웃는 소년을 보았다.

'소설에선 이렇게 순박한 애가 아니었는데.'

분명 뭔가 꿍꿍이가 있을 게 분명한데 그게 뭔지 모르겠다.

'리하르트는 어차피 내일 집으로 떠날 테니까……'

상관없으려나?

다만 이 애를 고아원으로 데려가도 되는지가 의아하긴 했다. 나는 일단 짧게 심호흡하고 조심스럽게 여관방으로 들어갔다.

"있찌, 잠깐 요기서 기다리고 이써."

"왜요?"

"안에 칭구한테 설명해야 대."

"……네."

미래의 대신관께선 순종적으로 고개를 끄덕였다.

달칵.

떨떠름한 기분을 안고 방으로 들어가자 가장 먼저 보인 것은 식탁 의자에 석상처럼 앉아 있는 소년이었다. 내가 들어가자 그는 눈을 크게 뜨더니 나를 노려보았다. 나는 어색하게 웃으며 조심스레 입을 열었다.

"……안녕, 리하르트……."

"어디 갔다 와?"

"잠깐…… 산책……?"

"산책을, 아침부터 저녁까지?"

"응……. 길을 잃어써."

"나한테서 도망간 거 아니고?"

의자에서 폴짝 뛰어내린 리하르트가 성큼성큼 다가왔다. 잔뜩 흥분한 얼굴로 다가온 리하르트가 내 어깨를 붙잡았다.

"너도 날 버리려고?"

"……아냐, 안 버려."

나는 급히 고개를 저었다.

"다시 와짜나. 요기 빵도 사써……."

나는 오는 길에 리하르트의 화를 조금이라도 풀어 볼 요량으로 산 스콘을 꺼내 들었다. 내가 리하르트의 품에 슬쩍 스콘을 안겨 주자 소년의 눈매가 살짝 누그러졌다.

"……일어났는데 네가 없어서 놀랐어."

"편지 썼는데……."

"……응, 봤어. 그래도……."

리하르트가 나를 품에 끌어안았다. 흥분을 달래는 듯 뜨거운 숨이 목덜미에 닿았다. 잔뜩 긴장하기라도 했던 듯 손끝은 차가웠고 살짝 떨리기까지 했다.

'그래도 걱정된 거겠지.'

누군가에게 버려진다는 것이 리하르트의 트라우마일 것이다. 내가 누군가와 약속을 잡고 그 기다리는 시간 내내 혹시나 나를 골려 주기 위해 약속을 잡은 게 아닐지, 또 속은 게 아닌지 매번 불안해했던 것처럼.

"미안해."

"아냐, 다음엔 같이 가자. 혼자는 싫어. 넌 내 옆에 있어 주기로 했잖아."

"응."

나는 손을 뻗어 리하르트의 머리를 두어 번 톡톡 두드렸다.

"내일은 가치 가자."

"어디를?"

"찾아써!"

내가 리하르트의 손을 붙잡으며 말하자 리하르트가 살짝 굳은 얼굴로 나를 보았다.

"……뭘?"

"가족! 리하르트 아빠!"

"……내 아빠를 찾았다고?"

"응."

"……지금 거기에 다녀온 거야?"

"응."

"……날 버린 가족한테 날 돌려보내려고? 내가 귀찮아서, 날 버리려고?"

"응! ……응?"

가족을 찾았다는 말을 어떻게 저렇게 해석할 수 있지? 나는 당황을 숨기지 못한 채 주먹을 움켜쥔 리하르트를 보았다. 배신 감에 가득 찬 소년의 얼굴은 그야말로 곧 울음을 터뜨릴 것처럼 벌겋게 상기되어 있었다.

"너도 결국 내가 귀찮았던 거야……."

차오른 눈물을 보던 나는 멍하니 그에게 손을 뻗었다. 리하르 트가 한 걸음 뒤로 물러나며 소매로 눈을 벅벅 닦았다. 나는 급 히 다가가 리하르트의 손을 꽉 붙잡았다.

"이거 놔."

"아냐."

"뭐가 아니야. 날 버린 가족 따위 필요 없어! 다 필요 없다고! 너랑 내가 가족이잖아! 서로 가족이 되어 주기로 했잖아! 약속 했잖아!"

리하르트의 생각지도 못한 분노에 나는 잠시 침묵을 유지한 채 천천히 그에게 다시 다가갔다. 내가 다가갈 때마다 리하르트 는 뒷걸음질을 쳤다.

[너나 나나 둘 다 외톨이니까 서로에게 가족이 되어 주는 거야, 어때?]

[내 옆에서 떠나지도 마. 넌 내 가족 같은 거잖아. 그러니까 내 옆에 있어.]

잠시 잊고 있던 기억이 스쳐 지났다.

'내가 상처를 줬구나.'

별것 아닌 말이라고 생각했던 말이 아이에게는 지나친 진심이었다.

'그냥 어린애가 하는 말이라고 생각했는데……'

트라우마를 가진 리하르트는 나를 주운 것으로 가족이 생겼다고 생각한 것이 분명했다.

"버린 거 아냐."

"거짓말."

"나도…… 가족두 리하르트 버리지 않아써."

나는 리하르트의 양손을 조심스럽게 붙잡았다.

"리하르트, 내일 혼자 가는 거 아냐. 나랑 가치 갈 꺼야."

"……같이?"

"웅."

"같이 가서 나만 버리고 뱀뱀이는 돌아가게? 그런 거라면 싫어."

요 녀석, 제법 예리하네.

"……"

262

그럴 생각이긴 했는데…… 내가 대답이 없자 리하르트의 눈에 다시 눈물이 맺히기 시작했다.

"뱀뱀이는 나 버리는구나……."

강아지처럼 귀가 머리 위에 있었다면 축 늘어졌을 것이 분명한 모습에 나는 반사적으로 고개를 저었다.

"……아냐?"

"으응."

"가족을 찾아도 계속 같이 있는 거야?"

"……우응, 리하르트가 적응할 때까지는."

물론 어디까지나 내가 콜린 공작을 설득해야만 가능한 일이긴 한데…….

"내가 평생 적응하지 못하면…?"

"어……."

"그럼 평생 있는 거야?"

"아마도……."

그렇게 되는 건가?

"정말이지?"

눈을 반짝이는 리하르트는 언제 축 처졌었냐는 듯 눈을 반짝 빛냈다.

"으응……."

"약속했어?"

"응……."

263

뭔가 좀 낡인 것 같은 건 내 착각이겠지?

달칵.

그때였다. 등지고 있던 문이 열리더니 목소리가 들렸다.

"주인님. 대화는 마치셨나요?"

나는 그제야 미래의 대신관을 떠올렸다.

"……뭐야?"

리하르트가 나를 뒤에서 끌어안은 채 미래의 대신관을 노려보았다. 미래의 대신관이 천천히 로브를 벗었다. 그러자 숨겨져 있던 새하얀 백발이 흘러내리며 새파란 눈동자가 선명하게 빛났다.

'미소년이 2명…….'

넋을 잃을 듯한 기분에 살짝 정신이 아득했다.

"그쪽은……?"

"나? 뱀뱀이 주인인데. 넌 뭐냐?"

음, 틀린 말은 아닌데.

"주인님의……."

미래의 대신관이 나를 흘긋 보았다.

"강아지? 같은 거예요."

미래의 대신관의 눈이 초승달처럼 곱게 접혔다.

'강아지?'

언제부터 그런 게 됐는데? 내가 황당한 표정으로 그를 보자 그가 아차 한 표정으로 활짝 웃으며 입술을 열었다.

"멍멍."

아니, 내가 언제 강아지 흉내 내라고 했냐고. 내가 입을 떡 벌리자 리하르트가 나를 조금 더 힘껏 끌어안았다.

"나는 네 주인이 될 마음 없는데."

"저도 그쪽 강아지가 될 마음은 없는데요."

"뱀뱀이의 주인은 나니까 뱀뱀이한테 속한 건 전부 내 거야. 근데 난 네가 싫으니까 나가."

"싫은데요."

그는 여유롭게 로브를 한쪽에 벗어놓으며 방 안으로 성큼성큼 걸어 들어왔다. 저 여유, 이 애가 정말 9살이 맞는 걸까?

"셋이 지내기엔 무리가 없어 보여요, 주인님. 저는 주인님 침대 옆 바닥에서 자도 괜찮아요."

그가 침대 아래를 손가락으로 가리키며 말했다. 카펫이 깔려 있기는 하지만 불편할 것이 분명했다.

'침대가 커서 애들 셋이 자기엔 충분하지만…….'

나는 고개를 돌렸다.

"당장 나가! 원장님이 우리한테 준 방이야!"

"그럼 주인님도 데리고 나가죠."

"뱀뱀이는 왜!"

"주인님이랑 제가 떨어질 순 없어요……. 그렇죠, 주인님?"

화사하게 웃는 미래의 대신관을 보며 나는 한숨을 푹 내쉬었다.

'무슨 꿍꿍인지 모르겠네.'

나이는 비슷한 또래인데 리하르트가 조금 더 감정에 솔직했다.

"주인님 곁에 있게 해 주세요."

그가 버림받은 강아지 같은 표정으로 내 손을 붙잡았다.

'얘들 내가 다섯 살인 건 알고 있는 거겠지?'

자기들보다 키도 훨씬 작은데 양쪽에서 날 붙들고 뭐 하는 거야.

"나는……."

꼬르르륵―

배에서 우렁찬 소리가 들렸다.

"……배고파."

물밀듯 밀려오는 허기에 기력이 쭉 빠졌다. 내가 흐느적거리며 침대 위에 무너져 내리자 리하르트가 당황한 듯 눈을 크게 떴다.

"뱀뱀아!"

"배고파……."

"죽으면 안 돼! 그, 금방 밥 달라고 할게!"

"응."

아니. 아무리 그래도 이 정도 밥 안 먹는 것으로는 죽지 않는데. 리하르트가 급히 방을 나서려다가 내 곁에 오도카니 서 있는 미래의 대신관을 손가락으로 가리켰다.

"너, 거기서 꼼짝 말고 가만히 있어. 내 뱀뱀이한테 손대면 가만 안 둔다!"

리하르트가 쏜살같이 방을 벗어났다.

"로브 벗겨 드리겠습니다."

미래의 대신관께서는 리하르트의 말을 가볍게 무시하곤 친히 나의 로브를 벗겨 주셨다. 나는 일부러 그를 가만히 두었다. 소설에 따르면 미래의 대신관께서는 놀랍게도…….

"……."

엄청난 결벽증이 있으셨으니 말이다. 아니나 다를까 내 로브를 벗기던 아이가 움직임을 뚝 멈췄다. 《입.양.각》 소설 속에서 그는 인간도 싫어하지만 수인은 거의 혐오하는 수준이었다. 신전은 '인간 우월주의'의 사상을 주입하는 곳이었으니 거기서 자란 미래의 대신관이 그런 생각을 가지게 되는 것도 당연했지만.

'꼬리를 봤으면 알아서 떠나겠지.'

그가 꿋꿋하게 쫓아오는 걸 눈감아 준 이유도 이 때문이었다. 어차피 제풀에 지쳐서 떨어져 나갈 것이 분명했거든.

"……주인님."

"응."

"수인이셨나요?"

"응."

"……."

나는 흘긋 그를 보았다. 그는 물끄러미 내 옷 아래로 드러난 꼬리를 바라보고 있었다.

"가두 대."

"네?"

267

"나 도마뱀이라 징그럽자나. 그러니까 가두 대."

"……아뇨."

그는 한참 만에 입을 열었다.

"징그럽지 않아요, 주인님."

그가 무릎을 꿇고 침대에 엎드린 나와 시선을 맞추며 말했다.

"수인은 처음 보는 거라 조금 놀랐을 뿐이에요."

'거짓말.'

신전에서 수인을 무슨 취급 하는지 모르는 것도 아닌데 말이다. 나는 느리게 눈을 감았다.

"주인님."

"나 네 주인 아닝데."

"처음으로 제게 손을 내밀어 주셨습니다. 거기에 사흘째 있었거든요."

누가 봐도 수상한 차림새를 하고 있는데 쉽게 접근하기는 힘들었겠지.

'그래도 사흘이라니…….'

미련하기 짝이 없다.

"왜?"

"네?"

"왜 거기 이썼어?"

"어떤 괴물과 내기를 해서요. 사흘 안에 누군가가 저를 주워 가면 제 승리였어요. 오늘이 사흘째였고 주인님이 절 주워 주셨어요."

아니야. 정확히는 네가 쫓아온 거잖아.

"그러니까 주인님이에요."

활짝 웃으며 하는 말에는 논리라곤 전혀 없어서 말문이 턱 막혔다. 근데 이 미래의 대신관 이름이 뭐더라?

"이름이 모야?"

"……루실리온. 루실리온이에요."

"루실리온."

대체 누구랑 무슨 내기를 했느냐고 묻고 싶었다.

'이런 내용이 소설에 있었던가?'

나는 눈을 질끈 감으며 머리를 굴려 보았지만 딱히 떠오르는 장면은 없었다.

꼬르르륵—

또다시 배에서 커다란 소리가 울렸다. 민망함에 몸을 웅크리며 배를 움켜쥐었다.

'……요즘 배가 너무 자주 고픈 것 같은데?'

이상한 일이다. 탈피를 한 이후로 식사량이 조금 늘어난 것도 같고 금세 배가 고파지는 것도 같았다.

"배고파……."

"몇 시간 전에 스콘을 그렇게 드셨는데요?"

그렇다. 나는 무려 커다란 스콘을 두 개나 먹었다.

"응, 요즘 배가 마니 고파."

"그렇군요. 수인은 성장기에 열량이 많이 필요하기도 하고 본체의 크기에 따라서 식사량이 달라지기도 한다고 들었습니다."

"난 쪼끄만 도마뱀인데?"

나는 손가락을 작게 모으며 말했다.

"……그런가요? 그렇다면 조금 이상하네요."

그는 뭔가 생각하는 듯 잠시 조용해졌다. 슬슬 침묵이 불편해질 때쯤 다행히 리하르트가 식사를 든 종업원과 함께 돌아왔다.

* * *

"이 마차를 타야 한다고?"

"웅."

"정말 내 가족이 있는 곳이야……?"

"웅."

내가 고개를 끄덕이자 리하르트는 긴가민가한 표정을 했다. 사실 그럴 만도 했다. 마차가 화려해도 너무 화려했다. 금으로 도배라도 한 듯 눈이 시릴 정도였다.

'이렇게 화려한 마차를 보내다니…….'

리하르트의 경계심만 한층 높아졌다.

"……뱀뱀아. 혹시 누가 사탕이라도 주면서 내 아빠라고 했어?"

리하르트가 나를 한쪽 구석으로 끌고 가더니 작은 목소리로 물었다.

'……이 꼬맹이가 날 바보로 아네.'

리하르트는 전혀 믿기지 않는다는 표정으로 연신 마차와 나를 힐긋거렸다.

"아냐."

"……뱀뱀아. 혹시 내 아빠가 사기꾼이야?"

"……아냐."

"……그럼 사채업자?"

"……아냐."

리하르트는 이상한 상상을 굉장히 현실적으로 하는 재주가 있구나.

'뭐, 그만큼 안 믿기니까 그렇겠지.'

약간 소설식으로 표현해 보자면 '고아인 줄 알았던 내가 사실 공작가의 유일한 후계자?!' 같은 느낌이니까 말이다.

'이렇게 생각하니 조금 이해가 되는 것 같기도 하고…….'

나 같아도 안 믿겠다. 갑자기 저런 번쩍번쩍한 마차를 끌고 와서 네 아빠 보러 가자고 하면…….

'확실히 수상하네.'

나는 다시 한번 힘주어 말했다.

"진짜야."

"……진짜 저 마차의 주인이 정말 내 아빠야?"

"응."

"……거짓말. 저렇게 대단한 집에서 날 왜 버렸겠어?"

"가쟈."

나는 대답 대신 작은 손으로 리하르트의 손을 붙잡아 조심스럽게 당겼다.

"……이상해. 이제 와서 날 왜 찾는대?"

"가서 직접 물어바."

"……매정한 뱀뱀이."

그렇게 축 처진 목소리로 말해도 내가 어떻게 해 줄 수 있는 게 아니다.

'나도 머리가 아프다고…….'

리하르트와의 약속을 지키려면 한동안 그 저택에 있어야 하는데, 명분이 부족했다. 내가 내걸 수 있는 게 뭐가 있는지 아까부터 생각하고 있는데 마땅히 생각나는 것도 없다.

'콜린 공작이 워낙 수완이 좋았어야지…….'

콜린 공작은 조연인 데다 언급되는 일도 많이 없어서 도움을 줄 만한 것도 리하르트를 찾아주는 것 외엔 없었다.

"얼른."

나는 리하르트의 등을 꾹꾹 떠밀었다. 리하르트가 못 이긴 척 마차로 다가가자 기사로 보이는 이가 리하르트를 정중하게 들어 마차에 올려 주었다.

"아가씨께서도 이쪽으로……."

"응."

막 올라타려는데 멀찍이 떨어져 망설이고 있는 루실리온이 눈에 들어왔다.

'쟤는 저기서 뭘 하는 거야?'

나는 마차에 엉거주춤 올라타다 말고 루실리온에게 손을 뻗
었다.

"이리 와. 가쟈."

로브 아래로 드러난 눈동자가 놀란 듯 커져 있었다.

"……저도 가도 되나요?"

"……안 가게?"

자기가 졸졸 쫓아왔으면서 갑자기 왜 저래?

"……아뇨. 갈 거예요."

루실리온이 빠르게 걸어와 내 손바닥 위에 본인의 손을 올렸다.

"……."

"……."

뭐야, 설마 나한테 올려 달라는 건가?

'양심도 없지.'

내가 멀뚱히 손바닥 위에 올라온 손을 바라보다가 양손으로
그의 손을 붙잡았다. 그리고 그대로 힘껏 잡아당겼다. 루실리온
의 눈이 커졌다.

"끙……."

아무래도 내 힘으론 무리인데. 그 순간 그가 한차례 허공을
밟는 듯하더니 이내 마차에 성큼 올라탔다.

"얘는 왜 가?!"

"어……."

"주인님의 강아지니까 탑승할 수 있죠."

루실리온은 어딘가 신이 난 목소리로 말했다. 아냐, 그거 아니라고.

"내 뱀뱀이는 강아지 안 키우거든?"

"절 키우고 계신데, 무슨."

마주 앉은 둘은 으르렁거리기 시작했다. 두 사람이 내 양손을 붙잡고 잡아당겼다.

"뱀뱀아, 여기 앉아!"

"주인님, 이쪽에 앉으셔야죠."

푸른 눈동자가 부드럽게 접혔다. 그럴 때마다 자수정빛 눈동자가 이글이글 불타올랐다. 한참을 고민하던 나는 그냥 바닥에 주저앉았다.

"나 여기 앉을래."

그 순간 루실리온이 나를 품에 끌어안더니 그대로 나를 자신이 앉아 있던 의자에 앉혔다. 그러곤 느리게 내 발치에 앉으며 정말 순종적인 강아지처럼 빙긋 웃으며 나를 올려다보았다.

"제가 여기에 앉을게요."

'얘가 무슨 꿍꿍인지 모르겠어.'

본래는 이렇게 순진무구하지 않았다. 신전은 황실만큼이나 지저분한 곳이었다. 새하얀 색을 숭배하는 만큼 그들이 깨끗할 것이라는 착각이 만연하지만 실제론 아니었다. 그들이야말로

274

인간만을 찬양하는 차별주의로 똘똘 뭉친 집단이었다. 수인을 돌봐 준다는 핑계로 노예처럼 이용하고, 신성력을 타고난 아이들을 훈련시켜 신전의 꼭두각시로 만들기도 했다.

신전 내에서도 알력 다툼과 생존 싸움은 끝이 없었다. 그리고 루실리온은 그 난장판인 신전에서 당당히 본인의 힘으로 대신관의 자리를 차지한 인물이었다. 그러니 웬만한 능구렁이보다도 더 시커먼 속을 가지고 있을 터다.

'물론 지금은 아직 어린애지만.'

《입.양.각》에서 어린 신관 후보생으로 신전에 들어간 루실리온은 그들이 시키는 대로 신실한 신관을 연기했다. 그렇게 10년의 교육 끝에 신전의 윗사람들이 안심하고 루실리온에게 대신관의 자리를 넘긴 그날, 신전에는 피바람이 불었다. 썩은 윗선을 전부 도려내며 숙청에 들어간 것이다.

그때 신전에 종사하던 절반의 사람이 죽거나 쫓겨났다. 그래서 소설 속에서 그는 이렇게 명명되곤 했다.

'새하얀 빛의 악마.'

그의 빛이 지나간 자리에는 시체조차 남지 않았다고 해서 붙여진 이름이었다. 그야말로 그는 신전의 폭군이었으며 악마였다. 물론 이건 어디까지나 신전 내부의 입장이고 외부에서 볼 땐 바람직한 변화였다. 루실리온이 대신관의 자리에 앉은 직후부턴 횡령을 비롯하여 학대, 차별 등이 완전히 자취를 감췄으니까.

'아, 모르겠다.'

적당히 때가 되면 돌아가겠지. 나는 덜컹덜컹 움직이는 마차의 창밖을 멍하니 보며 한숨을 푹 내쉬었다. 바짝 긴장한 리하르트의 표정이 아무래도 평소답지는 않았다.

'알비온한텐 편지를 썼으니까…….'

만약 잠깐 들른다면 분명 확인하겠지.

혹시 우리가 돌아오지 않으면 콜린 공작가로 와 주세요.

리하르트…… 리히트의 부모님 찾으러 가요.

나는 그에게 남기고 온 편지를 떠올리며 천천히 숨을 들이켰다. 이윽고 마차는 콜린 공작가에 도착했다.

* * *

"이쪽입니다."

벌써 소문이 돌았는지 콜린 공작가의 사용인들이 우리 셋을 열심히 흘긋거렸다. 우리는 혹시 몰라서 로브를 푹 뒤집어쓰고 왔는데 차라리 다행이라는 생각이 들었다.

'이렇게 눈에 띄면 나도 곤란하니까…….'

일단 숨어 다니는 신세니까 말이다.

'……손에 땀 차.'

나는 떨떠름한 눈으로 붙잡힌 양손을 보았다. 오른손은 루실리온이, 왼쪽은 리하르트가 당당히 차지했다. 리하르트는 긴장한 것이 분명한 얼굴이었다. 가족 따윈 필요 없다고 말했어도 본심은 그게 아니었겠지.

"들어가시면 됩니다."

우리를 안내해 준 기사가 응접실의 문을 정중하게 열었다. 우리가 안으로 들어가자 소파에 앉아 있던 남자가 자리에서 일어났다.

"아조씨, 안뇽하세여."

나는 꾸벅 고개를 숙이며 로브를 슬쩍 벗었다.

"……그래."

그는 어쩐지 조금 곤란한 얼굴로 나를 보더니 다시 시선을 옮겨 내 양손을 붙잡고 있는 두 아이를 번갈아 보았다. 로브를 쓰고 있는 탓인지 선뜻 다가오지 못하는 것이 보였다. 그렇다고 어느 쪽이 진짜 아들이냐고 묻지도 못하는 행동에서 난감함이 느껴졌다. 리하르트는 어쩌면 아비가 자식도 알아보지 못한다는 생각을 하고 있을지도 모르지.

'도와줄까.'

나는 왼손을 꼭 붙잡고 고개를 숙이고 있는 리하르트를 향해 고개를 돌렸다.

"리하르트. 로브 벗구 인사해야지."

"……."

고개를 들지 않고 있던 리하르트가 한참 만에 머리에 쓴 로브를 뒤로 젖히며, 푹 숙이고 있던 머리를 천천히 들었다.

"……!"

아이를 본 콜린 공작의 눈이 커졌다.

"……아."

얼음장 같던 차갑기만 한 표정에 감정이 깃들었다. 그는 단지 고개 숙인 아이의 머리통을 본 것만으로도 자식을 알아본 것 같았다.

"……리하르트."

그 서늘한 온기가 담긴 목소리에 리하르트의 어깨가 크게 움찔했다.

"리하르트, 내 아들……. 한 번만 날 봐 주겠느냐……?"

천천히 걸어온 그가 카펫 위에 무릎까지 꿇어앉으며 창백할 정도로 새하얀 두 손을 리하르트의 뺨을 향해 뻗었다.

"……."

"……."

서로 다른 두 쌍의 눈동자가 허공에서 맞닿았다.

"왜……."

잔뜩 목이 멘 듯. 한껏 가라앉은 리하르트의 목소리가 목을 긁듯이 흘러나왔다. 리하르트는 자신의 목을 버릇처럼 만지작거리고 있었다.

"왜…… 날 아기 때 그렇게 버려 놓고…… 이제 와서 찾아요?"

"……."

날이 선 말이었다. 그리움보다 그간 쌓인 분노와 원망이 더 큰 탓에 리하르트는 눈을 매섭게 치켜떴다. 눈에는 그렁그렁 눈물이 맺혀 있었고 어떻게든 그것을 떨어뜨리지 않겠다는 듯 입술까지 앙다문 채였다.

"네겐 분명히 변명처럼 들리겠지만, 나와 너의 어머니는 결코 너를 버린 게 아니다."

냉혈한, 피도 눈물도 없는 인간, 찌르면 붉은 피가 아니라 푸른 피가 흐를 것 같다는 수식어를 가진 콜린 공작이 얼굴을 일그러뜨린 채 아이의 뺨을 두 손으로 조심스럽게 감쌌다. 감히 손을 대는 것조차 조심스럽다는 듯이.

"너를 하루도 그리지 않은 날이 없었다. 나도, 그녀도…… 매일매일 너를 찾아 헤맸어."

서늘한 목소리였지만 그 안에 담긴 애정과 온기는 감히 가늠할 수조차 없이 거대했다. 나는 넋을 잃은 사람처럼 그 장면을 물끄러미 보았다.

'이런 게 가족이지.'

세상에는 어쩔 수 없이 헤어진 부모·자식도 많을 것이다. 아이를 사랑하지 않는 부모보다 사랑하는 부모가 훨씬 많을 것이다. 이렇게 꿈만 같은 재회를 하는 가족도 세상에는 분명히 존재할 것이다. 단지 나는…… 언제나처럼 조금 운이 없었을 뿐이다. 그래, 내게 닥친 것은 분명히 아주 작은 불행이었을 뿐일 거다.

'그래, 뭐. 내가 운이 없었을 수도 있지.'

그래도 리하르트는 이렇게 가족과 재회도 하고 좋네.

"너를 세상 누구보다 사랑한단다. 아픈 시간을 보냈을 네겐 분명히…… 변명처럼 들리겠지만, 그래도 얘기를 들어 주겠니?"

"……."

리하르트는 천천히 고개를 돌려 나를 보았다. 얼굴은 거의 울기 직전이었다. 정말 괜찮냐고 묻는 표정이었다. 콜린 공작도 나를 보고 있었다. 나는 씩 웃으며 고개를 끄덕였다.

"리하르트의 아빠자나. 하고 시픈 대로 해. 우린 갈까?"

"안 돼! 옆에 있어……. 옆에 있어, 뱀뱀아……. 같이 있기로 했잖아!"

리하르트가 기어코 눈물을 후두두 떨어뜨리며 내 손을 필사적으로 잡아 왔다.

'여기서 울면 내가 울린 것 같은 느낌이 되잖아.'

슬쩍 고개를 돌리자 콜린 공작의 눈이 한층 크게 뜨여 있었다. 거의 날 잡아먹을 듯한 눈이다. 나는 급히 고개를 저으며 리하르트의 손을 잡고 루실리온과 함께 소파에 앉았다.

콜린 공작은 아주 차분하게 긴 이야기를 해 주었다. 불신이 가득하던 리하르트의 얼굴은 마지막에는 서늘하게 가라앉아서 복수심을 불태우고 있었다.

"그놈들 반드시 잡아서 찢어 죽일 거예요."

'……어? 이게 맞는 거야?'

보통 울면서 "아빠! 역시 날 버린 게 아니었군요!" 하면서 달려드는 것이 먼저 아닌가?

"이미 내가 처리했다. 이럴 줄 알았으면 남겨 둘 걸 그랬군."

"잔인하게 죽였어요?"

"네가 상상하는 그 이상일 거다."

두 사람은 순식간에 애틋한 부자지간처럼 보이게 되었다.

……이상한 쪽으로 합심해서.

'그래도 뭐…… 잘 해결된 건가?'

다정한 눈빛으로 리하르트를 보고 있는 콜린 공작의 눈은 마치 꿈을 꾸는 것 같이 보였다. 어느새 품에 안은 아이가 소중하고도 소중해서 어쩔 줄 모르는 것처럼 그는 리하르트를 놓지 않았다.

"네 어머니도 널 많이 보고 싶어 한다. 몸이 아파서 여기엔 나오지 못했지만……."

그가 리하르트의 이마에 본인의 이마를 가볍게 가져다 대며 말했다.

"오늘은 일찍 쉬렴. 함께 저녁 식사를 하면 무척 기쁠 거란다."

"……네."

리하르트가 입가를 허물어뜨리며 웃었다. 곧 콜린 공작이 내게 시선을 돌렸다. 태생부터 서늘한 시선에 나는 바짝 긴장했지만 눈을 피하지 않은 채 그와 시선을 마주했다. 그러자 콜린 공작의 표정이 살짝 이상해졌다.

"너와는 할 얘기가 있는데, 잠깐 시간 괜찮나?"

리하르트를 놓아주자마자 다정함이 자취를 감췄다.

'에르노 에탑은 거짓말이긴 해도 늘 나한텐 다정했는데…….'

문득 떠오른 생각에 나는 흠칫 놀라 고개를 좌우로 내저었다.

"시간이 없나?"

"아, 아녀!"

나는 재빨리 고개를 끄덕였다.

"둘이서만 하지."

"네."

"싫어, 나도 있을 거야! 내가 네 주인이잖아. 뱀뱀이 또 어디로 가려고……!"

"주인님……."

대답이 끝나기가 무섭게 두 소년이 양팔에 매달렸다.

"얼른 가께."

내가 두 아이를 토닥토닥 달래며 뒤로 살짝살짝 밀었다. 그러곤 은근슬쩍 문밖으로 밀어냈다.

"올치, 착하다! 그치?"

"내가 좀 착하긴 한데……."

"주인님이 그러라고 하시면 하겠습니다."

"응. 둘 다 여기서 기다려."

내가 고개를 끄덕이자 병사가 당황한 듯 망설이더니 조심스럽게 문을 닫아 주었다.

"이제 대써여!"

나는 활짝 웃으며 콜린 공작에게 다가갔다. 협상의 시간이었
다.

"저 아이를 어디서 찾았지?"

"고아언이여."

"……."

그는 답답한 듯 얼굴을 한차례 쓸어내리더니 표정을 일그러
뜨렸다. 죄책감과 안도감, 후회와 절망 그리고 기쁨이 뒤섞인
표정은 뭐라고 표현할 수 없을 정도로 모호했다.

"고아원……. 좋은 생활을 하진 못했겠군."

콜린 공작이 낮게 중얼거렸다. 차마 아니라고 할 수 없었던
건 실제로도 리하르트가 고아원에서 제법 겉돌던 탓이다.

"마법사의 자질을 타고난 아이는 어쩔 수 없이 박대받을 수
밖에 없으니까 말이다."

소설에선 어린아이일수록 자신과 다른 이질적인 기운을 더
욱 잘 느낀다고 되어 있었다.

'그래도 알비온이 있었으니까…….'

아이들의 소소한 괴롭힘이나 따돌림은 있었을지언정 알비온
은 차별하지 않았다.

"그래도 조은 선샌님을 만나써여."

"좋은 선생?"

"네. 그러니까 리하르트는 갠차나여."

어린 나이에 받은 상처는 물론 쉽게 사라지진 않겠지만 가족

이 생겼으니 얼마든지 메워질 수 있는 부분이었다.

'이걸로 또라이로 진화할 확률은 낮아지겠지.'

리하르트는 단지 호기심이 많은 순수하고 순박한 아이였다.

'분명 조금 더 훌륭한 어른이 될 거야.'

나는 만족스럽게 고개를 주억거렸다.

"그리구 이제 아조씨두 이짜나여."

"……."

"아조씨. 고아언에는 슬픈 아가들이 많아여."

"무슨 소리지?"

"리하르트가 대단해서 개롭힘을 쪼끔 당하긴 했는데 그건 리하르트가 너무 대단해서예여. 잘쌩겼구, 또 마법두 쓰구……."

나는 리하르트의 장점을 열심히 손가락을 접어 가며 말했다. 그러니까 괜히 고아원에 보복하려는 생각은 하지 말라고. 그의 피도 눈물도 없는 성정이라면 고아원 하나쯤 망하게 하는 건 어려운 일도 아닐 것이다.

'물론 알비온이 가만히 있을 것 같진 않지만…….'

알비온도 '아이'에 한해서는 도를 지나치는 경향이 있었다. 암살이라도 하려고 하면 난감해질 것이다.

"그르니까 아가들한테 하내지 마세여."

"……너도 아이가 아니냐."

"아, 맞다, 그래찌. 마자여."

그는 나를 괴상하다는 듯 쳐다보더니 이내 턱을 괸 채 한참이나 내게 시선을 고정하고 있었다.

"원하는 게 돈이냐?"

"아녀."

"그럼?"

"쪼꼬만 집이여."

나는 손바닥 두 개를 겹쳐 보이는 시늉을 하며 말했다. 콜린 공작가에서 지내게 해 달라는 건 아무리 생각해도 과한 제안인 것 같고 돈은 많으니까……. 수도에 작은 집을 해 달라는 것으로 보상을 정했다. 그러면 리하르트랑도 원하면 얼마든지 볼 수 있고 나도 굳이 고아원에 들어가지 않아도 됐다.

'그리고 에르노 에탑도…….'

아니, 그게 아니라. 원작도 어떻게 진행되는지 다 볼 수 있으니까!

'여주인공이 자라는 모습은 봐야지.'

응응. 한때는 동경하던 사람이니까 말이야.

'게다가 은행도 수도에 있고…….'

물론 은행은 다른 지역에도 있긴 하지만 수도가 가장 보안이 뛰어났다.

'난 아직 어린애잖아.'

작은 영지나 마을 등에서 은행을 자주 오가는 모습을 보이면 좋지 않을 거다.

"집?"

"네, 쪼끄만 거요."

1층짜리 작은 목조 건물 정도면 딱 좋지 않을까 싶었다.

'수도 집값이 얼마나 하더라.'

아는 게 없어서 난감하다.

"왜지?"

"어……."

댁네 아드님이 나랑 같이 있자고 해서요?

"어……."

"내가 먼저 말하지."

"네?"

"어제 온종일 제국법에 대해서 알아봤다."

"네에……."

갑자기 제국법에 대해서는 왜? 리하르트가 사망 처리되어 있어서 말소된 신분을 다시 살리는 방법이라도 알아본 걸까? 그렇다고 해도 나한테 그걸 왜 말해?

"네겐 미안한 말이지만……."

아, 역시 집은 좀 주제넘었나?

"법적으로 '애완동물'을 호적에 올릴 방법은 없었다."

"……네?"

"변호사와 황성 내에서 법률을 제정하는 이들에게도 물어봤으나 답을 받지 못했다."

"네……?"

내가 지금 제국어를 제대로 알아듣지 못하고 있는 걸까? 아니면 콜린 공작이 외국어를 내뱉고 있는 걸까? 나조차 내 동공이 잘게 떨린다는 게 느껴졌다.

"어…… 근데여……?"

진지하게 나를 호적에 올릴 생각을 하고 있었다니 조금 황당했다.

'그것도 애완동물로……?'

콜린 공작도 정상은 아닌 게 분명했다. 이 소설에 정상인이 존재하긴 하는 걸까?

"본래 수인은 '가문'에 속해 있거나 '주인'에게 속해 있거나 둘 중 하나라는 건 아나?"

"……어떠케."

나는 숨을 크게 들이마셨다. 콜린 공작의 서늘한 시선이 내게 닿았다.

"저가 수인인 걸 어떠케 아라써여……?"

한 번도 티를 낸 적도, 말한 적도 없었다. 꼬리는 로브가 철저하게 가려 주었을 것이다.

"네가 가진 마력은 수인 특유의 마력이다. 역시 마력을 갈무리하는 법도 배우지 못한 새끼 수인이었군."

"……마력?"

그런 게 있었던가? 꼬리만 숨기면 되는 줄 알았는데 아니었나? 그럼 대체 왜 에탑 공작가는 내가 수인이라는 걸 눈치채지 못했지?

"정말 아무것도 모르는군. 최근에 첫 성장기를 겪은 것 같은데, 맞나?"

"성장기……?"

내가 인상을 찌푸리자 콜린 공작의 얼음장 같은 표정이 한층 심각해졌다.

"아, 그 탈피……."

최근 있었던 '성장'이라고 할 만한 사건은 탈피했던 사건 정도뿐이다. 내가 탈피를 해서 느낄 수 있게 된 걸까?

"그 로브가 어느 정도 막아 주고 있는 모양이지만 마력에 예민한 마법사라면 충분히 눈치챌 거다."

"……."

마력을 어떻게 숨길 수 있는데? 나는 당황한 얼굴로 내 몸을 이곳저곳 살폈다. 내 눈에는 수인 특유의 마력은커녕 마력의 티끌도 보이질 않는다.

"네게 집을 주는 건 어려운 일이 아니지만 주인 없는 수인은 그리 좋은 결말을 맞지 않는다."

"……."

"가장 좋은 건 네 가문으로 돌아가는 거겠지. 무슨 수인인지는 알고 있나?"

"도마뱀이에여……."

"도마뱀? 도마뱀 수인은 제국에 없다. 코모도 가문이라고 있기는 하지만…… 그건 남쪽의 아주 먼 섬에서 가끔 교류를 나오는 종족뿐인데…….”

콜린 공작이 말끝을 흐리더니 나를 가만히 보았다.

“그들은 피부가 가무잡잡한 것이 특징이지.”

나는 슬쩍 내 팔을 내려다봤다. 가무잡잡하다고 말하기엔 너무도 새하얗고 뽀송뽀송해 보인다.

‘알비온도 코모도 가문에 대해서 말하긴 했는데…….’

두 번 말을 꺼내지 않은 것으로 봐선 아마 내가 그 가문의 출생이 아니라는 것을 눈치챘을 확률이 높았다.

“알고 있나? 제국은 수인을 달가워하지 않는다.”

그 냉정한 말에 나도 모르게 어깨가 움찔 떨렸다. 소설에서도 수인에 대해서는 거의 나오지 않았다. 수인은 세계에 겨우 3%를 차지하고 그마저도 대부분 남쪽 대륙이나 남쪽 섬 같은 곳에서 외따로 살고 있었다. 본래 내가 죽는 걸 제외하면 나중에 남대륙에서 수인 황태자가 여주인공에게 첫눈에 반하는 때 잠깐 수인에 대한 얘기가 나오는 정도다.

“…….”

거절하겠다는 말을 굳이 이렇게 밉게 말해야 하나. 하긴 간신히 만난 눈에 넣어도 아프지 않을 아들한테 도마뱀 따위가 붙어 있으면 싫을 법도 하지.

“알게써여.”

대화가 끝났다고 생각한 나는 벗었던 로브를 다시 뒤집어썼다.

'알비온한테 돌아가면 되지.'

알비온이라면 분명히 수인의 마력이라는 것도 갈무리하는 법을 알려 줄 거다.

"돈은 대써여. 칭구를 데따준 거뿐이니까. 안뇽히 계세여."

솔직히 기분도 좀 상했고.

내가 미련 없이 소파에서 폴짝 뛰어내리자 그가 미간을 찌푸리더니 내게 손을 내밀었다.

"하지만 네가 리하르트의 형제로 들어간다면 문제는 없다."

"······."

예상하지 못한 말에 걸음이 우뚝 멈췄다.

"'애완동물'을 호적에 올릴 순 없어도 그 아이의 남매로 만들어 주는 건 문제가 없다는 말이다."

* * *

"갑자기 왜여······?"

제 허리춤에도 오지 않을 작은 아이가 기대감이라곤 전혀 없는 눈으로 입을 열었다. 똑바로 눈을 마주한 채 아이는 피하지도 않았다. 처음 만났을 때부터 마찬가지였다. 겁에 질린 것이 분명해 보이는데도 눈 한번 피하질 않았다. 지금도 그렇다. 여전히 눈을 피하지 않은 채 아이는 더듬더듬 입을 열었다. 내로라하는 병사도 그가 가만히 쳐다보면 시선을 피하곤 했다. 그러

290

나 이 아이는 대화할 때만큼은 반드시 눈을 마주쳤다. 기대감이
있었나?

아니.

오히려 아이에겐 별다른 기대감이 없다. 환하게 웃고 어린아
이처럼 서툰 발음으로 말하지만, 그 눈에는 기대감이라는 것이
전혀 없었다. 놀라울 정도로.

"넌 우리 콜린 가문의 은인이다. 그리고 내 아들이 널 무척
좋아하는 것 같더구나. 그 외의 이유가 필요한가?"

"……."

그의 말에 아이는 입을 꾹 다물었다.

"도마뱀이라면 무슨 색의 비늘을 가지고 있지?"

"하양색 가튼 은색…… 거기에 분홍이 쪼끔 섞여써여."

"……그렇군."

콜린 공작은 남대륙과도 활발한 교류를 하는 터라 수인의 생
태계도 꽤 아는 편이었다. 그러나 이런 색의 비늘을 가진 도마
뱀에 관한 이야기를 들어본 적은 없다.

'돌연변이인가?'

때때로 창백할 정도로 새하얀 비늘과 피를 머금은 듯한 붉은
눈을 가지고 태어나는 도마뱀도 있다는 얘기를 들었다. 그런 돌
연변이는 신의 사자로서 대접하는 곳도 있고 악마의 하수인이
라고 박대하는 곳도 있다고 한다.

"넌 내게 평생의 은인이다. 은인을 다시 고아원으로 돌려보낼

순 없지."

"……생각해 보께여."

아이가 활짝 웃으며 대답했다. 언뜻 흔들리는 눈동자 속에 비쳤던 것은 작은 미련과 망설임이었다.

"그러고 보니 아까 그 애는 누구지? 너와 리하르트 말고 한 명이 더 있던데."

"아……."

아이가 난감한 듯 미간을 찌푸리고 고민하다가 뺨을 긁적이며 어색하게 웃었다.

"애완……동물이요……?"

"……."

요즘 아이들 사이엔 그게 유행인가? 되묻고 싶은 말이 턱 끝까지 차올랐으나 그는 간신히 억눌렀다.

'……유행에 뒤처져선 안 되겠지.'

간신히 만난 아들에게 "이런 것도 몰라"라는 소리를 듣고 싶지 않았던 콜린 공작이 생각했다.

* * *

"뱀뱀아ㅡ!"

"주인님께 멋대로 안기지 마셨으면 합니다."

"내 뱀뱀이한테 내가 안기겠다는데 네가 대체 뭔 상관이야?

너야말로 내 집에서 당장 안 나가?"

"주인님 외엔 다 필요 없다고 하더니 겨우 일주일 만에 '내 집'이 됐나 보죠? 지조도 없기는."

나는 침대에 널브러져서 두 아이가 싸우는 것을 가만히 구경했다.

'옷이 날개라더니······.'

둘 다 반듯하게 옷을 입으니 귀공자가 따로 없다. 본래도 빛나던 원석이 장인의 손길을 통해 보석으로 다시 태어난 것과 같다고 해야 할까? 그나저나 얘네 둘은 왜 맨날 싸우는 거야. 그리고······.

'얘는 정말 언제 신전으로 돌아가는 거지?'

이곳에 온 지도 벌써 일주일째였다.

'알비온도 감감무소식이고······.'

한창 원작이 진행 중인 걸까?

'지금쯤이면 옥션이 한창이었나?'

지하 옥션. 뒷세계를 주름잡는 정보 길드 '명월(明月)'이 운영하는 제국에서 가장 커다란 뒷세계 경매장이다. 뒤로도 연줄이 엄청나 황실도 알면서도 묵인하는 곳이기도 했다.

'여주인공이 납치당하면서 에탐 가문에 의해 크게 한바탕 뒤집힐 예정이고······.'

나는 차분히 소설 내용을 더듬었다.

'그다음에 전염병이 돌던가?'

분명히 이 병에 미르엘 공작이 걸렸었다. 그렇게 서서히 공작 지위에서 물러나면서 에르노 에탐에게 권력을 이양하려고 하는 데…….

〈"개소리를 참 진부하게도 하시는군요. 안 합니다."

생각할 것도 없다는 듯 냉정한 거절이었다.

"안 하기는 대체 무엇을 안 한단 말이냐. 너는 네 아비가 이 꼴이 되어서도 그렇게 고집만 피울 거냐."

"내가 권력을 물려받는 순간 에탐 가문은 망할 예정이니 그리 아십시오. 늙어 뒤지시려면 다른 후계자를 찾아서 이양하고 뒤지란 말입니다."

"에르노 에탐. 네가 망나니처럼 지내는 건 알고 있다. 하지만…… 이번에는 감이 그다지 좋지 않구나."

에르노 에탐의 미간에 깊은 골이 팼다. 그는 한참이나 아무런 말도 없다가 자리에서 일어났다.

"다른 호구 찾으시죠. 전 이런 귀찮은 거 안 하니까 그렇게 아십시오."〉

제법 매정하게 거절했던 기억이 났다. 원작에서 에르노 에탐은 정말 지독하게도 미르엘 공작이 죽을 때까지 아무것도 하지 않았다.

'아…….'

생각났다. 이번 전염병의 가장 큰 피해자는 미르엘 공작이다. 그는 이 병에 걸렸다가 여주인공의 각성한 능력으로 병의 진행을 늦추지만 그뿐이었다. 수년 뒤, 그는 여주인공을 노리는 악역과 마지막 힘을 끌어모아 싸우고 광폭화를 하기 직전 검 끝을 자신에게 향한 채 눈을 감는다. 그때 여주인공에게 내재된 드래곤의 피가 개화하면서 그녀는 '정화'의 힘을 개방하게 된다. 광폭화를 더욱 완벽하게 억누르며 독 등을 정화하는 힘이었다.

'그 전염병은······.'

사실 막을 수 있는 것이었다. 전염병조차 아니다. 치료도 무척 간단했다. 그건 누군가 인위적으로 만든 생화학 무기 같은 것이었다. 귀족을 저주하는 '반귀족파'가 각 귀족가의 시종·시녀로 숨어 있다가 동시에 균을 살포하면서 전염병으로 퍼졌다. 이 일로 귀족들의 피해가 아주 컸다. 죽은 귀족도 많았고 눈이나 팔다리를 잃은 귀족도 있었다.

그뿐이랴. 타액 등으로 감염되기도 해서 시종들도 많이 죽어났다. 눈에 보이지 않는 작은 벌레가 몸에 똬리를 틀고 앉아 숙주의 몸을 기어올라 뇌에 자리 잡는다. 어떤 귀족은 미치광이가 되어 사람을 물어뜯었고 어떤 귀족은 끓어오르는 열을 견디지 못하고 비명횡사했다.

벌레는 구멍이 있다면 어디든 침투할 수 있다. 그래서 빠르면 하루, 늦으면 최대 열흘의 잠복기를 가졌다. 뇌에서 가장 먼 다리로 침투했을 때 뇌까지 가는 데까지 걸리는 시간이 대략 열흘이니까 말이다. 그사이 몸이 이상하다는 걸 눈치챈 몇몇은 무식하게 검으로 그 부위를 파거나 찔러서 벌레를 꺼내기도 했었다. 말했다시피 이 생화학 무기는 간단하게 예방하고 또 처치할 수 있었다.

'구충제만 먹으면 되거든.'

요는 벌레만 없애면 사라지는 병이었다는 거다.

사태의 원인이 벌레라는 사실이 밝혀진 후 여주인공이 치료법의 실마리를 눈치채면서 황실과 사교계에 이름을 알리게 된다. 그게 최초 감염자인 미르엘 공작을 치료하기엔 간발의 차로 늦었다.

'대체 왜 벌레를 구충제로 해결하겠단 생각을 못 한 걸까.'

온갖 천재들이 다 모여 있는 에탐 공작가에서! ……라고 생각했던 적도 있는데 《입.양.각》의 설정에서 지금 이 시대에는 구충제가 없다. 그리고 여주가 돋보이기 위해선 뭔가 대단한 사건 해결이 필요했었을 테고.

'……그 장면은 나도 재밌게 봤었지.'

그때는 쾌감으로 느껴지고 여주가 사랑받기 위한 과정을 함께하고 있다고 생각했는데…… 이 활자가 내 세상을 뒤덮은 현실이 되니 확실히 유쾌하지만은 않았다. 알고 있는데 원작을 위해서 모른 척하기엔 이미 그들이 살아 숨 쉬는 모습을 보고 말았다.

으아아아!

'조심하라고 편지…… 써야겠지?'

생각하며 루실리온이 준 균형의 파편과 리하르트가 준 균형의 파편을 합치자 에르노 에탐이 잃어버린 것과 같은 크기가 됐다. 이것도 전달해 줘야 한다.

'어떻게 전달해 주느냐가 문제네.'

직접 가기에는 위험 부담이 너무 크다.

"주인님?"

눈앞에 얼굴이 불쑥 들어왔다. 깜짝 놀라 눈을 크게 뜨자 루실리온이 눈매를 사르르 휘며 웃었다.

'심장 떨어지는 줄 알았네.'

나는 가볍게 한숨을 뱉었다.

"왜?"

"무슨 생각을 그렇게 하세요?"

"어떤 사람한테 줄 꺼가 잉는데 내가 가믄 위험해서."

그 말에 루실리온이 눈을 동그랗게 뜨더니 이내 입꼬리를 둥글게 말아 올렸다.

"제가 다녀올게요."

"……응?"

"제가 가면 되잖아요. 그런 잡일은 저한테 시켜 주세요."

인간의 것이라곤 믿기지 않을 투명할 정도로 새파란 눈동자를 바라보았다.

"그래, 고마어."

자, 문제는…… 내 글씨가 무척 삐뚤빼뚤하다는 것이다. 그리고 크기 조절이 잘 안 된다. 다섯 살짜리 손이란 이렇게나 불편하다.

"뱀뱀아, 산책 가자."

리하르트가 꼬물꼬물 기어와 내 손을 붙잡으며 말했다.

"기차나……."

"안 돼. 산책은 매일 한 번씩 해야지."

꼬르르륵—

우렁찬 뱃고동 소리에 내가 황급히 배를 부여잡으며 고개를 푹 숙였다.

"뱀뱀아, 배고파?"

"……."

당황스러움에 나는 차마 대답하지 못했다. 그도 그럴 것이 2시간 전에 배가 빵빵해질 정도로 식사를 했던 참이었으니까!

"뱀뱀아?"

"……."

"뱀—뱀아."

부끄러우니까 부르지 좀 말래?

"에이린."

어느새 리하르트가 코앞에 턱을 괸 채 엎드려 있었다. 나도 모르게 얼굴이 확 달아올랐다.

"밥 더 달라고 할까?"

리하르트가 고개를 갸웃했다. 여덟 살짜리 외모가 왜 이렇게 눈이 부시냐고. 나는 결국 고개를 끄덕였다. 정말 배가 고팠던 탓이다.

'먹고 편지지 사러 갔다 와야지.'

어쩐지 답답하기도 하고 말이다.

* * *

원장님. 혹시 우리가 돌아오지 않으면 콜린 공작가로 와
주세요. 리하르트…… 리히트의 부모님 찾으러 가요.

일주일 만에 돌아온 알비온은 식탁 위에 가지런히 놓인 삐뚤 빼뚤한 글씨를 보았다.

'……문법이 완벽하군.'

짧은 쪽지에서 기이한 점을 발견한 알비온의 눈이 가늘어졌 다. 제국의 문맹률은 높은 편은 아니지만 그가 돌보는 아이 중 에선 제대로 글을 쓰는 아이가 드물었다. 특히 이 정도면 정식 교육을 받았다고 해도 부족함이 없다. 그가 본 에이린은 서툴기 짝이 없는 어리숙한 다섯 살짜리 어린아이였는데 말이다.

[나는 언장님 따님의 무덤이 어디에 있는지 아라여.]

그의 아픈 과거를 알고 있는 기이한 아이. 사실 과거는 큰 문제가 되지 않았다. 영웅의 가족이 전쟁 중 죽었다는 것은 널리 퍼진 이야기였다. 다만 그건 자신이 영웅임을 상대가 알고 있을 때의 이야기였다.

'첩자……는 아니겠지.'

잠시 생각하던 알비온이 고개를 저었다. 시골 영지에서 작게 운영하는 고아원에 첩자를 보낼 만큼 시간이 남아도는 이는 없을 거다. 알비온은 완전히 세상과 연을 끊고 지내고 있었고 이제 와서 그를 세상에 끌어내 봐야 이득을 얻을 것도 없을 것이다. 전쟁은 끝났고 영웅은 조금씩 역사의 뒤안길로 사라지고 있었다.

'설마 귀족의 아이인가?'

하지만 수인 일족 중에 귀족이 있던가? 아예 없는 건 아니지만 제국 내에서는 겨우 세 손가락에 꼽을 정도로 적은 수다. 그 안에 도마뱀 일족은 당연히 없었다.

'……그렇다고 남대륙에서 왔다기엔 제국어에 더 익숙했지.'

알비온의 눈이 가늘어졌다. 돈과 로브가 없었다. 수인의 마력을 갈무리하지 못하는 아이를 위해서 마련한 것이었다.

"콜린 공작가……."

확실히 예전에 잃어버린 아이가 있다고 들었다.

'리히트가 콜린 공작가의 아이라고?'

가능성이 아예 없는 것은 아니지만, 생각지도 못했다.

"……콜린 공작가라면 괜찮겠지."

차후에 아이들을 만나러 가도 괜찮을 것이다.

'문제는…….'

오늘 자정부터 열릴 지하 옥션이다. 대놓고 팔 수 없는 물건들을 파는 곳. 가장 활발하게 이루어지는 거래는 인간 거래였다.

'다행히 VIP권은 구했다.'

그가 밤마다 용병 일을 할 수 있도록 오랫동안 뒤를 봐 준 친구에게 부탁해서 얻어 낸 것이다. VIP권이 있으면 옥션에 내보내기 전의 상품들을 미리 구매할 권리가 부여된다. 구매할 생각은 아니지만, 미리 구조를 파악하고 아이들을 구출하는 것이 이번 목적이었다.

'무너뜨리기엔 명월이 너무 거대해.'

옥션을 아예 망쳤다가 그들이 작정하고 자신을 찾으면, 고아원 아이들까지 위험할 것이다. 그러니 알비온의 목적은 오로지 어린아이들의 구출이다.

"슬슬 시간이 됐군."

그는 혹시나 돌아올 아이들을 위해 돈을 조금 더 놓아두고 회색 늑대 가면과 흰 여우 가면을 챙겼다. 지하 옥션은 기본적으로 신분을 노출해선 안 되기 때문에 가면 착용이 규칙이었다. 비장한 마음가짐으로 알비온은 지하 옥션이 열리는 하룻밤의 화려한 성으로 향했다.

'……이 정도 규모의 환영 마법이라니.'

마법사 한두 명을 갈아 넣은 것은 아닐 것이다. 이 지하 옥션에 지하 세계의 왕이라 불리는 '명월(明月)'이 얼마만큼의 돈을 갈아 넣었을지 상상조차 되지 않았다.

"어서 오십시오, 회색 늑대님. 번호표와 입장 팔찌를 받아 주십시오."

나무 손잡이가 달린 끝이 둥근 새하얀 팻말에는 '182'라는 숫자가 적혀 있었다.

"실례하겠습니다."

황색 강아지 가면을 쓴 안내원이 종이로 된 팔찌를 알비온의 왼쪽 손목에 채워 주었다.

"이 팔찌가 있어야 경비견들에게 잡히지 않고 옥션 내부를 돌아다닐 수 있으니 나가기 전까지는 꼭 착용하고 계셔 주시기 바랍니다."

"알겠네."

"VIP 입장권에 포함된 특전을 이용하시겠습니까? 상품을 미리 만나 보실 수 있는 시간입니다."

"그러지."

그가 고개를 끄덕이자 근처에 서 있던 다른 안내원이 다가와 그를 지하 옥션의 뒤쪽으로 데려갔다. 그리고 그곳에서…….

"……."

"……."

알비온은 만나선 안 될 아이를 만나고 말았다. 철창에 갇혀 있던 아이와 눈이 마주친 알비온의 걸음이 뚝 멈췄다. 사르르 흘러내린 솜사탕 같은 머리카락과 투명하게 잘 굳은 호박석을 박아 둔 것 같은 영롱함을 지닌 눈동자. 알비온이 소리 없이 탄식했다.

"에이린……."

"예? 고객님. 혹시 관심 가는 물건이라도 있으신지요."

"아, 아닐세. 저 아이는……."

"아, 오늘 막 들어왔습니다. 도마뱀 수인이지요."

말없이 흔들리던 알비온의 시선이 다시 한번 에이린에게 닿았다. 차라리 잘못 본 것이기를 바라는 마음을 가득 담아서.

그러나…… 눈이 마주친 분홍색 머리카락의 소녀는 눈동자를 데구루루 굴리다가 배시시 웃어 버렸다. 정말로 에이린이었다. 뒷골이 당기는 순간이었다.

* * *

"……도마뱀 수인."

그렇게 읊조리는 알비온의 목소리가 음울했다. 나는 슬쩍 시선을 피한 채 손가락을 꼼지락거렸다.

"예. 꼬리를 보니 보기 드문 은빛의 도마뱀입니다. 아마 돌연변이가 아닐까 싶습니다만, 희귀하죠. 애완용으로 키우시면 분명히……."

까드득.

무언가가 깨지는 소리가 났다. 자세히 보니 그가 손에 쥐고 있던 나무판이 산산이 조각나 있었다.

"쯧, 조금 쥐었다고 깨지다니…… 너무 약한 거 아닌가?"

"어, 죄, 죄송합니다. 이게 왜 부서졌지……? 금이라도 가 있었나 봅니다."

"이걸론 경매 참여는 못 하겠는데."

"금방 새것으로 가져다드리겠습니다. 잠시 구경하고 계시겠습니까?"

"그러지."

안내원이 멀어지는 것과 동시에 무표정한 얼굴을 하고 있던 알비온이 성큼성큼 다가왔다. 나도 슬쩍 주변 눈치를 살피곤 알비온에게 다가가 철창을 붙잡았다.

"에이린. 대체 왜 여기에 있는 거지?"

"……그게."

뭐라고 말을 해야 할까? 차마 머릿속이 복잡했던 탓에 편지지를 사러 갔다가 은행으로 가는 길에 붙잡혔다고 말할 수는 없었다.

'로브를 푹 뒤집어쓰고 있으면 괜찮을 줄 알았는데…….'

설마 벌건 대낮에 지하 옥션의 납품자들이 길거리를 돌아다니리라고는 생각지도 못했다. 그놈들 중에 수인 특유의 마력을 알아볼 수 있는 마법사가 있을 거라는 생각도 못 했고.

304

'콜린 공작 말에 괜히 심란해져서.'

입양 제안 따위는 그냥 거절하면 되는 건데. 맞지 않는 옷을 입어 봐야 누군가의 흠이 될 뿐일 테니까.

'멍청한 나.'

몸은 어리다지만 머리만은 성인인 내가 이 나이 먹고 납치나 당하다니…… 자괴감에 할 말도 없다.

"수인화는 할 수 없나?"

"네……."

돌연변이이기 때문인지 아직 어린 탓인지 자유자재로 조절이 되지 않았다.

"……조금 있다가 올 테니 여기서 얌전히 기다릴 수 있겠나?"

"네."

"그래, 곧 오마. 절대로 움직이면 안 된다."

멀리서 흰 팻말을 들고 급히 달려오는 안내원을 보며 나는 살짝 고개를 끄덕였다. 알비온이 두 걸음 뒤로 물러났다.

"늦어서 죄송합니다, 고객님. 여기 팻말입니다."

"이번엔 제대로 된 거겠지."

"네, 그렇습니다. 금이 가 있지 않은지 확인하고 가지고 왔습니다."

안내원이 특유의 유들유들한 말투로 두 손을 비벼 가며 알비온의 비위를 맞추는 게 보였다.

"그래서 관심 있으신지요?"

그 말에 알비온의 눈썹이 움찔 떨렸다.

"아니. 조금 더 둘러보지."

"알겠습니다."

안내원은 VIP 고객들의 이런 변덕이 익숙한 듯 별다른 의심을 하지 않고 걸음을 옮겼다.

"혼자 탈출할 방법은 없겠지……."

사자와 같은 짐승을 가둘 법한 철창은 단단하게만 보였다.

'어? 그러면 여기 어딘가에 여주인공도 있는 건가?'

원래라면 이번에 납치당하는 거였지?

'소설에 따르면 여주인공도 있었던 것 같은데 근처에 없네.'

설마 여주인공 대신 내가 납치당하고 뭐 그런 건 아니겠지?

'에이, 설마.'

나는 어깨를 으쓱였다. 사실 납치를 당하고 그렇게까지 긴장하지 않았던 것은 이번 사태 때 알비온이 이 옥션에서 아이를 전부 구한다는 것을 알고 있기 때문이었다.

'그래도 날 발견해 줘서 다행이야.'

나는 서늘한 쇠창살을 손끝으로 매만지며 주먹을 꽉 쥐었다.

'은행에 들어가지 않은 것도 다행이었지.'

은행까지 가는 모습을 봤다면 돈도 뺏겼을지 모른다. 가진 게 그것밖에 없는데 말이다.

"무엄하다! 감히 내가 누군 줄 알고…… 이 땅에 처박아 똥물만 먹여도 모자란 돼지들이!"

어디선가 들린 독설에 나도 모르게 고개를 돌렸다. 멀리서 검은 옷의 여우 가면을 쓴 덩치가 큰 남자와 마른 남자가 은발 소년의 뒷덜미를 잡은 채 성큼성큼 다가오고 있었다.

"……아, 썅! 진짜 종알종알 시끄럽네. 이 새끼 짜증 나는데 좀 때리면 안 되냐?"

"하? 네 얼굴이 더 짜증 나는구나. 그야말로 수준 낮은 얼굴이다. 쓰레기장에 버려진 곰팡이 슨 썩은 빵도 네놈의 낯짝보다는 낫겠구나. 가면을 쓴다고 네놈의 썩은 빵 같은 낯짝이 가려지겠느냐?"

"이 새끼가 진짜……!"

"야, 그만둬. 열심히 떠들라고 해. 주인 만나면 저놈도 현실을 알게 되겠지."

"하…… 썅."

그들이 성큼성큼 다가오더니 내가 있는 철창의 문을 열고 은발 소년을 던져 넣었다. 여우 가면을 쓴 마른 남자가 손등으로 성의 없이 철창을 툭툭 쳤다.

"어이, 싸우지 말고 있어라."

삼류 악당 같은 대사에 소름이 주르륵 돋았다. 목소리는 얼마나 느끼한지 모른다.

"참 반반하단 말이지. 어디서 이런 금덩이가 떨어졌는지."

남자가 내 턱을 우악스럽게 움켜쥐고 이리저리 훑어보며 감상평을 흘리더니 몸을 돌렸다.

"제대로 배워 먹지 못한 놈들은 행동조차 천박하고 저질스럽기 짝이 없군. 여기서 나가기만 하면 내가 저놈들을 전부 짐승의 먹이로 던져 줄 거야!"

내가 흘긋 뒤를 보자 흙투성이의 소년이 옷을 털며 일어나고 있었다.

"계집, 뭘 그렇게 보느냐? 눈 안 까느냐?"

"······."

"감히 지금 내 말을 무시한 것이냐? 그렇게 굴다가 혀가 없어지는 수가 있다."

열두 살쯤 되었을까? 오만해 보이는 소년은 팔짱을 낀 채 코웃음을 치며 나를 노려보았다. 나는 등장부터 폭풍같이 몰아치는 소년에게 적응하지 못하고 얼떨떨하게 입을 열었다. 왼쪽 눈 밑에 자리 잡은 눈물점이 유독 시야에 들어왔다.

"아녀······."

"쯧, 대답이 이렇게 늦다니. 참으로 멍청한 밀가루 반죽이구나."

"······."

불안한 느낌이 싸하게 등줄기를 스쳤다. 은발 소년의 외모는 평범하지 않았고 눈동자는 새빨간 색이었기 때문이다.

'은발에 적색 눈동자의 소년.'

핏줄이 비치는 창백할 정도로 새하얀 피부, 눈물점과 오만하기 짝이 없는 독특한 말투, 안하무인인 성격. 이 모든 것들은 어딘가에서 들어본 적이 있다.

"멍청한 기사 놈들, 아직까지 이 몸의 위치를 찾지 못하다니. 내가 돌아가면 전부 경을 칠 것이야! 감히 황족의 핏줄을 이렇게 더럽혔으니 죽여 전시해 버릴 것이다."

그렇다. 그는 망나니 막내 황자, 에노쉬 샨 오리에드. 그는 시한부의 운명을 타고난 비운의 조연이었다.

* * *

에노쉬 샨 오리에드는 태어날 때부터 몸이 약했다. 태어나는 것과 동시에 시한부 판정을 받을 정도로 연약했다. 의원들은 에노쉬가 태어나는 날에는 세 살을 넘기지 못할 거라고 했고, 세 살이 되는 해에는 일곱 살을 넘기기가 힘들 것이라고 했다. 일곱 살이 된 날에는 열 살을 넘기기 힘들 것이라고 했고, 열 살이 된 날은 열두 살을 넘길 수 없을 것이라고 했다.

에노쉬는 의원이 말한 날에 죽지 않았을 때마다 그 말을 한 의원의 목을 베었다. 사실 의원의 말이 아예 틀린 것은 아니었다. 보통의 아이라면 에노쉬는 이미 죽어야 했다. 하지만 그는 모든 권력과 재력의 정점에 선 황제를 아버지로 두고 있었고, 막내 황자를 아끼는 황제는 가만히 앉아 아이의 죽음을 기다리지 않았다. 온갖 좋은 약재와 의원이 오로지 에노쉬에게 붙어 소년의 수명을 하루씩 얼기설기 기워 냈다. 그렇게 에노쉬 막내 황자는 오늘까지 살아남았다.

'하지만……'

그는 정말로 열두 살을 넘기지 못했다. 열두 살의 겨울, 해가 넘어가기 며칠 전에 급격히 몸이 약해진 막내 황자는 죽음을 맞이한다.

'그 계기가 아마 이 지하 옥션과 전염병이었지.'

그 이후 손녀를 잃어버릴 뻔한 미르엘 공작과 죽어 가는 아들을 본 황제가 이 지하 옥션을 완전히 없애 버리고 뒷세계를 적으로 돌린다.

"콜록콜록."

밭은기침 소리에 상념에서 벗어나 급히 고개를 들었다.

"젠장. 여기는 상품을 이렇게 추운 곳에 방치해도 되는 것이냐! 수준 낮은 놈들. 사람을 물건이라고 데려왔으면서 물건을 파는 방법조차 모르는구나. 내 몸값이 얼마나 될 줄 알고."

강한 척하며 불만을 토하는 에노쉬의 몸이 오들오들 떨리고 있었다. 숨소리는 쇳소리라도 섞인 듯 색색거림이 심했다.

'얘 죽으면…… 안 되겠지?'

안 된다, 적어도 여기서만큼은. 막내 황자의 죽음 이후 황제는 미쳐서 전염병을 퍼트린 범인을 잡겠다고 군사를 풀었다. 황제는 높은 포상금을 걸었고 병사들은 포상금을 위해서 거짓 증거를 만들고 죄 없는 사람들까지 지독한 고문으로 자백하게 해서 전부 처형하기도 했다. 황제는 그것을 묵인했고 결국 나중에는 성인이 된 여주인공이 쿠데타를 주도하기까지 한다. 내가 처음에 말했던 것 같은데, 이 소설은…… 놀랍게도 용두사망이다.

처음에는 육아물로 잘 가다가 여주가 성인이 되면서부터는 갑자기 정쟁물로 넘어가더니 여주가 반란군 수장이 되거든……. 아, 에탐 가문을 등에 업은 반란군……. 그러니까 이 얘기를 한 마디로 정리하자면, 사랑하던 막내 황자가 죽음으로써 충격을 받은 황제는 범인을 알고 현타를 느낀다. 자신이 밤잠 새워 가면서 돌보려고 노력했던 평민이 제 아들을 죽인 것이라는 사실을 알게 된 성군(聖君)이 폭군(暴君)으로 흑화한다는 말이다.

'……아냐, 이건 아냐. 절대 안 돼.'

불똥이 잘못 튀어서 같은 철창에 있던 나한테까지 튀면 어떡하라고.

'근데 진짜 아프긴 한가 보네.'

자세히 보니 목소리만 컸지 입술도 새파랗고 얼굴도 창백하게 질려 있었다. 생각을 끝낸 나는 급히 몸에 두르고 있던 로브를 벗어 에노쉬에게 주었다. 몸을 웅크리고 있던 에노쉬가 힐끔 나를 보더니 망설임이라곤 느껴지지 않는 손놀림으로 로브를 몸에 돌돌 감쌌다.

"멍청한 반죽이지만 눈치는 있구나."

그거로도 부족한지 에노쉬의 몸은 연신 떨렸다.

'하는 수 없지.'

나는 조심스럽게 에노쉬에게 다가가 그의 등 뒤에서 허리를 감싸 폭 안았다. 에노쉬가 파드득 몸을 떨더니 몸을 거칠게 비틀어 내 작은 품에서 빠져나갔다.

"미친 것이냐! 역시 네놈, 나를 유혹하기 위해서 어디에서 보낸 첩자이냐! 이, 사특한 것! 콜록! 난 네놈 같은 반죽 따위에게, 콜록콜록! 아무런 감정이 들지 않는다! 콜록!"

아니, 그게 아니라고. 숨이 넘어갈 것처럼 기침하면서도 진짜 기가 전혀 죽지 않는다.

"춥자나."

"뭐?"

"춥자나, 너 아파 보이구……."

에노쉬는 눈을 가늘게 뜨곤 나를 바라보더니 코웃음을 쳤다.

"핑계는. 이 몸이 멋진 건 알고 있다. 이런 외모가 흔하진 않지. 하지만 그렇게 꼬셔도 소용없다. 이 몸은 이미 마음을 준 여인이 있어. 그야말로 고귀하고 아름답고 우아하며 현명하기까지 하다. 네가 아무리 날 사모해도 네게 줄 마음은 한 톨도 없으니."

'아니, 관심 없거든.'

말문이 턱 막히는 자기애에 나는 그만 입을 다물고 말았다. 사실 외모만 따지자면 리하르트와 왜 떠나지 않고 있는지 모를 루실리온도 에노쉬에게 뒤지진 않는다.

"관심 업써여."

"뭐? 내게 관심이 없다고? 어떻게 그럴 수가 있지? 아닌 척해도 다 티가 난다."

아, 귀찮아.

"나도 조아하는 사람 이써."

괜한 오해를 더 하기 전에 나는 적당히 말을 덧붙였다.

'여주인공을 좋아하지.'

다 짜인 각본 위에서 춤을 춘 것뿐이라고 해도 한국에 살던 나는 그게 좋았다. 결국은 어떤 역경이 있어도 해피엔딩으로 향해서 걸어간다는 것도, 이유 없이 여주인공을 사랑해 주는 사람이 많다는 사실들도 말이다. 내 외로움을 여주인공이 대신 먹어주는 기분이 들었으니까.

"······뭐야. 그런 거냐?"

콜록콜록!

한창 열변을 토한 탓인지 그의 기침이 한층 더 심해졌다.

"웅."

"난 또······ 좋다. 다가오는 걸 허락하지."

"······시른데."

"뭐?"

"방금 상처받아써. 시러."

나는 고개를 홱 돌렸다. 그러자 에노쉬가 당황한 듯 눈가를 잘게 경련하더니 이내 얼굴을 대차게 구겼다.

"너 내가 누군지 아느냐! 감히 이 몸을 살리기 위해서 성심성의를 다해도 부족한 판에······!"

"흥."

"이 몸이 오늘 죽으면 반드시 네놈이 날 죽였다고 말하고 말

313

겠다!"

흠칫.

나는 저도 모르게 고개를 들었다가 승자의 미소를 짓고 있는 에노쉬와 눈이 마주쳤다. 오만한 어린 황자가 내게 고개를 까딱였다.

"씨이……."

나는 불만스러운 표정을 하면서도 다시 에노쉬의 등 뒤에 매미처럼 달라붙었다.

"쪼끄매서 별로 따뜻해지지도 않는구나. 작은 화로도 이것보단 낫겠군. 뭐, 걱정하지 마라. 기사들이 곧 올 테니까. 내가 네 갸륵함을 봐서 너까진 살려 달라고 아바마마께 간청해 보마."

"안 오면?"

"왜 안 와? 죽기 싫으면 와야지. 근데 너 아까부터 왜 자꾸 반말하느냐? 이 몸이 누군지 아나? 이 몸은……."

"모르구, 아마 안 올 꺼야."

소설에서도 오지 않았으니까. 소설에서 에노쉬를 구하는 것은 알비온이다.

'애초에 에노쉬를 수행하던 병사 중 하나가 반귀족파였으니까.'

이미 에노쉬는 그 벌레에 감염되었을 거다. 여기 오기 전에 기절했을 테니 그때 감염시켰겠지. 그러니까 몸 상태를 악화시키지 않기 위해선 최대한 빨리 구충제를 먹는 것이 좋았다.

'구충제 제조법은 알고 있어.'

소설에서 여주인공의 이야기를 듣고 그 구충제를 개발했던 것은 칼란 에탐이다. 소설에 정확한 비율이 나오진 않았지만, 재료는 나왔었다. 칼란 에탐이라면 분명 재료만 가지고도 만들 겠지. 그러려면 최대한 빨리 정보를 전달해야 했다.

'아직 시간은 있어.'

제조법이 어렵지도 않고 약초가 구하기 어려운 것도 아니라 아마 금방 만들 거다.

'편지도 써야 하는데.'

어차피 옥션 시작까진 아직 시간이 많이 남았다. 여기 주변으 론 사람이 잘 오지 않았다.

'할 일도 없고.'

상급품은 마지막 순번일 테니 한동안 사람이 오진 않을 것 같 다. 나는 한참 고민한 끝에 에노쉬가 돌돌 말아 감고 있는 로브 안쪽에 손을 밀어 넣었다.

"뭐, 뭐, 뭐 하는 짓이냐! 이 수치도 모르는 파렴치한 녀석! 역 시 이 몸에게 관심이 없다는 건 다 거짓부렁이렷다?!"

"아냐, 편지야."

나는 아까 샀던 편지지와 연필을 보여 주곤 바닥에 엎드려 종 이를 펼쳤다. 다행히 그놈들은 내가 위험한 물건을 가지고 있을 거라곤 생각하지 않은 듯 몸수색을 하진 않았다.

"뭐 하는 것이냐?"

"편지."

"편지? 갑자기 왜?"

"아, 음. 주글지도 모르니까."

대충 말을 둘러댄 내가 막 편지를 쓰려는 찰나 눈앞에 당당한 손이 내밀어졌다.

"……모야."

"이 몸에게도 한 장 줘 보거라. 콜록콜록."

점점 심해지는 기침 소리를 듣다 못 한 내가 연필과 편지지를 건넸다.

"반죽아. 편지엔 뭐라고 써야 하지?"

대차게 뺏어 간 것과는 다르게 한 글자도 적지 못하는 에노쉬가 한층 더 파리해진 얼굴로 내게 물었다.

"머가?"

"……그녀에게 뭐라고 써야 할지 모르겠다. 이 몸과 그녀는 아직 친구…… 같은 그런 관계라서 말이다."

"몰라."

"뭐?"

"나두 처음이라 몰라. 하고 시픈 말을 하면 대자나?"

"음…… 하고 싶은 말이라. 일리 있는 조언이구나, 반죽."

반죽, 반죽, 시끄럽네. 확 기절시켜 버릴까.

나는 그를 흘겨보곤 편지지 한 장을 꺼냈다. 에르노 에탐에게 쓸 편지였다. 나는 한참이나 망설이다가 긴 펜을 작은 주먹으로 쥐고 삐뚤빼뚤한 글씨를 적어 내려갔다. 살짝 옆을 보자 에노쉬도 심각한 표정으로 천천히 편지를 적고 있었다. 나는 최대한 짧게 할 말을 적고 편지를 반으로 접어 그 안에 파편을 넣은 뒤 다시 한번 반으로 더 접었다. 그다음 편지 봉투에 넣고 옷의 소맷자락에 구기듯 밀어 넣었다. 혹시나 들키지 않기 위해서. 나중에 알비온에게 부탁해야지.

"야, 반죽. 이 몸의 편지가 어떤지 한번 읽어 보아라. 이 정도면 그녀가 내게 답을 줄 것이라고 생각하나?"

에노쉬가 내 손에 거의 편지를 욱여넣었다. 엉겁결에 편지를 받은 내가 인상을 찌푸리며 편지를 보았다.

릴리안 데이지 영애에게.

그대는 이 몸과 눈만 마주쳐도 고개를 돌리고 방향을 바꾸어 왔던 길을 돌아가지.

이 몸은 권력도 있고 뛰어난 외모를 가졌으며 3개 국어를 할 줄 알고 지식도 뛰어나다. 부족한 것 없는 이 몸을 피하는 이유가 궁금하다.

이 몸을 보는 것이 부끄러워 그렇다면 얼마든지 다가와도 좋다.

이 몸은 오는 사람은 막지 않고 가는 사람은 잡지 않는다. 그러니 걱정하지 말아라.

아무리 생각해도 이 몸은 부족한 게 없으니 그대가 생각하는 문제를 말해 보라.

— 그대를 뒤에서 오랫동안 지켜본 에노쉬가.

317

나도 모르게 입을 떡하니 벌렸다. 이게 무슨 스토킹 편지야? 편지만 봐서는 눈치 없는 에노쉬가 싫다는 릴리안 영애를 쫓아다니며 오만하게 군다고밖에 보이지 않았다.

'심지어 편지만 보면 쌍방도 아니었네……'

누가 봐도 에노쉬의 일방적인 짝사랑에 가깝다. 아무리 생각해도 이런 스토리는 본 기억이 없다. 오만무도한 병약 황자가 성격이 더럽다는 얘기는 읽었었지만 이 애가 누군가를 좋아한단 얘기는 처음이었다.

"어디 문제가 있으면 한번 가감 없이 지적해 보아라. 이 몸이 특별히 허락하마."

"전부."

나는 단호하게 대답했다.

"뭐?"

"전부 문제야."

무슨 연애편지를 이렇게 쓴단 말인가. 나도 물론 아는 게 별로 없지만 이 편지가 빵점이라는 사실은 알 것 같았다.

"이 애 조아하는 거 마자?"

에노쉬가 주인공이 아닌 소설이었으니 당연히 이런 세세한 사정까진 나오지 않았던 것 같다.

'……그리고 릴리안?'

이것도 낯이 익은 이름이다. 기억은 잘 나지 않지만.

'이상하단 말이야…… 어떤 건 이상할 정도로 선명하고 어떤

건 이상할 정도로 떠오르지 않아.'

누군가 기억의 문을 강제로 여닫는 것처럼 말이다.

"정말 이게 하고 시픈 말이야?"

"……그래."

"이거 아냐. 진심을 담아서 솔찍하게 말하지 안으면 조은 답을 얻지 모태."

"……진심은 담을 수 없다. 진심을 담으면 분명……."

무언가 말을 하려던 에노쉬가 갑자기 작은 손으로 입을 틀어막았다. 그러더니 미친 듯이 기침을 하기 시작했다.

"야, 갠차나……?"

"콜록, 콜록…… 쿨럭……."

거칠게 기침을 하던 에노쉬의 손에 벌건 핏물이 묻어났다.

"크흑……."

그거로도 부족한지 에노쉬가 심장을 부여잡고 몸을 공벌레처럼 바싹 웅크렸다.

"아아악! 흐윽……."

가슴 쪽을 부여잡은 그가 비명을 터뜨렸다.

"에노시! 안 대. 곧 마중이 올 꺼야."

옥션이 시작되면 알비온이 움직일 거다. 나는 급히 에노쉬의 이마에 손을 올렸다.

'뜨거워.'

펄펄 끓는 물에 손을 집어넣은 것만 같다.

"하윽, 하윽……."

에노쉬의 호흡이 거칠고 빨랐다. 숨소리의 반이 쇳소리가 섞인 듯했다. 지금 당장 숨이 넘어간다고 해도 이상할 것이 없어 보였다.

"이러지 마……."

대체 내 앞에서 다들 왜 이러는 거야?

평탄한 날이 없는 것만 같았다.

"제발……."

나는 에노쉬의 머리를 엉거주춤 끌어안은 채 눈을 질끈 감았다.

"누구라도 좋으니까 여길 나갈 수 있게 도와줘……."

버릇처럼 눈을 감고 소원을 빌었다. 아무도 도와주지 않는다는 사실을 알고 있지만 그런데도 늘 꽉 막힌 벽을 향해 눈을 감고 두 손을 맞잡았던 어린 날처럼. 그 순간…….

사아아악—

청량한 무언가가 스치는 소리가 들리더니 이윽고 허공에서 빛무리와 함께 사람의 형체인 듯한 것이 툭 떨어졌다.

"……어."

"……아?"

"하윽……."

"주인님……?"

"루실리온?"

눈이 절로 커졌다. 갑자기 하늘에서 철창 안으로 뚝 떨어진 루실리온이라니? 루실리온은 튜닉을 걸친 가벼운 외출복 차림이었다.

"여기서 모해……?"

"……주인님께서 말도 없이 사라지셔서 찾고 있었어요."

"아…….""

"그러는 주인님께선 이런……."

루실리온의 푸른 눈동자가 느리게 가라앉더니 서서히 가늘어졌다.

"불결한 곳에서 뭘 하고 계시나요?"

"……잡혀, 왔는데……."

민망해진 것은 나도 마찬가지였다. 내가 더듬거리며 대답하자 루실리온의 입꼬리가 살짝 굳었다. 그가 느리게 주변을 훑었다.

'저게 정말 아홉 살 맞아……?'

인생 3회차라고 해도 의심하지 않을 자신 있다.

"어딘가에서 도와 달라는 목소리가 들린 것 같더니…… 여기였어요."

눈이 절로 커졌다. 마음속으로 도와 달라고는 했지만, 그게 어떻게 루실리온의 귀에 들어가서 루실리온이 여기까지 올 수가 있었지?

"절 부른 게 주인님이었어요?"

내게 다가온 루실리온이 무릎을 꿇고 주저앉아 있는 나와 눈을 마주하며 물었다.

"……아마도."

"역시 주인님께선……."

루실리온이 의미심장한 말을 하더니 천천히 시선을 내려 내가 끌어안고 있는 에노쉬를 보았다.

"애가 위험해…… 당장 나가야 대는데……."

철장이 단단해도 너무 단단하다. 내 걱정스러운 시선을 발견한 듯 루실리온이 나직하게 말했다.

"주인님께서 원하신다면……."

루실리온이 무릎을 꿇은 채 빙긋 웃으며 에노쉬의 이마에 손바닥을 올렸다. 믿기지 않을 정도로 새하얀 빛이 새어 나와 에노쉬의 이마에 스며들었다. 당장이라도 숨이 넘어갈 것 같았던 에노쉬의 호흡이 고르게 바뀌더니 정신을 잃었던 눈꺼풀이 천천히 열렸다.

"임시방편이에요. 선천적으로 약한 몸은 제가 어떻게 할 수가 없어요."

"응. 나갈 수 있을까?"

"주인님께서 원하시기만 한다면…… 그게 무엇이든 가능하게 만들겠습니다."

루실리온이 내 작은 손등에 깃털처럼 가벼운 입맞춤을 했다.

'정말 이유를 모르겠어.'

겨우 빵 하나 줬다고 사람을 얻을 수 있었다면 나는 평생 내 사람을 얻기 위해 고생했을 리가 없다. 꿍꿍이는 분명히 있겠지만…….

"고마어, 도와줘서……."

인사할 건 해야지. 내 인사에 묘한 표정으로 나를 보던 그가 활짝 웃었다.

"네, 주인님."

그가 자리에서 일어났다. 그리고 웅크리고 있던 에노쉬도 서서히 정신이 드는지 내 품에서 벗어났다.

"이제 가실까요?"

루실리온이 한 손으로 철장을 붙잡으며 반대쪽 손을 내게 내밀었다.

"응."

루실리온이 붙잡고 있던 쇠창살이 새하얀 빛에 휩싸이더니 순식간에 사라졌다. 나도 자리에서 일어나며 에노쉬를 보았다. 에노쉬는 창백한 얼굴로 입을 꾹 다물고 있었다. 꽉 쥔 주먹이 잘게 떨리고 있다. 공포에 질린 것이다.

"……가쟈."

나는 꽉 쥔 에노쉬의 손등에 조심스레 손바닥을 올리며 말했다.

"……그래."

한창 옥션이 시작됐기 때문인지 다행히 이쪽엔 사람이 거의 없었다. 우리는 무대 뒤쪽에 있던 로브를 대충 뒤집어쓰고 살금살금 무대 뒤쪽에서 벗어났다. 사람이 적은 무대 아래쪽으로 기어들어 가려는데, 언뜻 커튼 너머로 눈에 익은 사람이 보였다.

아니, 누군지 알 것 같은 사람이 보였다는 것이 더 옳겠지. 모두
가 가면을 쓰고 있었으니까.

'……붉은 드래곤 가면.'

소설 묘사에 따르면 이 가면을 쓴 사람은 단 한 명이었다. 이
땅 위에서 감히 드래곤의 이름을 쓸 수 있는 존재.

에르노 에탐.

그가 지하 옥션 회장에 있었다. 손등에 턱을 괸 채 권태로운
시선으로 열기 가득한 무대 위를 바라보면서.

"자, 슬슬 열기가 뜨거워지고 있군요. 오늘은 상품이 아주 많
이 있습니다! 무엇이 있는지 '살짝'만 맛보여 드리겠습니다!"

다른 안내원들과는 다르게 눈물을 흘리는 피에로 분장을 한
사회자의 입이 활짝 웃음을 띠었다. 그 모습이 어찌나 기괴하게
보이는지 몰랐다.

"자, 미색이 뛰어난 자가 한 명 있군요? 저도 살짝 봤는데 남
자인 제가 홀딱 반할 것 같았다니까요? 무려 이미 사라진 악마
의 후예, 붉은 눈의 일족, '파니스'와 똑같은 적안을 가지고 있
는 진귀한 품목입니다."

신이 난 사회자가 한껏 과장된 이야기를 늘어놓았다. 누가 봐
도 에노쉬의 얘기다.

"무엄한 놈…… 이 몸이 이곳만 벗어난다면 반드시 엄벌을
내릴 것이다."

멀리서 들리는 목소리에 에노쉬가 작게 중얼거렸다.

"오오, 적안이라니…… 악마의 눈동자라는 그?"

"설마 사기는 아니겠지?"

"사기라니요. 제가 감히 어떻게 귀하신 고객님들 앞에서 그러 겠습니까."

과장되게 손사래를 친 피에로가 씩 웃으며 또 입을 열었다.

"그리고 무려! 돌연변이 도마뱀 수인 한 마리가 들어왔습니다. 그야말로 잘 자라면 미색이 아주 뛰어날 도마뱀 수인이었지요."

"도마뱀……? 그딴 징그러운 건 남대륙에도 널렸네."

"그렇게 흔한 도마뱀 수인이 아닙니다. 무려 은빛 비늘의 도 마뱀입니다. 인간화가 서툰 새끼였습니다. 머리카락은 분홍색 인 것이……."

'저건 내 얘기네.'

불쾌하기 짝이 없는 말에 눈살이 절로 찌푸려졌다. 수인이라 는 사실을 별로 느낀 적이 없는데, 이렇게 적나라하게 마주하니 확실히 기분이 이상했다.

"주인님, 이만 가야 해요."

"아, 응."

대답하며 다시 붉은 드래곤 가면을 쓴 사람이 있는 쪽으로 잠 시 시선을 돌렸다. 그는 어느새 자리에서 일어나 있었다.

"주인님."

"아, 응."

그놈의 주인님 소리 좀 관두면 좋겠다. 나는 슬금슬금 그의 뒤를 쫓았다. 루실리온은 어떻게 사람이 없는 곳을 그렇게 잘 찾는지 정신을 차리니 우리는 이미 밖이었다.

"······되게 구조를 잘 아네?"

내가 의심스러운 목소리를 내자 그는 그림처럼 가만히 웃고 있다가 변명처럼 입을 열었다.

"······아무래도 개는 냄새를 잘 맡으니까요."

은근슬쩍 자기를 개 취급하는 것으로 묻어가려고 하네? 내가 눈을 가늘게 뜨자 루실리온은 다시 웃어 버렸다.

"저기 다시 안 들키고 들어갈 수도 있어?"

"네, 아마도요. 30분 정도라면······."

"그럼 요거, 저 안에 있는 붉은 드래곤 가면을 쓴 사람한테 전해 주 쭈 이써? 전해 주고 바로 도망치면 대."

에르노 에탑의 성격에 목적을 위해서라면 대상이 아이라도 얼마든지 협박할 수 있는 사람이었다.

"네, 물론이죠."

"그리구 요건 회색 늑대 가면이나 흰색 여우 가면의 사람을 만나면 전해죠. 우린 무사히 도망쳐따구!"

가만히 나를 보던 루실리온이 순한 개처럼 가만히 고개를 끄덕였다.

"네, 알겠습니다. 다만 제가 이곳에 올 때까지 기다리시는 편이 좋겠어요. 경비가 삼엄해졌습니다."

"아······ 어쩌지?"

"여기에 제가 보호막을 치고 가겠습니다. 움직이거나 소리만 내지 않으면 들키지 않을 거예요."

"웅……."

"금방 다녀오겠습니다, 주인님."

막 몸을 돌리려던 그가 서툰 아이처럼 두 팔을 벌렸다.

"한 번만 안아 주실 수 있나요?"

"……어? 으응."

뜬금없는 부탁이었다. 내가 엉거주춤 팔을 벌리자 불편할 정도로 허리를 숙인 그가 내 품에 몸을 안겨 왔다.

"주인님."

"으응?"

"제가 보기에 주인님은 도마뱀이 아닐 수도 있을 것 같아요. 아직 제 추측이지만요."

귓가에 나직하게 속삭인 루실리온이 홀쩍 물러났다.

"그게 무승 소리……."

"다녀오겠습니다."

나 완전히 도마뱀인데…… 루실리온이 내가 수인화를 한 모습을 보지 못해서 그런가 싶었다.

'근데 신기하긴 하네…….'

정말 무슨 이유로 루실리온이 사방이 막힌 철창으로 떨어진 거지?

'뭔가 능력이라도 생긴 건가?'

나는 뺨을 긁적이다가 나무에 기대어 주저앉은 에노쉬를 보았다. 슬쩍 이마에 손을 얹자 파리한 얼굴의 에노쉬가 느리게 눈동자를 굴려 나를 보았다.

"갠차나?"

"감히 이 몸에 함부로 손을 대다니, 괘씸하구나."

"걱정해 주는 거자나!"

"……흥. 늘 있는 일이니 괜찮다. 그러고 보니 어떤 의사가 그랬다. 이 몸은 올해 안으로 죽을 거라고."

"……."

"하지만 그전에도 마찬가지였지. 내가 태어났을 땐 모두가 한 살이 되지 못할 거라고 했고 한 살을 넘기니 세 살을 넘기지 못할 거랬지. 수년 전엔 내가 열 살을 못 넘길 거라고 한 아둔한 돌팔이도 있었다. 하지만 난 살아 있다. 틀린 말을 내뱉은 놈들을 전부 죽였다. 그렇게 지금까지 왔느니라."

아직 어린 소년은 지친 기색으로 입을 열었다. 색색거리는 숨소리가 거칠었다.

"이쪽엔 없다!"

"그게 어떤 놈들인데……! 당장 찾아내."

사방에선 여우 가면을 쓴 경비병들과 운영 스태프들이 바삐 뛰어다녔다.

"하아…… 콜록……."

"몸도 안 조은데 대체 왜 나온 거야!"

"릴리안 영애가, 평민들이나 먹는 제과점에서 파는 다과가 좋다고 했다. 타오르는 불꽃 같은 꽃으로 장식해 준다고 하지."

"……그거 사러 온 거야?"

"그래. 로브까지 쓰고 나왔는데 바람이 불어 잠시 날아가 급히 다시 썼지만 시궁창 냄새가 나는 쥐새끼들이 본 모양이었다."

"그 정도면…… 조아한다구 솔찍하게 말하는 게 낫지 아나?"

에노쉬는 입덕 부정기처럼 보이지도 않았다. 자신의 감정을 충분히 자각하고 있는 듯했으나 그걸 밝힐 마음은 없어 보였다.

"뭐라고 말한단 말이냐."

"머……?"

"언제 죽을지도 모르는 병약한 이 몸을 사랑해 달라고? 내가 진심이 되면 그 영애는 내게 홀라당 빠질 텐데 만약 그러고 내가 어느 날 죽어 버리면 릴리안 영애의 인생은 무엇이 된단 말이냐."

"……그런다구 그런 스토킹 가튼 편지를……."

"스토킹? 약혼녀에게 그런 편지를 보내는 게 무슨 문제가 있나?"

"약혼?!"

"그래, 그녀는 내 약혼녀다."

아, 이게 그 유명한 정략결혼 같은 것인 모양이었다.

'릴리안…….'

왜 이렇게 이름이 낯익은지 모르겠다. 어쩐지 좀 암흑가를 주름잡는 여왕님 같은 느낌이 든단 말이지.

"그리고 올해는…… 큭……."

또다시 발작이 시작된 듯 그가 심장 쪽을 부여잡고 고개를 젖히며 뒤통수를 나무 기둥에 비볐다.

"저기, 너 병에 걸려써."

"알고 있다. 이미 고질병으로……."

"아니! 또 다른 병에도 걸려써! 집으로 도라가면 꼭 칼란 에탐에게 벌레 잡는 약을 내노으라 그래!"

한참이나 심장을 부여잡고 신음을 흘리던 그가 흐릿한 시선으로 고개를 들었다.

"칼란 에탐……? 에탐 가문의 직계 중 에르노 에탐의 첫째가 아닌가. 그를 아나?"

"쪼끔."

"너는 정말 신기한 반죽이군……."

"난 에이링이야."

"에이링?"

얘가 날 놀리네.

"말랑말랑한 이름이네."

"에.이.린!"

한 글자 한 글자 또박또박 말하자 당장이라도 죽을 사람처럼 에노쉬가 힘없이 말했다.

"에탐 가문의 그놈은 이 몸에게도 허리 한번 굽히지 않는 성격이 아주 더러운 놈이라고 들었거늘…….”

그게 네가 할 말은 아닌 것 같지만…… 파리한 인상을 보고 있으니 기분이 좋지 않았다. 정말 빠르게 돌아가는 편이 좋을 것 같았다.

“못생긴 반죽아, 올해는…….”

에노쉬가 느리게 눈을 깜빡였다.

“어쩌면 그 망할 돌팔이의 말이 맞을지도 모르겠다는 생각이 든다.”

덜컹, 심장이 뚝 떨어지는 기분이었다. 내가 바짝 얼어붙자 에노쉬가 키득키득 웃었다. 얼굴은 통증에 일그러져서 식은땀을 줄줄 흘리는 창백한 얼굴로 어떻게든 고통을 잊어 보고자 하는 일념이 느껴졌다.

병약한 황자.

소설 속에서는 그저 미래의 악역이 생겨나는 이유와 여주인공의 정의로움을 강조하기 위해서 이용되었을 뿐인 장치. 활자 안에서는 그가 이렇게 괴로워했다는 이야기도, 그가 한 영애를 사랑했다는 이야기도 없었다. 소설을 다 본 나조차도 이 병은 고칠 수가 없었다. 왜냐하면 그는 《입.양.각》에서도 죽음을 맞이하고 치료법 따위 나오지 않으니까.

‘그래도 벌레만이라도 빠르게 처치할 수 있으면…….’

그러면 적어도 올해는 넘길 수 있을지도 모른다.

‘올해를 넘기면……?’

내년이 또 고비가 되겠지. 거기까지 내가 뭐하러 신경을 쓰겠어? 어차피 죽을 운명이니까, 다 정해진 운명이니까…… 내 눈앞에만 보이지 않으면 되니까…….

"큭…… 네 멍청한 개는 정말…… 늦는군. 반죽, 널 닮았네."

괜히 편지를 전달해 달라고 했나? 일단 이 애를 먼저 옮기는 편이 좋았던 걸까? 하지만 미르엘 공작과 에노쉬를 살리기 위해서라도 약의 개발이 가장 급했다.

'안 되겠어.'

어떻게든 에노쉬가 조금이라도 멀쩡할 때 여길 빠져나가야 했다. 멀리 가지 않아도 된다. 바깥의 경비대원에게만 가도 그들은 황자인 에노쉬를 알아보고 조처를 할 것이다.

내가 막 자리를 박차고 일어나려는 때였다. 뒤에서 뻗어온 무언가가 내 손목을 붙잡았다.

"주인님."

"루실, 리온……?"

고개를 돌리자 멀끔한 얼굴을 한 루실리온이 보였다. 나는 짧게 숨을 뱉었다.

"네, 다급해 보이시기에……."

"아."

"붉은 드래곤에게 편지도 전해 주었고 흰 여우에게 무사하다는 말도 전했습니다."

"응, 고마어. 근데 당장 나가야 대."

"네, 가겠습니다."

루실리온이 에노쉬를 등에 업었다. 오랜 시간 아팠던 탓에 열두 살인데도 불구하고 아홉 살인 루실리온보다 머리통 하나는 더 작은 에노쉬가 힘없이 루실리온의 등에 자리했다.

"하, 땀 냄새 나는 하찮은 종자의 등 따위에 업히게 되다니······ 수치도 이런 수치가 없구나."

애는 이 상황이 돼서도 이런 말을 하네······.

"어디로 가면 되나요?"

"황성의······ 경비대, 아스론······."

루실리온이 안색 하나 변하지 않고 던진 질문에 대답하던 에노쉬가 말을 채 끝맺지도 못한 채 고개를 툭 떨궜다.

"야! 에노시!"

이놈아, 여기서 죽지 마라!

내가 작게 그를 흔들며 불렀지만 반응이 없다. 루실리온이 또 그 의미불명의 흰빛을 뿜었지만 아까와는 다르게 큰 효과는 없었다.

"······조금 빨리 가야겠네요, 주인님."

주변에 사람이 너무 많다. 나까지 데리고 가다간 속도도 늦어지고 들킬 확률도 높아질 거다.

"먼저 가."

"주인님."

"난 여기서 너 기다리께. 방금처럼 가마니 이쓰면 대지?"

333

"……네, 이 막을 두른 건 마력도 아니라 마법사도 모릅니다. 누구의 눈에도 띄지 않으니 소리만 내지 않는다면 아마 들키지 않을 겁니다."

그는 잠시 나와 등에 업은 에노쉬를 번갈아 보더니 짧은 한숨을 뱉었다.

"본래라면 주인님의 곁에 있고 싶지만……."

그가 느리게 눈을 내리깔았다.

"주인님이 원하시니 다녀오겠습니다. 금방 오겠습니다."

"응."

루실리온의 푸른 눈동자가 한층 채도가 높아지는가 싶더니 순식간에 눈앞에서 사라졌다. 수풀이 살짝 흔들렸다. 아마 보호막을 친 것과 비슷하게 무언가 눈에 보이지 않는 방법을 사용한 게 분명했다. 나는 한숨을 푹 내쉬며 나무를 등받이 삼아 주저앉고 무릎을 끌어안았다.

'무사히 전달받아서 읽었다면 금방 개발하겠지.'

재료를 다 적어 주었으니 배합만 찾으면 될 텐데 칼란 에탑이라면 금방 하지 않을까 싶었다. 그나저나 수도에 있어서 그런가? 계속 이상한 일에 휘말리는 것 같단 말이지.

'그냥 고아원으로 돌아가는 게 정신 건강에 이로울 것 같긴 하지…….'

리하르트를 떼어 놓아야 한다는 게 문제긴 한데…….

'음, 여주인공이 있을 법한 곳에 가 보라고 할까?'

요는 나한테서 관심이 없어지면 되는 거니까.

'그나저나 오늘 여주인공은 정말 납치되지 않은 모양이네……'

어차피 리하르트나 루실리온도 여주인공을 만나면 여주인공에게 푹 빠질 것이다. 그런 운명이니까.

본래도 여기에 납치되는 건 내가 아니라 여주인공이어야 했고 여기서 에노쉬와 안면을 트는 것도 여주인공이어야 했다. 그 뒤로 에노쉬가 죽기 전까지 두 사람은 친구가 된다. 에노쉬는…… 여주인공을 이성으로서 좋아하진 않았었지. 친구로서 귀애는 했었지만 말이다.

'피곤하네.'

무릎 사이에 막 얼굴을 묻을 때였다.

바스락—

수풀이 스치는 소리에 귀가 쫑긋 섰다. 나는 숨소리도 최대한 죽인 채 천천히 고개를 들었다. 조금 떨어진 곳에서 코너를 돌아 모습을 드러낸 사람을 보자마자 숨이 절로 멈췄다.

붉은색 드래곤 가면을 쓴 남자였다.

한 손에는 내가 쓴 것이 분명한 편지 봉투와 편지지를 꽉 움켜쥐고 있었는데, 대차게 구겨진 것이 내 미래처럼 보였다. 그는 성큼성큼 내 쪽으로 오고 있었다. 가면을 쓰고 있는 탓에 표정이 전혀 보이질 않아서 무슨 생각을 하는지 짐작하기가 어려웠다.

'나 찾으러 온 건 아니겠지……?'

에이, 설마. 에르노 에탐이 그 정도로 열정적인 사람은 아니잖아? 편지에 너무 주제넘은 말을 썼나? 아닌데. 편지에 딱히 그런 말은 없었던 듯했다. 너무 글씨가 삐뚤빼뚤했나? 아직 손이 작고 획순을 잘 모르는 터라 영어 쓰듯이 어설프게 쓴 건데. 그래도 글씨가 큼직하고 삐뚤빼뚤하긴 했다.

태국어와 라틴어를 합쳐 둔 것 같은 느낌이라서 도저히 따라 쓸 수가 없었다. 보고 읽는 건 어떻게 하겠는데…….

'아니면 정보 출처를 모른다고 적어서 그런가?'

확실히 출처도 모르는 정보를 신용할 순 없을 테니까 확인이 필요했을 것이다. 이 경우 아마 루실리온을 찾으러 왔을 확률이 높았다.

'……그것도 아니면, 역시 내가 파편을 훔쳐 갔다고 생각하고 있는 건가?'

그래도 그건 방금 돌려줬는데…… 그 귀걸이가 아니긴 하지만 같은 물건이 아니라곤 해도 효과는 똑같을 텐데…….

'대체 왜지……?'

역시 괘씸해서 찾고 있는 건가?

붉은 드래곤 가면의 사내가 점점 가까워졌다. 나는 혹시 몰라서 슬쩍 손을 들어 코와 입을 틀어막았다.

'숨소리도 내면 안 돼.'

에르노 에탐의 예민함은 소설에도 몇 차례나 적혔을 정도였으니 잘못하면 들킬 거다.

"흔적은 이쪽으로 이어졌는데……."

그의 서늘한 목소리에 눈을 질끈 감았다.

늘 듣던 나직하고 부드러운 목소리가 아니다. 차갑게 가라앉아 빙판 위를 맨발로 걷는 듯한 서릿발이 휘날리는 목소리다. 입을 너무 틀어막은 터라 숨이 막혔다. 얼굴이 벌겋게 달아오르며 온몸을 비틀고 싶은 심정이었으나 그가 근처에서 떠나지 않아 차마 숨을 뱉을 수가 없었다.

'안, 안 돼. 이러다 숨이 먼저 막혀 죽겠어.'

눈을 질끈 감고 혀를 깨물었다. 최대한 정신을 깨우기 위해서였다.

'제발……'

에르노 에탑이 천천히 몸을 돌렸다. 그가 왔던 길을 다시 돌아갔다. 그가 코너를 돌 때쯤이 되어 나는 입을 틀어막고 있던 손을 떼어 내고 참고 있던 숨을 크게 들이마셨다.

"허억……"

그마저도 혹시나 그가 듣기라도 할까 봐 최대한 소리를 죽인 채 간신히 뱉어 낸 숨이었다. 그와 내 거리는 몇백 미터가 됐으니 아마 들리지 않았을 것이다.

그러나 그 순간 에르노 에탑의 걸음이 뚝 멈췄다.

그가 휙 몸을 돌렸다. 그러더니 다시 내 쪽으로 걸어오기 시작했다. 모자란 숨을 채우던 나는 급히 다시 손을 들어 코와 입을 틀어막았다. 콰득콰득 짓밟히는 잔디가 어쩐지 나를 보는 기분이었다. 두려움으로 등줄기에 소름이 쫙 돋았다. 이번에는 완전히 코앞이었다.

"왜……."

그가 천천히 입을 열었다.

"왜 숨어 있는 거지?"

허공에 흩뿌려진 목소리는 누구에게 닿는지 모를 내용을 담고 있었다. 방금까지는 서늘한 목소리였는데 지금은 어쩐지 잔뜩 누그러져서 융단처럼 한껏 부드러운 목소리였다. 나는 눈을 도르륵 굴렸다.

'루실리온을 찾나?'

여기에 누가 있다는 사실을 눈치챈 것은 분명했다. 다만 소설에 적힌 대로의 에르노 에탐이라면 루실리온을 찾기 위해서 이 주변을 난장판으로라도 만들었을 것이다. 그러나 그는 검을 뽑지도 마력을 흘리지도 않고 있었다.

"날 만나고 싶지 않았나?"

"……."

"내가 네게 무섭게 굴었나?"

"……."

이거 어쩐지, 루실리온한테 하는 말은 아닌 것 같은데.

"……에이린."

"흡……."

아차. 나도 모르게 손을 떼고 숨을 크게 들이마셔 버렸다. 아마 이것으로 그는 내가 어디에 있는지 알았을 것이 분명했다.

아니더라도 이곳에 누군가 있다는 것은 눈치챘겠지.

'나인 줄 어떻게 알았지?'

겨우 몇백 미터가 떨어진 곳에서 숨을 한번 들이마신 것뿐인데.

'튈까?'

이대로 뒤를 돌아 도망을 간다면…… 분명히 잡히겠지. 그건 좋은 방법 같진 않았다. 루실리온이 나타나서 눈치 빠르게 사실 숨어 있던 게 자기인 척해 주면 좋을 것 같은데…….

……는 이걸로 납득할 리가 없잖아!

'에르노 에탐이 바보도 아니고 속을 리가 있나.'

그럼 이 난관을 대체 어떻게 헤쳐 나가면 되는데?

결국 얼굴을 맞댈 수밖에 없는 건가? 그런 거라면 적어도 루실리온이 있을 때 하고 싶다…….

"이제 내가 싫어진 건가……?"

나직한 목소리가 무겁게 가라앉았다.

"에이린, 대답해 주렴."

"……."

외면하고 있던 목소리를 직시하기 위해 천천히 고개를 들자 그는 정확히 나를 바라보고 있었다.

'보호막이 언제 없어졌지……?'

잠시 든 생각은 에르노 에탐이 내 앞에서 한쪽 무릎을 꿇는 순간 사라졌다. 나는 멍한 얼굴로 천천히 고개를 저었다.

"……네가 날 아빠라고 불렀다."

"……."

"네가 내 딸을 하기로 했다."

"……."

"내가 널 따님으로 삼기로 했다. 그게 싫었느냐?"

시선을 마주친 그 물음에 나는 고개를 저었다.

"아니에여…… 싫지 않아써여……."

하지만 나는 아무것도 아니다.

에탐의 피는 반의반조차 잇지 못했고 대단한 힘이 있는 것도 아니었으며 뭣보다 하찮은 도마뱀 수인이었다.

"그렇다면 내 곁에 있어."

그가 말했다.

"내가 떠나라고 할 때까지 언제라도 계속……."

에르노 에탐이 그때처럼 내게 천천히 손을 내밀었다.

"내 곁에 있거라."

도마뱀이 되었던 내게 손을 내밀었던 그때처럼.

'……아. 그래서 이 사람은 그때 손을 내밀었구나.'

뒤늦은 깨달음이 뒤통수를 때렸다.

* * *

에르노 에탐이 전혀 관심 없던 지하 옥션까지 발걸음을 한 것은 그저 한순간의 변덕이었다.

"곧 지하 옥션이 열린다고 합니다."

"그래서?"

"이 늙은이는 혹여나 아가씨께서 좋지 않은 일에 휘말리셨을까 걱정이군요."

집사장 카일로의 쓸데없는 말 때문에 시작된 변덕.

'공작의 입김이 들어갔겠지.'

그의 아버지인 공작은 솔직할 줄 모르는 사람이었다. 그러니 카일로에게 은근한 뉘앙스를 풍겼겠고 오랜 시간 보좌해 온 카일로는 주인의 의향을 어렵지 않게 눈치채고 자신에게 말을 전하러 온 것이 분명했다.

"그렇게 걱정되면 그 하마처럼 무거운 엉덩이를 직접 움직이라고 전하지 그러나?"

예민함을 숨기지 않고 입을 열자 카일로는 가증스럽게도 눈을 크게 뜨곤 부드러운 미소를 입가에 띠었다.

"설마요. 그저 늙은이의 주책이었습니다, 공자님."

"……나가."

"혹시 몰라 표는 미리 구해 두었습니다."

카일로가 탁자 위에 가면과 표를 내려놓고는 정말 아무런 일도 아니었다는 듯 몸을 돌렸다. 에르노 에탐이 침대에 널브러져 누운 채 팔로 눈을 가리며 짧은 숨을 뱉었다.

얼마 전, 잃어버린 유물을 찾았다. 그러나 이상한 것은 파편을 찾은 것과 동시에 안정되어야 하는 몸이 계속해서 불안정하다는 것이다. 열은 조금 가라앉았지만, 그뿐이다.

자꾸만 심장이 빠르게 뛰고 멍하니 하늘을 바라보게 되고 정신을 차리면 이미 사라진 아이의 싸늘한 방을 서성거리고 있었다.

'머리가 아프군.'

이젠 알 수 있었다. 아이는 사라진 것이다. 자신을 뒤로하고 도망을 갔다. 결론을 내리자면 그냥 그뿐이었다.

그렇다면……

'잊으면 그만인 것을.'

찾겠다곤 했지만 아이는 어디로 숨었는지 코빼기도 비치지 않는다. 본래라면 벌써 포기했을 것이다. 에르노 에탐은 귀찮은 것이 싫었다. 흥미가 진심이 되는 것도 즐기는 편은 아니다. 다만 그래도…….

아이가 막 사라진 처음에는 찾는 것이 싫지 않았다. 어떻게든 찾아야 한다고 생각했다. 은연중에 아이만큼은 다를 것이라고 생각했다. 겁을 먹었다면 데리고 와서 달래 보고자 했고 오해하고 있다면 오해를 풀어 주고자 했다.

만난 지 겨우 몇 달밖에 되지 않은 아이와 하던 놀이.

'그사이 정말 정이라도 든 건가?'

그렇지 않으면 가만히 있다가도 그 아이의 웃음소리가 들릴 리가 없었다. 그 아이가 있을 때는 머릿속도 깨끗하고 또렷한 데다 광폭화의 증상도 거의 없었다. 그러나 최근에는 저조한 기분이 좀처럼 올라올 생각을 하지 않았다.

"마지막이다."

그가 느리게 손을 뻗어 근처 티 테이블에서 붉은 드래곤 가면을 손에 쥐며 읊조렸다. 도대체 몇 번째 '마지막'일지는 그조차 세어 보지 않았지만 말이다. 그가 지끈거리는 머리를 부여잡으며 천천히 눈을 감았다. 테이블의 위에는 새 검은 호랑이 인형이 세 마리가 성의 없이 널브러져 있었다.

* * *

지하 옥션은 아니나 다를까 지루했다. 강자와 약자가 명백한 불쾌한 공간이었다. 눈앞에서 벌어지는 저열한 행위와 품평에 눈살이 절로 찌푸려졌다.

'역시 괜히 왔군.'

에르노 에탐이 막 후회를 하는 참이었다.

"그리고 무려! 돌연변이 도마뱀 수인 한 마리가 들어왔습니다. 그야말로 잘 자라면 미색이 아주 뛰어날 도마뱀 수인이었지요."

우스꽝스러운 얼굴을 한 피에로의 그 한마디에 절로 몸이 바로 세워졌다. 등줄기를 타고 오싹한 감각이 흘렀다. 피에로의 입술이 달싹인다.

에르노 에탐은 확신이 들었다. 저 피에로가 말하는 '도마뱀'이 본인이 찾는 아이일 것이라는 확신이.

"도마뱀……? 그딴 징그러운 건 남대륙에도 널렸네."

"그렇게 흔한 도마뱀 수인이 아닙니다. 무려 은빛 비늘의 도마뱀입니다. 인간화가 서툰 새끼였습니다. 머리카락은 분홍색인 것이……."

우지끈—

그가 팔을 올리고 있던 팔걸이에 선명한 금이 갔다. 그가 손을 까딱하고 천천히 자리에서 일어나자 여우 가면을 쓴 안내원 하나가 급히 달려왔다.

"뒤로."

"예?"

콰득—

에르노 에탐의 손이 눈에 보이지도 않을 빠른 속도로 안내원의 목을 틀어쥐었다.

"방금 말한 아이가 있는 곳으로 안내해."

동공이 풀린 에르노 에탐의 서늘한 얼굴을 본 안내원이 질겁하며 버둥거리다가 필사적으로 고개를 끄덕였다. 그가 느리게 손을 풀었다. 바닥으로 떨어진 안내원이 거의 기듯이 앞으로 향했다. 에르노 에탐의 황금빛 눈동자가 열기를 머금은 채 일렁였다.

"어, 여, 여기에 분명히 있었는데……."

"……."

"여, 여기에 있던 아이들 어디 갔어! 네놈들 제대로 감시도 안 한 거냐!!"

안내원이 급히 뛰어가며 다른 안내원들을 닦달하기 시작했다.

에르노 에탐이 짐승의 우리 같은 시커먼 철창을 물끄러미 보았다. 쇠창살의 몇 개가 비어 있었다. 아이들이 몸을 빼기엔 충분한 크기였다. 그 아래로 분홍색 머리카락이 떨어져 있었다. 그가 몸을 숙여 바닥에 떨어진 머리카락 한 올을 주우려는 때였다.

"붉은 드래곤 가면…… 당신이군요."

바로 뒤에서 들린 목소리에 그가 미간을 좁히며 몸을 돌렸다. 허공에서 떨어진 듯 갑작스럽게 등장한 상대는 로브를 쓰고 있었으며 표정 없는 새하얀 가면을 얼굴에 두르고 있었다.

작은 키와 앳된 목소리를 보아 어린아이임을 짐작게 했다. 주변의 사람들은 갑작스럽게 나타난 아이가 마치 보이지 않기라도 하는 것처럼 본인의 할 일을 하느라 바빴다. 평소라면 호기심이 앞섰겠으나 그는 지금 기분이 별로였다. 그토록 찾아 헤매던 아이의 흔적을 지금껏 방문한 곳 중 최악의 장소에서 발견하고 말았으니까.

"여기 있는 놈들의 뇌에만 바람구멍이 뚫린 줄 알았더니 경비에도 바람구멍이 크게 뚫려 있던 모양이지. 이런 어린애까지 들어오다니 한심하기 짝이 없어."

"이거 받으세요."

표정과 무늬조차 없는 새하얀 가면을 쓴 소년이 볼록한 편지 봉투 하나를 내밀었다.

유치한 그림이 그려진 편지 봉투였다.

"나는 더러운 건 만지지 않는 편이라."

"곤란하네요. 전달해 달라고 부탁받았는데."

앳된 목소리가 잠시 난감함에 젖어 들더니 이내 에르노 에탐에게 조금 더 가까이 편지를 내밀었다. 평소라면 받지도 않고 태워 버렸을 편지를 받은 것 또한 변덕이었다.

"그럼 이만."

소년이 두어 걸음 물러나는 듯하더니 이내 주변과 동화된 것처럼 모습을 감췄다. 그는 느리게 시선을 내려 편지를 보았다. 삐뚤빼뚤 엉망인 글씨체는 글인지 그림인지 알아보기가 어려웠다.

친애하는 에르노…… 님에게.

손바닥만 한 편지 봉투 한 면을 가득 채운 글씨를 물끄러미 바라보던 에르노 에탐이 홀린 듯 편지 봉투를 열었다. 올록볼록한 것이 만져져 편지 봉투를 손바닥 위에 뒤집자 새파란 조각이 툭 떨어졌다. 그가 가지고 있는 유물과 정확히 똑같은 것이었다. 그는 이제 조급하게 편지지를 열었다.

안녕하세요.
급히 알려드릴 이야기가 있어서 이렇게 글을 적습니다.
먼저 저로 인해 잃어버린 유물에 대해 죄송하다고 말씀드리고 싶어요.

누가 훔쳐 갈 걸 알고 있었지만 말씀드리지 않았어요.

죄송해요.

하지만 제가 훔치지 않았······.

대신 우연히 같은 걸 찾아서 보내드려요.

그리고 칼란 에탐 님에게 몸속의 벌레를 없애는 약을 만들어 달라고 전해 주실 수 있을까요?

꼭 아래 재료를 사용해서 만들어 달라고 요청 부탁드립니다.

[재료 목록]

보라색 팬지 꽃잎, 아클레시아의 설익은 열매, 맹사초의 뿌리······ (중략)······.

그리고 이 약은 많은 사람이 먹어야 합니다.

자세히 말할 순 없지만 곧 귀족들 사이에서 병이 돌 겁니다.

가능하면 제조법을 설파해서 많은 사람이 먹으면 좋겠습니다.

믿기지 않겠지만 믿어 주시면 좋겠습니다.

— 에이린이.

한 글자가 손 한 마디는 되는 것 같은 커다란 크기였다. 그 탓에 편지지가 네댓 장은 사용된 듯했다. 유려한 문체는 아니었다. 외려 역사서를 읽는 듯한 딱딱한 문투였다. 하지만 군데군데 찍힌 말 줄임표와 찍찍 그어진 선을 보고 있으면 아이가 얼마나 고민했을지가 눈에 보였다.

"내게서 떠나고 싶었으면……."

그가 편지를 움켜쥐었다.

"미련을 보이지 말았어야지, 따님."

유물을 훔쳐 가게 그냥 두었던 것처럼 누가 죽든, 누가 아프든, 유물이 어떻게 됐든 신경 쓰지 않았어야지. 떠나서도 이쪽 생각을 했다는 걸 보여 주면 눈감아 줄 수도 없게 되는 것이다.

"……이쪽이군."

에르노 에탑이 철창 밖으로 빠져나온 아이들의 흔적을 따라 발을 움직였다.

* * *

나는 내게로 뻗은 손을 가만히 바라보다가 숨을 삼켰다. 눈앞에 있는 것이 꿈만 같아서 차마 잡을 수가 없었다. 잡아 사라질 꿈이라면 고통스러우니까.

"시간이 필요하다면 생각할 시간을 주마."

"……."

"하지만 고민도 생각도 내 곁에서 하렴, 따님."

"……."

"따님이 갑자기 사라져서 놀랐다."

기억하고 있던 다정한 목소리에 나는 숨을 크게 들이마시고 주먹을 꽉 쥐었다. 그가 내민 손은 여전히 내 앞에 있었고 나는 여전히 그 손바닥 위에 내 손을 올리지 못했다.

"놀이⋯⋯자나여⋯⋯."

"무슨 소리니?"

"아바지두, 따님두⋯⋯ 다 놀이자나여. 아바지가 질리면⋯⋯ 난 떠나야 하자나여."

그런 거라면 다시 돌아가고 싶지 않았다. 전전긍긍하는 삶은 언제나 힘들었다. 사랑받기 위해서 행동하는 것도 지쳤다. 전생의 나는 모든 순간을 그렇게 살아갔다. 회사에서도 대학에서도 남들 입맛에 맞는 삶을 살았다. 상대가 좋아할 법한 '나'의 모습을 꾸며 내면서.

하지만 그게 얼마나 피곤한 일이었는지 모른다. 친구는 많았지만 진짜는 없었다. 꾸며 낸 모습으론 얇고 넓은 관계만 유지할 수 있었으니까.

"⋯⋯그렇지."

그가 나직하게 말했다. 어깨가 크게 떨렸다.

"분명히 처음에는 그랬다."

그렇게 말하면 마치 지금은 아니라는 것처럼 들린단 말이야.

"하지만 나는 네 생각보다도 그리고 내 생각보다도 네게 진심이었던 모양이야."

349

"……."

"네가 날 아버지라 부르고 모두가 도망치는 그때 따님만이 정면으로 달려와 날 구했다. 그 순간부터 어쩌면 나는 널 진짜 자식으로 생각하고 있었을지도 모르겠구나."

믿기지 않는 말이었다. 친자식도 미워할 수 있는 것이 사람이다. 배 아파 낳은 자식조차 진심으로 원망할 수 있는 것이 사람이었다.

"저는…… 징그럽구 못쌩긴 도마뱀이에여……. 아버지, 도마뱀 시러하자나여……."

에르노 에탐이 파충류를 싫어한다는 사실은 소설에서 몇 번이고 언급이 되었다. 내 말에 에르노 에탐은 한쪽 눈썹을 쓱 치켜들었다.

"아닌데."

"네……?"

"내가 가장 좋아하는 동물이다."

"……네?"

"애초에 네가 수인이든 아니든 상관없었다."

생각지도 못한 말에 나는 짧게 숨을 뱉었다.

"하지만 미리 말해 주기를 바랐다. 그렇게 알고 싶진 않았으니까."

"……아."

"하지만 따님도 두려웠던 거겠지."

두려웠다. 간신히 유지하고 있는 한순간의 꿈이 깨질까 봐.

뭐, 결국은 마일라에 의해서 강제로 깨지기는 했지만 말이다.

"저는 인간화도 제대로 못 해여……."

"남대륙에서 널 가르쳐줄 수인이라도 잡아 오마."

"비밀두 마는데……."

"뭘 하든 날 뒷배로 두고 움직이렴. 따님은 무엇이든 앉아서
호령만 하면 된다."

나는 벌벌 떨리는 손을 천천히 들어 올렸다. 내게 가족은 없
었다. 살면서 단 한 번도 어딘가에 소속되어 있다고 느낀 적이
없었다. 그는 내 느려터진 움직임에도 묵묵히 기다렸다.

"저 여기에 이써도 대여……?"

"그래."

짧은 대답이었지만 내겐 확약처럼 들렸다. 이윽고 내가 그의
손바닥 위로 손을 올렸을 때 에르노 에탐은 내 손을 꽉 붙잡곤
나를 품에 안아 올렸다.

"내가 요기 있는 거…… 어떠케 아라써여?"

"네 주변에선 항상……."

그가 느릿하게 입술을 열었다.

"청량한 냄새가 난단다."

그렇게 말한 에르노 에탐이 나를 품에 힘껏 끌어안았다.

'청량한 냄새?'

옷자락에 코를 박고 킁킁거렸지만 딱히 냄새가 나진 않았다.

"가출은 재밌었니, 따님?"

"……아녀."

"그래. 두 번째 가출은…… 미리 말하고 하려무나."

서늘하게 가라앉은 목소리가 나직하게 경고했다.

'말하고 가출하면 그게 가출이야……?'

외출이지.

"잘 돌아왔다, 에이린."

"……다녀왔습니다."

나직한 대답에 그가 내 등을 가만히 토닥였다.

안심해서일까? 눈앞이 금세 가물가물해졌다. 등을 토닥거리는 따뜻한 손길과 함께 내 머리는 에르노 에탐의 어깨에 툭 떨어졌다.

'루실리온…… 기다리기로 했는데.'

그것이 나의 마지막 생각이었다.

* * *

"테렘."

에이린이 잠든 것을 본 에르노 에탐이 허공에 읊조렸다. 그러자 어딘가에서 검은 옷을 입은 남자가 후드를 눌러쓴 채 에르노 에탐의 앞에 부복했다.

테렘.

에탐 가문의 뒤에서 오랫동안 그들을 보좌한 집단으로 어떤 더러운 일도 완벽하게 해내는 이들이었다. 에탐 가문의 그림자이며, 오로지 자신들이 정한 주인과 자신들이 정한 차기 주인의 명령만 듣는 오만한 존재이기도 했다.

"전부 쓸어."

"예, 소가주님."

에르노 에탐이 가장 싫어하는 호칭을 아무렇지도 않게 읊조린 검은 복면의 사내가 모습을 감췄다. 에르노 에탐은 테렘을 쓰지 않는다. 평소에는 본인이 거주하는 방 근처로 오는 것도 허용하지 않았다. 에탐 가문을 이을 마음이 없는 에르노 에탐으로선 테렘을 쓰지 않는 것이 미르엘 공작에게 할 수 있는 반항이었다.

그런 그가 불문율 같던 그 규칙을 깼다. 그렇기에 테렘의 수장 '칸'은 이 기회를 놓칠 수 없었다. 에르노 에탐이 그들을 사용했다는 것은 그야말로 공작의 작위를 계승하는 것도 염두에 두었다는 의미가 되었으니까.

'저 아이 때문인가?'

그들이 그렇게 노력하고 옆에 따라다녀도 멱살을 붙잡아 똥통에까지 던지던 그 미친 소가주가 자신들을 사용한 것은.

'그렇게 찾아도 나오지 않았는데…….'

칸 역시 테렘과 함께 아이에 대해 수소문했었으나 찾지 못했었던 터였다.

'어디에 숨어 있다가 나왔는지 신기할 정도군.'

목석같던 소가주를 움직인 것이 겨우 새끼 수인 한 명 때문이라니 믿기질 않았다. 칸은 다른 테렘에게 이 기쁜 소식을 전하기 위해 빠르게 에르노 에탐의 시야에서 벗어났다.

"생각해 보니 네게 가문을 주면 되겠구나, 따님. 그러면 가문 때문에라도 집을 떠나겠다는 생각을 못 할 테니 말이야."

그가 들었으면 테렘 전체가 통탄했을 에르노 에탐의 나직하게 읊조리는 소리를 듣지 못한 채로.

* * *

"……하아."

에노쉬를 황실까지 데려다주고 바로 돌아온 루실리온이 하얀 숨을 뱉었다.

"주인님……."

그가 설핏 미간을 찌푸렸다.

그가 해 두고 간 보호막은 깨졌고 주변 잔디는 이리저리 짓밟힌 채였다. 그러나 어린아이의 도망친 흔적은 보이지 않는다. 그 말은 즉 에이린은 자신을 찾아온 누군가를 순순히 쫓아갔다는 말이 됐다.

"기다리겠다고 하셨으면서……."

그가 고개를 젖혔다. 노력해서 달려온 보람이 전혀 없어졌다.

"거짓말은 너무합니다."

짧은 숨을 뱉은 그가 고개를 숙였다. 새하얀 머리카락이 흘러내려 눈앞에서 휘날렸다.

"내 주인님께선 어디로 가셨을지……."

그가 느리게 눈을 내리깔았다.

"조금 짜증 나지만 오랜만에 기도라도 하러 가 봐야겠습니다."

루실리온이 아쉽다는 듯 몇 차례 발끝으로 에이린이 있었을 자리를 문지르다가 몸을 돌렸다. 아니, 돌리려고 했다.

여우 가면을 쓰고 날이 상한 검을 든 커다란 남자가 길을 막지만 않았다면.

"이건 뭐야? 반반하게 생긴 게 어디서 기어들어 왔는진 몰라도…… 나쁘지 않겠는데."

루실리온이 빙긋 웃었다.

"제가 지금 기분이 별로 좋지 않아서 비켜 주시면 좋겠군요."

"이 형님도 기분이 별로 안 좋단다. 상급품 몇 개가 도망을 갔거든. 게다가……."

"아, 됐습니다."

"그래, 이해가 빨라서 좋군. 좋아, 좋아. 말만 잘 따르면 나쁘게는……."

"꿇으세요. 감히 누구 앞에서 머리를 그렇게 높이 쳐들고 계시는지."

루실리온의 새파란 눈동자 안에서 새하얀 빛의 고리가 생겨

나는 것과 동시에 덩치 큰 여우 가면의 사내가 무릎을 꿇었다. 루실리온은 그제야 시선이 맞는 사내를 보며 빙긋 웃었다.

"신도께서는 회개하는 게 좋겠군요."

"무, 무슨…… 이 망할 애새끼가……!"

"모든 것이 무(無)로 돌아가면 사실 선이고 악이고 나눌 것이 없죠."

루실리온의 작은 손바닥이 축복을 내리는 사제처럼 사내의 머리 위에 툭 내려앉았다.

"뭐 하는 거야……!"

새하얀 빛이 사내의 머리를 뒤덮었다. 찰나의 시간이 지난 후에 루실리온이 손을 뗐다.

"평생 참회하세요. 오늘 하루 제 앞에 섰던 것을."

태산 같던 사내의 눈이 풀리더니 이내 입이 헤 벌어졌다.

"헤헤……! 차, 참, 참회……. 흐헤헤헤, 흐히히히…… 참회에에……."

머릿속이 새하얀 백지가 된 듯 사내가 입을 벌리고 히죽히죽 웃기 시작했다. 루실리온이 느린 걸음으로 자리를 벗어났다. 얼마 되지 않아 하룻밤의 꿈처럼 자리 잡고 있던 환상의 성은 비명과 피비린내로 가득 차올랐다.

* * *

코끝에 알싸한 알코올의 향이 스쳤다. 병원 냄새처럼 느껴지기도 하는 것이 기분이 묘했다.

"대체 언제쯤 일어나는 거지? 이대로 식물인간이라도 되는 건가?"

귀에 익은 목소리에 정신이 퍼뜩 드는 느낌이 들었다. 그러나 눈은 떠지질 않는다. 사방이 새까맣고 기억은 아득히도 멀게 느껴지는데 이 목소리만큼은 왜 이렇게 생생한지 모를 일이다.

"지금 환자분의 몸 상태는 지극히 정상입니다. 그런 큰 사고가 났다고는 믿을 수 없을 정도로…… 지금은 아주 깊은 수면 상태에 있는 것으로 보이는데, 학계에 이런 보고는 거의 없었던 탓에…… 뇌파 검사에서도…… 깊은 렘수면…… 마치 긴 꿈을 계속 꾸는…….."

목소리가 드문드문 끊겼다. 누구의 이야기를 하는 걸까? 사고? 내 이야기는 아니겠지. 나는 그냥 잠을 잤을 뿐이니까. 의문이 들었다가도 아무런 생각도 하고 싶지 않아져 생각을 관두었다.

"……태어나면서부터 지금까지 뭐 하나 마뜩한 것이 없군. 한심하기 짝이 없어. 혼자 살아 보겠다고 나갔으면 잘 살기라도 했어야지. 쯧……. 언제까지 이런 상태가 지속될지도 모르겠다는 건가?"

"네, 외람되오나……. 저도 난생처음 보는 증상인지라…… 그저 잠에서 깨우면 될 것 같은데 어떤 자극에도 반응하지 않습니

357

다. 마치 잠에서 깨고 싶지 않아 하는 것 같은…….”

“어이, 의사 쌤. 뒷구멍에 돈 잔뜩 쑤셔 줬잖아? 그러면 쓸데
없는 잡소리 말고 살려내. 이렇게 돈 까먹고 뒤지면 누나 새끼
무덤도 전부 파 버릴 테니까.”

“흥분하지 마, 새끼야. 누나는 바퀴벌레잖아. 지금도 이렇게
살아 있으니 조만간 일어나겠지. 그렇게 악착같은 인간이었는
데 이렇게 병신같이 죽진 않을 거야.”

섬뜩하고 익숙한 악의에 귀를 기울이고 싶지도 않아졌다. 생
각은 조금씩 더 아래로 가라앉았다.

‘좀 더 자고 싶어.’

깨고 싶지 않았다.

“……이린.”

꿈에서 깨고 싶지 않다.

“어? 야, 애 지금 손가락 좀 움직이지 않았어?”

“……에이린.”

두 개의 목소리가 허공에서 겹치는 듯했다.

“에이린!”

그 선명한 부름에 나는 천천히 눈을 떴다. 가장 먼저 보인 것
은 하얀 가운을 입고 있는 붉은 머리의 소년, 칼란 에탐이었다.

“일어났다.”

“형이 그렇게 부르니까 일어나지. 애 자는데 왜 자꾸 깨워?”

다음으로 모습을 보인 것은 칼란 에탐보다 조금 키가 작은

검은 머리카락의 소년, 실리안 에탑이었다. 입가가 절로 허물어졌다.

'돌아왔구나.'

배시시 웃음을 흘리자 두 소년이 눈을 동그랗게 뜨더니 이내 표정을 벌겋게 물들이곤 고개를 홱 돌렸다. 그러더니 입을 가리곤 천천히 다시 고개를 돌렸다.

"너, 그렇게 웃지 마."

칼란 에탑의 말에 덜컥 겁이 났다. 내가 무슨 말을 잘못한 걸까? 내 표정이 굳어졌는지 칼란이 급히 고개를 저었다.

"아니…… 다른 데서 그렇게 웃지 말라고……. 귀여워서 지금 좀…… 실리안을 내동댕이치고 싶은 기분이었어."

"……그게 무슨 기분인데, 형?"

"있어, 그런 게."

"나도 마침 형을 창밖으로 던져 버리고 싶은 기분이긴 했는데."

"뭐? 어디 형한테 버릇없이……."

두 소년이 눈앞에서 투덕거리기 시작했다. 머리가 멍한 것이 꽤 긴 잠을 잔 것도 같았다. 무슨 꿈을 꿨는지 잘 기억은 나지 않지만 심장이 빠르게 뛰는 것이 어딘가 불안하기만 하다.

"어디 다친 덴 없고? 밖에서 누가 시비 안 걸었어? 웬 놈들이 널 노예로 팔려고 했다던데…… 그러게 왜 말도 없이 나가서……."

칼란이 허리를 숙여 침대에 손을 올리며 잔뜩 볼멘 목소리로 잔소리를 퍼부었다. 줄줄이 늘어놓는 온갖 걱정과 타박에 입꼬리가 절로 하늘로 치솟았다.

"내 걱정해써……?"

누가 나를 이렇게 걱정해 준 적이 있던가? 전생에도 현생에도 딱히 없었다.

"당연하지! 이렇게 작은 게 잔뜩 풀이 죽어서 집을 나갔다는데 안 하겠어? 집을 나가더라도 미리 나한테 말해 줬으면 거처라도 몰래 얻어 줬을 텐데……."

"형보단 내게 말하는 편이 뒤처리가 깔끔할 거야. 형은 꼬리가 길거든."

"헹, 얘한테 맡기면 집 하나 얻는 데 근 1년은 더 걸릴걸?"

칼란이 코웃음을 치며 실리안을 무시했다. 입가가 절로 헤실헤실 풀어졌다.

"어쨌든 무사해서 다행이야. 아버지가 싫더라도 다음부턴 나한텐 꼭 얘기하고 나가. 내, 내가 그래도…… 크흠. 오라버니고…… 너 하나 돌볼 능력은 되니까."

칼란이 민망한 듯 손톱을 세워 뺨을 긁적이고는 얼굴을 붉힌 채 말했다.

"응……."

"나도 도와줄 수 있으니까."

"고마어."

나는 그렇게 말하며 활짝 웃었다. 가슴 언저리가 간질간질했다.

"우린 가족이니까 말이야."

"가족?"

"응. 아버지께서 곧 널 호적에 올리신다고 하셨어."

칼란이 내 손을 살짝 맞잡았다.

"잘 부탁해, 에이린."

"응. 나두……."

"나도 빼면 곤란하지."

실리안이 불쑥 고개를 들이밀었다. 우리는 결국 마주 보며 웃음을 터뜨렸다. 얼마 만에 이렇게 웃어 보는지 잘 모르겠지만 기분은 좋았다.

"아, 그리고 말이야. 그 벌레를 죽이는 약……? 네가 만들라고 해서 만들기는 했는데…… 이건 왜?"

아, 맞다. 구충제가 있었지!

칼란이 벌써 만들었다는 건 시간이 꽤 흘렀다는 의미가 됐다.

'리하르트랑 루실리온…….'

벌써 머리가 지끈거렸다. 그뿐이랴. 가장 급한 것은 에노쉬와 미르엘 공작이었다.

"나, 요기 오고 얼마나 대써?"

"일주일이야. 네가 일어나지 않는 줄 알고 놀랐어."

정말 큰일 났네.

"그거…… 다 머거써?"

"응, 네가 하라는 대로 다 먹었어. 닷새 전에는 웬 황실에서도 사람이 와서 약 내놓으라길래 일단 줬고…….”

칼란은 말하는 내내 왜 이렇게 해야 했는지 이해하지 못하는
표정이었다. 그럼에도 내 편지만을 믿고 해 주었다는 것이 조금
놀라웠다.

“다…… 해 줬네……?”

“응, 아버지가 하라고 하셨고…… 네가 한 말이라고 했으니까.”

침대 밑에 앉아 매트리스에 턱을 괸 칼란 에탐이 씩 웃었다.

“너는 우리도 모르는 열매로 아버지를 도와줬잖아. 그러니까
이번에도 분명 우리가 모르는 뭔가를 알고 있구나 생각했어.”

“……응.”

이상하지 않냐고 물어보려던 입을 꾹 다물었다. 그렇다는 대
답이 나와도, 아니라는 대답이 나와도 마음이 편하지 못할 것
같았으니까.

“최근에 수도 귀족들 사이에 이상한 병이 돌고 있어. 갑자기
고열이 들끓다가 미치광이처럼 날뛰거나 사람을 무는 일도 있
었다는데…….”

“응.”

“네가 알려 준 약을 먹은 사람들이 다 괜찮아졌대. 치료가 늦
었는지 정신이 이상해진 사람도 있는 모양인데…….”

“하라부지는……?”

“가주님도 열이 막 오르기 시작할 때 약을 드렸어.”

그 의심병 많은 공작이 순순히 먹었다는 게 조금 신기했다.

"네가 돌아왔다는 얘기를 듣고선 널 보겠다고 오셨다가 아버지랑 이 앞에서 엄청 싸웠어."

칼란 에탐이 키득키득 웃으며 덧붙였다. 살벌하게 싸웠을 것이 훤히 보였다.

"하라부지, 화 안 나써……?"

"음……."

칼란 에탐이 대답을 망설였다. 심장이 덜컹거렸다.

'역시 화가 많이 나셨나 보네.'

대답도 안 하고 그렇게 사라졌다가 뻔뻔하게 나타났으니 화가 날 만도 했지만 말이다.

"가주님은 늘 화가 나 있는 상태니까…… 그건 잘 모르겠는데."

칼란 에탐이 심각한 얼굴로 말했다.

"아……."

그건 또 그러네.

"그래도 널 꽤 찾으셨어. 아버지에게 지하 옥션에 가 보라고 한 것도 가주님이야."

"엥? 정말? 카일로가 알려 준 거 아니었어?"

"형은 연구할 때 빼곤 머리통은 장식으로 달고 다녀? 카일로가 누구 오른팔이야?"

"그거야 당연히 가주님…… 아아…… 가주님이 명령했으니 움직인 거구나!"

"그런 거지. 가주님 성격상 대놓곤 말하지 않았겠지만…… 카일로는 가주님의 의지가 없으면 움직이지 않잖아."

하긴 《입.양.각》에서도 카일로는 충신 중의 충신이었다. 결코
어떤 일에도 굴하지 않는 충신.

"네가 알려 준 약이라고 하니까 툴툴대시면서도 드시던데?"

"그냥?"

"응. 집안에서 일어난 일은 전부 가주님 귀에 들어가게 되어
있으니까…… 아마 네가 아버지를 도와줬던 일도 들었겠지."

나는 작게 고개를 끄덕였다.

"아, 그러고 보니 네가 알려 준 그 빨간 열매로 광폭화 억제
제를 만들었어."

칼란 에탐이 씩 웃으며 자랑스럽게 말했다.

"……정말?"

"응. 아직 초기작이라 부작용도 있고 실험도 좀 더 해야 하긴
하지만……."

그래도 원작에서보다 훨씬 더 빠른 개발이었다. 게다가 칼란
에탐은 이제 열 살밖에 되지 않았는데 말이다. 실리안 에탐이
아홉 살이었지? 이 나이에 그만한 업적을 이뤘으니 미르엘 공
작이 왜 편애하는지 알 것도 같았다.

'어……? 이러면…….'

내가 여주 역할을 뺏어 버린 게 되는 건가? 그러면 안 되는데.

"아, 하여튼 일어난 거 봐서 다행이다. 너 봤으니까 나는 좀
자러 가야겠어."

칼란 에탐이 하품을 하며 눈두덩을 느릿느릿 비볐다. 자세히 보니 눈 밑이 거무죽죽한 것이 다크서클이 심각했다.

"오라버니, 졸려?"

"응. 네가 이거 개발하래서 며칠 잠을 못 잤거든. 그 뒤엔 네가 걱정돼서 잠이 안 왔고."

평이한 어조에 담긴 내용이 내게 있어선 그렇게 가벼운 것이 아니어서 나는 잠시 말문을 잃고 말았다.

"……."

누군가 내 말을 이렇게 순순히 믿어 준 적이 있던가? 누군가 나를 이렇게 맹목적으로 걱정해 준 적이 있던가? 아픈 날에는 늘 혼자였고 그렇지 못한 날에도 늘 혼자였으며 내 말을 그저 온전히 받아들이고 믿어 주는 사람은 거의 없었다. 아니 어쩌면 아예 없었다고 하는 것이 맞을 것이다.

흔한 불행이었다. 세상을 돌아보면 나보다 더 불행한 사람도 많이 있었을 것이다. 누군가는 배부르고 등 따습게 좋은 동네에서 좋은 학군에 다니면서 피해망상이나 한다고 그럴지도 모르겠다. 그러나 타인의 불행이 나보다 더 크다고 해서 내게 닥친 불행이 아무렇지 않은 것은 아니었다. 나는 단 한 번도 편안한 마음으로 그 집에 있었던 적이 없다.

불청객이란 그런 것이니까.

"네가 무사해서 다행이야. 앞으로 집 나갈 땐 꼭 나한테 말해."

"……."

나보다 조금 큰 손이 내 머리를 슥슥 쓰다듬었다. 따뜻하고 부드럽다. 멍하니 그 얼굴을 보던 나는 자리에서 일어나려는 칼란 에탐의 옷자락을 붙잡았다.

"에이린?"

"나랑, 가치 자자."

간신히 낸 용기였다. 오늘은 어쩐지 혼자 있고 싶지 않았으니까 낼 수 있었던 용기. 나는 타인의 온기가 좋았다. 누군가와 손을 잡는 것이 좋았고 누군가가 끌어안아 주는 것이 좋았다. 그래서 연애도 여러 번 했다. 애인에겐 이런 투정을 부려도 이상하지 않았으니까. 가족에게 바랄 수 없는 애정을 애인에게 갈구했다. 하지만 이젠 그럴 필요가 없어진 거겠지. 나는 침을 꿀꺽 삼키며 긴장한 표정을 숨기고자 고개를 숙였다.

"정말?"

"응?"

"정말 그래도 돼?"

"응……."

"나야 좋지!"

눈을 반짝인 칼란 에탐이 활짝 웃으며 말했다. 그 활짝 편 얼굴을 보며 나도 모르게 방긋 마주 웃었다.

"나, 잠옷만 입고 얼른 올게!"

"으응……."

칼란 에탐이 문을 쾅 열고 나가더니 복도에 떠내려가도록

"내 잠옷 내놔!"라고 소리치고 있었다.

콰앙—!

벽이 부서지는 소리가 들린 것도 같았다.

"하하……."

나는 웃음을 흘리며 나도 모르게 몸에서 힘을 풀었다. 눈앞에 실리안 에탐이 어정쩡하게 서 있었다. 그는 물끄러미 나를 바라보고 있었다.

"아, 나도 좀 졸린 것 같기도 해."

허공에 국어책을 읽듯 말을 내뱉은 실리안이 어색하게 뒷덜미를 여러 번 매만지더니 엉성하게 손을 뻗어 내 머리카락을 슥슥 쓰다듬었다. 칼란 에탐과는 다르게 굳은살이 박인 조금은 단단한 손이었다. 그러더니 또 뭔가를 기다리는 듯 멀뚱하게 서 있었다.

'아, 설마…….'

방금 했던 행동은 칼란 에탐이 내게 했던 행동과 똑같았다.

"오라버니도 나랑 가치 잘……"

"응."

말이 채 끝나기도 전에 기다렸다는 듯 단호한 대답이 튀어나왔다.

"나도 잠옷으로 갈아입고 올게."

"어? 으응……."

두 사람이 모두 나가자 왁자지껄했던 방이 순식간에 침묵에

367

휩싸였다.

'……근데 둘 다 여주인공은 어쩌고 나한테 와 있는 거지?'

기억하기론 소설에서 두 사람은 거의 여주인공 껌딱지 수준이었는데 말이다.

"모르게따……."

내 한 치 앞도 모르겠는데 타인의 걱정까지 할 자신은 없었다.

'또 잠이 오네…….'

그렇게 잤는데도 말이다.

'일어나면 리하르트에게 편지를 쓰자…….'

루실리온에게도 말을 전해 달라고 해야지. 그리고 에노쉬에게도…….

'나 너무 일을 치고 다녔나?'

줄줄이 늘어지는 생각에 눈이 번쩍 뜨였다.

'그냥 돈 많이 받아서 유유자적 살고 싶었던 것뿐인데…….'

뭔가 이상해졌다. 이불에 머리를 박고 끙끙 앓는 소리를 내다가 한숨을 푹 내쉬었다.

'꿈은 아니겠지.'

나는 손으로 뺨을 힘껏 꼬집었다.

"아파……."

눈물이 핑 돌 정도로 아팠다.

'정말 나도 가족이 생긴 건가……?'

도저히 믿기질 않는다. 나는 천천히 손바닥에 얼굴을 묻었다.

입꼬리가 절로 비실비실 올라갔다.

"나도 아빠가 있네……."

"당연한 소리를 하는구나."

"어……?"

"좋은 아침이야, 따님. 좋은 꿈 꿨니?"

에르노 에탐이 엄지로 가볍게 내 뺨을 훑으며 물었다. 나는 활짝 웃으며 고개를 끄덕였다.

"네! 아바지……!"

"……호칭은 그대로 해도 좋은데."

"그대로……?"

이게 그대로가 아니었던가?

"그래, 방금 했던 호칭."

"아……. 아빠!"

"옳지. 내 따님은 기특하기도 하지."

그가 누워 있는 내 이마를 시원하고 커다란 손으로 덮어 주며 말했다.

"보고 시퍼써여……."

내가 어리광을 부리며 두 팔을 벌리자 에르노 에탐은 순순히 나를 냉큼 품에 안으며 등을 토닥거렸다.

"에이린. 네 생일이 언제인지 기억하니?"

"아녀……?"

엑스트라의 생일까지는 기억하지 못하니까 말이다.

"널 호적에 올리기 위해서 알아봤는데, 네가 그 개망나니의 호적에도 올라가 있지 않은 사실이 확인됐다."

"……어?"

"널 호적에 넣으려면 시간이 좀 걸릴 것 같구나. 좋아하는 날이 있니?"

"아녀."

나는 느릿느릿 고개를 저었다. 평생 챙겨 본 적도 없는 생일은 전생엔 그저 주민 등록 번호용 숫자에 지나지 않았다. 물론 여기에 와서도 생일 생각은 전혀 없었고.

"그래. 그럼 내가 임의로 넣으마."

"네."

"너무 늦지도 빠르지도 않은 날짜가 좋겠구나. 줄 선물도 있으니."

"선물?"

"그래."

에르노 에탐은 어느새 파편이 6개나 합쳐진 귀걸이를 착용하고 있었다. 그래서인지 에르노 에탐의 안색이 좋아 보였다.

'이게 꿈이라면 이 꿈이 영원히 이어지면 좋겠다.'

나는 에르노 에탐의 품에 안겼다.

"무서운 꿈이라도 꿨나? 어리광이 많아졌구나."

"시러여……?"

"싫을 리가."

그 부드러운 목소리를 듣고 있노라니 눈꺼풀이 멋대로 무거워졌다.

"졸리면 자거라. 곁에 있어 줄 테니."

"네……."

그가 나를 침대 위에 눕히고 이불을 푹 덮어 주었다. 눈이 가물가물했다. 정신이 느리게 가라앉았다. 나는 에르노 에탐의 온기를 느끼며 더듬더듬 입을 열었다.

"아빠……."

"그래."

"왜 나 미어해써여?"

내가 무슨 소리를 하는지도 모르는 채로.

"무슨 소리……."

아이에게 반문하던 에르노 에탐이 입을 다물었다. 이미 아이가 깊은 잠에 빠진 탓이었다. 에르노 에탐은 에이린을 미워한 적이 없다. 만난 뒤로는 늘 다정하게 아이를 대했다. 그러나 방금 그 말에는 원망이 가득 담겨 있었다. 단순히 연기를 했다는 것을 원망한다기보단 좀 더 근본적인 부분이다.

"늘 궁금해. 내 따님께선 뭘 그렇게 숨기고 있는 건지."

광폭화를 억제하는 붉은 열매도, 어디에 있는지 몰랐던 '균형의 파편'도, 터지지 않은 전염병에 대한 치료약 정보도…… 숨기고 있는 것이 너무나 많았다. 본래의 에르노 에탐이라면 사실

아이를 회유하거나 그도 아니면 진즉 죽여 없앴을 것이다. 변수
는 없으면 없을수록 좋았으니까.

"어쩐지 네게는 그런 마음이 들지 않는구나."

평생 살면서 처음 겪는 감각이 새로웠다. 에르노 에탐이 아이
의 흘러내린 머리카락을 쓰다듬었다.

"에이린!"

칼란 에탐이 잠옷을 입고 쳐들어왔다가 에르노 에탐의 시선
에 냉큼 입을 다물었다.

"아버지? 여긴 어쩐 일이세요? 지하 옥션 처리로 바쁘다고 하
지 않으셨어요?"

"그쪽은 정리됐다. 오후에는 황성에 갈 예정이다."

"왜요?"

"에이린을 에탐 가문의 족보에 올리기 위해선 황제의 승인을
받는 게 가장 빠르니까."

귀찮은 절차를 전부 밟고 있다간 밑도 끝도 없을 것이다. 족
보에 이름을 올리는 일은 가주가 허락하면 간단하게 처리되는
일이지만 에이린은 출생 자체가 기록되지 않았다. 갑작스럽게
연고 없는 아이를 귀족가에서 입양하기 위해선 황가의 승인이
필요했다. 본래 사생아인 아이를 속이고 강제로 정략결혼을 시
키거나 물건처럼 사용하기 위함을 방지하기 위한 법이었지만
이럴 땐 확실히 귀찮았다.

"아. 에이린을 차기 가주로 삼아 볼까 하는데, 어떻게 생각하

372

나, 아들?"

뜬금없는 에르노의 말에 칼란의 입이 떡 벌어졌다.

"에이린을? 난 솔직히 가주니 뭐니 관심 없어서 상관없는데······ 일단 얘 에탐이 아닌 거죠, 아버지?"

"글쎄."

"글쎄라니. 가능성이 있어요?"

"검사를 해 보진 않았지."

칼란이 에르노를 보다가 어깨를 으쓱이곤 꾸물꾸물 에이린의 옆자리를 차지하고 누웠다.

"지금 뭘 하는 거지?"

"에이린이 같이 자자고 해서 자려고요."

"······남자와 여자는 같은 방을 쓰면 안 되는 거 모르나?"

"여동생이잖아요."

"피는 안 이어졌지."

"방금까진 검사를 해 보지 않았다면서요."

순식간에 말을 바꾸는 에르노 에탐의 말에 칼란이 냉큼 에이린의 팔을 붙잡았다. 혹시나 강제로 떼어질까 봐 겁을 먹었던 탓이다.

그때였다.

"아버지······?"

"실리안."

"아버지도 주무시게요? 근데 에이린의 옆자리는 빈 곳이 없어서요."

어느새 방에 들어온 실리안이 자연스럽게 에르노 에탐을 스쳐 지나 에이린의 빈 옆자리에 누웠다.

"야, 넌 왜 들어와?"

"형 나가고 에이린이 나한테도 같이 자자고 했거든."

"너는 얘가 돌아오든 말든 관심도 별로 없었잖아."

숨을 죽인 칼란의 말에 실리안이 코웃음을 치며 에이린의 손을 잡고 눈을 감았다.

"어쨌든 전 동생님이 가주가 되어도 상관없어요."

"가주? 아버지 에이린을 가주로 만드시게요?"

"아마도. 그러면 함부로 사라지지도 않을 테니."

"아……."

실리안이 낮게 탄식하곤 고개를 끄덕였다. 혈통 문제가 꽤 걸릴 것 같긴 하지만 에르노 에탐은 한다고 한 건 어떻게든 늘 이뤄냈으니까.

"나쁘지 않네요."

마찬가지로 가주 자리에는 전혀 관심 없던 실리안이 건성으로 대답했다.

"아, 맞다. 아버지. 남대륙어 읽을 줄 아세요?"

"왜?"

"수인은 환경이 갖춰져야 성장기도 맞이하고 잘 자란다고 해서요."

에르노 에탑이 칼란의 말에 고개를 끄덕였다.

"남대륙에서 수인에 관한 책을 좀 공수했거든요. 도마뱀에겐 열대우림이나 습한 늪지가 좋대요."

"……그렇군."

에르노 에탑이 가볍게 턱을 문질렀다.

"남아도는 부지를 철거해 보도록 하지."

에르노의 시선이 눈을 감은 칼란 에탑과 뒤척이는 실리안 에탑에게 닿았다.

"너무 오래 붙어 있지 마라."

"왜요?"

실리안의 반문에 에르노의 입이 닫혔다. 할 말을 잃은 듯 조용해진 그 모습에 칼란 에탑이 한쪽 눈을 슬쩍 떴다.

"……어쨌든."

에르노가 자신의 턱을 몇 차례 문지르더니 이내 에이린의 방을 빠져나갔다.

* * *

'멍청한 짓을 하는군.'

마차에 앉은 에르노 에탑이 낮게 혀를 찼다. 아이들끼리 같이 잘 수도 있는 노릇인데 그걸 가지고 이상한 말을 내뱉은 스스로를 이해할 수가 없었다.

'피곤하군.'

오로지 한 사람을 위해서 신경을 곤두세운다는 것이 얼마나 피곤한 일인지 그는 최근 몸소 체험하고 있었다.

"칼란과 실리안 땐 이 정도가 아니었던 것 같은데……."

두 아이가 워낙 자기 의지가 강했던 것도 있지만 딱히 걱정할 것도 없었다. 한 대를 맞으면 열 대를 되돌려 주고 오는 성격들이니 걱정할 필요가 있을 리가. 황실에 도착한 그가 시종의 안내를 받아 응접실로 향하며 귀걸이의 구슬을 매만졌다. 아이가 돌아오고 광폭화는 상당히 안정되었다.

'귀걸이 때문인가……?'

파편이 세 개가 더 늘어나면서 늘 술렁거리던 감정이 차분해졌다.

'……아니면.'

균형의 파편과 함께 돌아온 에이린 때문일까?

'남쪽 지방에 별장을 한 채 알아보는 것도 좋겠군.'

아이가 따뜻한 것을 좋아하는 것 같기도 했고 말이다. 그가 막 응접실로 들어설 때였다.

"아, 에탐 소가주 왔나?"

"……벌써 노망이 오시면 곤란하실 텐데요. 소가주가 아니라고 하지 않았던지."

아름다운 금발에 짙푸른 바다를 보는 듯 새파란 눈동자를 가진 30대 중반의 사내였다.

"여전히 까칠함은 달라지지 않았군. 오랜만에 보는 친우에게 너무 싸늘한 것 아닌가?"

"친우는 무슨……."

에탐은 짧게 혀를 차면서도 순순히 남자가 가리키고 있는 소파에 앉았다.

"그래. 최근 사고를 크게 터뜨렸다고 들었는데…… 감사를 표하지."

"감사받을 건 없습니다. 내 따님을 건드려서 처리한 것뿐이니."

황제는 마치 이미 알고 있는 이야기를 한 번 더 들은 것뿐이라는 듯 빙긋 미소만 띠었다.

"공교롭게도 내 막내아들도 그 일에 휘말렸던 터라 자네가 한차례 쓸어 준 것이 큰 도움이 됐네. 나머지는 황실에서 처리하도록 하겠네."

"……공을 황실에서 다 처먹겠다는 소리를 참 고상하게도 돌려 말하는군요, 폐하."

"자네 입담은 여전히 거칠어. 혀끝이 날카로워 때때로 내가 검을 뽑아 버릴까 두렵기만 하다네."

"그 휘청거리는 검이 제 머리카락은 스칠는지."

대놓고 보이는 코웃음에 황제가 눈썹을 크게 들썩이더니 가만히 찻잔을 기울였다.

"뭐, 공짜로 먹겠다고 하진 않겠네. 바라는 게 있으면 가감 없이 말해 보게나."

"에탐 가문의 족보에 내 따님의 이름을 올릴 수 있게 해 주시면 됩니다."

기다렸다는 듯 에르노 에탐이 입을 열었다.

"수인을 한 마리 기르는 모양이지. 하하. 요즘은 수인을 기르는 게 유행인가 보군?"

무슨 애완동물이라도 기른다는 듯한 말투에 에르노 에탐이 웃는 얼굴로 입술을 뗐다.

"유행?"

"그래. 얼마 전에 콜린 공작도 수인 아이를 입양하고 싶다고 내게 승인을 요청했었지."

황제가 제법 유쾌한 듯 턱을 매만졌다.

"겨우 짐승이 인간처럼 걷고 말할 수 있다는 것뿐인데 그걸 우리와 같은 인간으로 여길 수 있다니 신기한 일이야."

황제의 말에 에르노 에탐의 미간에 균열이 생겼다. 그가 짧게 혀를 찼다.

"폐하. 제가 그나마 차리고 있는 예의를 집어치워야 절 불쾌하게 하시는 일을 관두실 건지요."

"내 생각을 말한 것뿐이네. 자네들을 비난할 마음은 없어."

황제는 평소와 다름 없는 얼굴로 어깨를 으쓱였다.

"하지만 예전엔 자네도 내 말에 제법 동의하지 않았던가. 그런 자네가 이렇게 바뀐 게 신기해서 그렇다네."

에르노 에탐의 입가에 미소가 한층 짙어졌다.

'기분이 상했군.'

기분이 나쁠수록 미소가 환해지다니, 정말 미친 인간이 아닐 수가 없었다. 그의 변화를 가만히 보던 황제가 어깨를 으쓱였다.

"그러고 보니 이것에 대한 감사 인사도 해야 했군."

"이것?"

"그래. 자네의 첫째 아들이 준 약 덕분에 막내아들이 괜찮아졌네."

"아아……."

"정신을 차린 아이가 자꾸 에탐 가문에서 약을 가져오라고 해 사람을 보낸 것이었는데…… 뭔가 나 몰래 약속을 했을 줄은 몰랐지."

에르노 에탐이 눈을 가늘게 떴다. 약속을 한 것은 아마 에이린이 분명했다. 철창 근처의 흔적을 보아 같이 갇혀 있었을 확률이 높았으니 말이다.

"몸이 약한 아이였던 터라 방치했으면 최악의 상황까지 갔을 텐데 덕분에 살았어."

"아, 네."

에르노 에탐이 영혼 없이 대답했다.

"역시 에탐 가문의 핏줄은 달라도 뭐가 다르군. 어떻게 그런 병이 돌 걸 알았나?"

"내 따님께서 알려 준 겁니다."

"……뭐?"

"폐하께서 짐승 취급한 그 아이가 알려 준 겁니다."

꿀이 뚝뚝 떨어지는 부드러운 목소리와 만면에 차오른 환한 미소에 황제가 저도 모르게 침을 꿀꺽 삼켰다. 그가 여성이었다면 상대가 적의를 가지고 있음을 알면서도 푹 빠지고 말았을 것이다.

"……그랬군."

"병을 의도적으로 퍼뜨린 것 같다던데 범인은 찾으셨는지요."

"반귀족파 놈들이지. 찾고 있네. 아직 수뇌부를 찾지 못했을 뿐이지."

에르노 에탐이 고개를 끄덕였다.

"그래, 그 아이의 이름은 뭔가?"

"에이린입니다."

말이 끝나기가 무섭게 황제의 얼굴이 굳었다.

"……뭐라고?"

"에이린 에탐이라고 말했습니다."

"……허, 참."

황제가 난감한 듯 인상을 찌푸리더니 가볍게 턱을 문지르곤 고개를 저었다.

"자네 부탁이라면 다 들어줄 생각이었네만 이번 건 들어주기가 어렵겠어."

"……저와 척을 지겠다는 말을 고상하게 돌려 말씀하시는 건지."

에르노 에탐의 표정에서 감정이 순식간에 사라졌다. 살기등

등한 시선이었다.

"자네는 좀 황제에 대한 공경을 표해 줄 순 없는 건가?"

"폐하께서 저에 대한 예의를 갖춰 주신다면 못 할 건 없지요."

"다른 게 아니네. 그 아이 도마뱀 수인이고 다섯 살인 에이린이 맞나? 은색 비늘을 가진 돌연변이."

"……맞습니다."

"그 아이라면 이미 입양을 승인했네."

이게 무슨 말도 안 되는 소리란 말인가?

에르노 에탐은 아주 드물게도 상대의 말을 한 번에 이해하지 못하고 몇 번이나 머릿속에서 곱씹었다.

"가주님께서 오셨었습니까?"

"아니."

"테렘이 그렇게까지 눈치 빠르게 일을 처리할 것 같진 않은데요."

"물론 아니었네."

황제가 질질 말을 끌었다. 에르노 에탐의 인내심이 막 한계까지 달했을 때였다.

"콜린 공작이 정확히 이틀 전에 승인을 받아 갔네."

황제가 긴 침묵 끝에 짧은 한숨과 함께 대답을 해 주었다. 말이 끝나기가 무섭게 공기가 바짝 얼어붙었다.

"……지금 뭐라고 했습니까?"

"기세 좀 죽이게."

피부가 찌릿찌릿할 정도로 날카로운 기세에 황제의 한숨이 깊어졌다. 당장이라도 뛰쳐나오려는 그림자들을 손으로 제지하며 그가 자리에서 일어난 에르노 에탐을 보았다.

"최근 콜린 공작이 잃어버린 아들을 찾았네."

"쓸데없는 잡소리는 사양입니다."

"얘기를 듣게."

참다못해 눈을 매섭게 뜬 황제의 엄포에 에르노 에탐이 인상을 쓰면서도 순순히 입을 다물었다. 그가 생각하기에도 자신은 지금 생각 이상으로 흥분해 있었다.

'……겨우 호적이 뭐라고.'

대체 이렇게까지 감정이 흐트러질 수가 있단 말인지. 아이가 사라졌을 때도 감정을 제어하지 못했다. 어차피 아이는 품에 있으니 호적 따위 아무래도 좋을 텐데…… 술렁거리는 감정이 아무리 생각해도 익숙하질 않았다. 다른 방법을 찾으면 그만이지 않은가. 그가 간신히 스스로를 진정시켰다. 붉게 점멸하던 눈동자가 천천히 제 색을 되찾았다.

"콜린 공작의 잃어버린 아이를 찾는 데 큰 역할을 한 게 그 에이린이라는 아이라고 들었어."

"하, 그게 무슨 말도 안 되는……."

"그 아이는 갈 곳도 없었고 콜린 공작의 후계자도 그 아이를 좋아했기 때문에 입양을 결정했다고 내게 말했지."

황제가 담담하게 대답했다. 그래서 그는 그 이야기를 듣고 콜린 공작의 청을 들어주었다.

"그래서 지금……."

"그때는 별생각도 없었고 콜린 공작이 내게 부탁하는 경우가 흔한 것도 아니니 빚을 지워 놓자 싶어 허락했다네."

"……."

"그러니까 이미 승인을 해 버렸으니 이 일은 내 손을 떠났네."

"그렇게 좋아하시는 권력 남용을 하면 되지 않으신지요."

"소가주. 나보고 이유 없이 말을 번복하는 황제가 되라고 하는 건가? 게다가 늦게 온 자네의 잘못이 없다곤 말할 수 없지."

황제의 눈이 가늘어졌다. 말은 저렇게 해도 황제는 이 상황이 퍽 즐거운 것이 분명했다.

"콜린 공작과 합의를 보고 다시 온다면 재승인을 내려주는 건 어렵지 않지."

"하……."

그가 가볍게 머리카락을 쓸어 올리더니 이내 깔끔하게 마음 정리를 한 듯 자리에서 일어났다.

"알겠습니다."

"이해해 줘서 다행이군."

황제가 흡족하게 고개를 끄덕였다.

"아, 공작 작위가 하나 비게 되면 큰일이 생깁니까?"

"뭐?"

"아니. 청원을 올렸던 공작이 우연히 사고로 실종이 되거나 하면 자연히 승인도 없던 일이 되겠군요."

"……이, 이보게. 에탐 소가주."

"조만간 다시 오겠습니다."

에르노 에탐이 의미심장한 말만 흘리곤 사라졌다. 귀족가에
피바람이 부는 지옥의 시작이었다.

* * *

"……아주 가지가지 하는군."

최근 콜린 공작은 갑작스러운 지독한 암살 시도에 신경 쇠약
에 걸릴 지경이었다. 일주일 전부터 밤에 찾아오기 시작한 불청
객이 한둘이 아니었다. 매일 경비를 그렇게 강화하는데도 정원
을 짓밟는 불청객은 줄어들 기미가 없었다. 다행히 그는 뛰어난
마법사였고 훌륭한 기사와 병사들이 있었던 덕에 다치거나 죽
지는 않았다.

최근에는 간신히 찾은 아들의 방과 그의 부인이 지내는 방에
몇 겹의 방어 마법을 걸어 놓았다. 다행인지 불행인지 불청객들
은 그의 부인이나 아이의 방엔 방문하지 않았다. 그들은 오로지
콜린 공작의 방에 와서 집요하게 그를 괴롭혔을 뿐이다.

꽤 상당한 실력자들이 단체로 덤비는 터라 콜린 공작도 꽤 골
머리를 썩이고 있었다. 웬만하면 타인의 힘을 빌리지 않는 콜린
공작이 오죽하면 오늘 정보 길드 '명월'까지 방문했을 정도였

다. 어떠한 추잡한 일이라도 기꺼이 해 주는 그들은 돈만 주면 동료의 목숨이라도 팔아넘길 수 있는 족속들이었다. 그가 가장 혐오하는 족속들이지만 답답한 지금 기댈 수 있는 유일한 구명줄이기도 했다.

'대체 어디에서 뻗어 나온 놈들인지…….'

콜린 공작이 속으로 혀를 차며 술집 안으로 들어갔다.

"어서 오십시오, 손님. 식사와 음료, 어느 쪽을 원하시나요?"

"달의 이면을 보러 왔다."

"……저런. 지금은 그 상품을 개시할 시간이 아니라서 말입니다."

"개시할 시간이 아니더라도 개시하게 만드는 게 자네가 할 일이 아닌가? 잠시 기다리지."

콜린 공작의 눈 밑이 다크서클로 제법 짙었다. 그는 퀭한 시선을 애써 감추려 노력하며 눈두덩을 꾹꾹 눌렀다. 요 며칠 동안 밤낮으로 신경이 곤두서서 미칠 것 같았다.

'……대체 무슨 속셈인지를 모르겠군.'

오죽하면 어제 콜린 공작은 암살자들과 대치하면서 대화까지 시도했었다.

[대체 누가 사주한 거지? 해결할 수 있는 문제라면 말을 하도록 해라!]

[그러게. 왜 남의 걸 훔쳐?]

돌아온 말은 싸가지 없는 대꾸뿐이었지만 말이다.

'훔치긴 내가 뭘 훔쳤다는 거지?'

콜린 공작이 빈 식탁에 앉아 검지로 탁자를 연신 두드렸다.

'이번에 남대륙 신사업 건을 뺏긴 유틀리 백작가인가? 아니면 아이가 사라졌다고 말했더니 응접실을 반파로 만들었던 그 의문의 고아원 원장인가? 그것도 아니면……'

머릿속에 최근 있었던 일들이 꼬리에 꼬리를 물었다. 하지만 그 많은 생각의 끝은 언제나처럼 최근 가장 신경 쓰이는 아이에 관한 것이었다.

'에이린. 그 아이는 대체 어디로 간 거지……'

소리 소문도 없이 사라진 아이 때문에 리하르트의 얼굴도 말이 아니었다. 펑펑 울음을 터뜨리던 리하르트의 모습을 떠올리자 가슴 한편이 아파진 그가 한숨을 푹 내쉬었다. 아무리 생각해도 알 수가 없다.

'아이를 찾고 암살자가 뭘 노리는지도 알아야겠지.'

톡. 톡. 톡.

초조한 손끝이 연신 식탁을 두드렸다. 잠시 후 처음 자신을 맞이했던 점원이 다가왔다.

"고객님. 달의 이면이 준비되었습니다."

"가지."

표정을 감춘 콜린 공작이 우아하게 자리에서 일어났다. 그가 술집의 뒤쪽으로 향했다. 문을 열고 발을 딛는 순간 그는 이미 전혀 다른 공간에 있었다.

"……공간이동 마법이군. 상당히 고위급이야."

"달의 이면으로 가는 길을 누구나 안다면 곤란하지 않겠습니까."

점원의 설명에 콜린 공작이 입을 다물었다.

'마법을 쓸 수 없는 장치도 되어 있군.'

철저하게 의뢰인을 본인들의 수중에 두겠다는 의지가 느껴졌다. 그가 느리게 주변을 보았다. 어둑하고 넓은 방이었다. 사방에는 십수 개의 촛불만이 붉은빛으로 방을 밝히고 있었다. 창문도 없는 방의 중앙에는 오로지 넓은 소파와 소파 테이블이 양쪽으로 마련되어 있을 뿐이었다.

뒤쪽으론 책상이 있었는데 서류가 늘어진 것을 보아하니 업무 공간인 모양이었다. 소파에 앉아 있던 누군가가 자리에서 일어나 그를 맞이했다.

"어서 오십시오, 미카엘 콜린 공작 각하."

새까만 가면을 쓰고 목소리가 변조된 로브까지 뒤집어쓴 사내가 말했다. 쇳소리가 가득 섞인 듣기 싫은 음성이었다.

"명월의 주인은 꺼림칙한 게 많은 모양이군. 최소한의 예의조차 갖추지 않으니."

"하하, 죄송하군요. 워낙 적이 많으니 이해해 주시길 부탁드리죠."

콜린 공작이 입을 다문 채 눈을 가늘게 떴다.

'철저하군.'

상대가 남성이라는 것 이외의 어떤 것도 짐작할 수가 없었다. 아니, 성별조차 그가 로브의 실루엣으로 드러나는 키와 골격을 보고 넘겨짚은 것뿐이니 확신할 순 없었다.

"그래서 고귀하신 분께서 이 어두운 곳까진 어쩐 일로 오셨습니까?"

"최근 암살 시도를 당하고 있다. 여기에 명월이 연관되어 있나?"

"암살 말입니까?"

그의 로브가 살짝 흔들리는 듯하더니 이내 뚜렷하게 좌우로 고개를 저었다.

"아뇨. 그런 의뢰는 받은 기억이 없군요."

"정말인가?"

"네, 괜한 거짓말은 하지 않습니다."

쇳소리 사이로 설핏 웃는 기색이 서렸다. 콜린 공작이 입을 꾹 다문 채 시선을 내렸다.

'명월이 아니면 그만한 실력자들이 어디에서 튀어나온 거지?'

황제의 그림자들이나 가지고 있을 법한 실력이다. 하지만 황제가 이런 시도를 했을 리는 없다. 이번에 빚도 졌으니 차라리 본인에게 직접 불만을 말했을 거다.

"그럼 첫 번째 의뢰는 이걸로 하지. 내 집에 자꾸 쳐들어오는 불청객들을 누가 보냈는지 알고 싶다."

그는 잠시 고민하는 듯하더니 고개를 끄덕였다.

"어려운 일은 아니군요. 덤으로 호위까지 도와드리겠습니다. 앞으론 밤에 편히 주무셔도 되겠군요."

"덤이라니. 전부 돈으로 받아 갈 생각이면서 제법 웃기는 말을 하는군."

"하하, 무료 봉사는 아니니까요. 그래서 첫 번째라 함은 두 번째도 있으신 건지요?"

듣기 싫은 쇳소리가 섞인 목소리에 안 그래도 예민한 정신이 한층 민감해졌다. 콜린 공작이 이리저리 튈 것 같은 감정을 내리누르며 가볍게 관자놀이를 꾹꾹 누르자 이곳까지 그를 안내했던 점원이 차 한 잔을 테이블 위에 놓았다. 새빨간 빛을 띠어 보는 것만으로도 기분이 이상해지는 차였다.

"……이게 뭐지?"

"감각을 조금 둔하게 해 주는 차입니다. 중독성도 없고 신체에 무해한 진정제로 보시면 됩니다."

"……퍽도."

"세월이 지나고 시간이 흘러 역사를 잊을 정도로 흐릿해졌다고 한들 엘프의 피가 섞였으니 감각이 예민하실 텐데요."

그의 보라색 눈동자가 어둠 속에서도 선명하게 안광을 빛냈다. 피부를 찌릿찌릿하게 달구는 살기가 닿았음에도 상대는 움직임조차 없었다.

"네가 어떻게 그걸 알지?"

"명색이 정보 길드입니다. 제가 모르는 건 거의 없다고 보시면 됩니다.”

“뭐……?”

“아, 콜린 공작 부인의 어린 시절을 담은 초상화와 사진도 몇 장 있는데…….”

그가 손가락을 튕기자 누군가가 그의 손에 서류철 하나를 가져다주었다. 그가 서류철을 가볍게 휙휙 넘기더니 한 페이지를 활짝 열어 보였다. 사랑스러운 표정의 소녀의 활짝 웃는 사진과 어린 시절 초상화가 여러 장 있었다.

“1억 로스트.”

콜린 공작은 지금 한 가지 확신을 얻었다. 이 사내가 지금 가면 아래에서 활짝 웃고 있을 것이라는 확신을.

“…….”

“참고로 저희는 원본 이외의 사본을 두지 않기 때문에 이게 유일합니다.”

턱을 괸 채 한참이나 그것을 살펴보던 콜린 공작이 심각한 얼굴로 입을 열었다.

“……사지.”

“역시 애처가 콜린 공작 각하시군요. 통 큰 구매 감사합니다.”

그가 서류철을 탁, 접으며 말했다.

“그래서 두 번째는?”

“아이를 찾고 싶네.”

“아이? 어떤 아이를 말입니까? 첫사랑과 결혼에 성공하신 공작께 사생아가 있을 것 같진 않은데요."

"에이린이라는 수인 아이다."

로브를 쓴 사내의 손이 뚝 멈췄다.

"에이린……."

"그래. 도마뱀 수인이고 아직 성장기에 있는 새끼다. 여자아이고 키는 이 정도에 머리카락은 분홍색이다. 비늘은 은색인 것 같더군."

콜린 공작이 앉은키의 가슴 부근 정도를 손으로 가리켜 보이며 설명을 이어갔다.

"또한 수인 특유의 마력을 제대로 갈무리하지 못해서 좋지 않은 곳에 있을 확률도 있다. 마지막으로 흔적을 발견한 곳이 지하 옥션이다."

"그렇군요……."

콜린 공작의 눈살이 찌푸려졌다. 상대의 반응이 심드렁했던 탓이다.

"어렵나?"

"그럴 리가요."

설핏 웃음기 섞인 목소리가 돌아왔다.

"그럼 이대로 진행하는 걸로 하겠습니다. 알아내는 대로 사람을 보내겠습니다."

"알겠다. 금액은?"

"……."

상대는 이해할 수 없이 고요하게 침묵하더니 천천히 입을 열었다.

"10억."

"……뭐?"

"10억 로스트입니다. 물론 아까 구매하신 초상화 값이 포함된 금액이고요."

"……바가지도 이런 바가지가 없군."

"저희는 임무 난이도와 의뢰인분의 재정 상황 등을 종합적으로 고려하여 가능한 최고의 서비스를 제공하고 있습니다. 공작께는 10억이 그리 큰돈이 아니지 않습니까."

콜린 공작이 잠시 고민했다. 10억과 편안한 밤을 맞바꿀 수 있다면 그는 충분히 10억을 낼 용의가 있었다.

'게다가 아이도 찾아야 하지.'

지금으로선 아이를 찾기에 적합한 선택지가 명월 외엔 없었다.

"실패는 용납하지 않는다."

"물론 만족할 수 있는 결과를 내도록 하겠습니다."

"돈은 조만간 인편(人便)으로 보내지."

로브를 뒤집어쓴 사내가 배웅하듯 그에게 허리를 굽혔다.

"이쪽입니다."

콜린 공작이 점원을 따라 문밖으로 한 걸음 내딛는 순간 또다시 풍경은 바뀌었다. 그가 처음 방문했던 술집이었다.

"방문해 주셔서 감사했습니다, 고객님."

천연덕스러운 점원의 인사말과 함께 콜린 공작은 집으로 돌아갔다.

* * *

"으, 답답해. 대장님인 척하기 너무 힘들어요."

로브를 뒤집어쓰고 있던 명월의 길드장······인 척을 하고 있던 의문의 사내가 가면과 로브를 벗어던졌다.

"근데 10억이라니. 아무리 공작이라고 해도 바가지가 너무한 거 아닌가요, 대장님?"

"너무하긴. 적당한 값을 부른 거뿐이잖아? 상대도 오케이를 했으니 그뿐인 거지."

대장이라 불린 누군가가 사나운 목소리로 까득, 뭔가를 깨물어 삼키며 대답했다.

"이미 같은 의뢰를 3건이나 받았잖아요? 대체 그 에이린이라는 게 누군지 아세요?"

"글쎄. 돈줄인 건 확실하지. 내 돈줄도 막아 버려서 문제지만."

"지하 옥션이 아깝긴 했죠."

"아, 근데 말이야····· 이디스."

아무도 없었던 책상 앞 의자에 누군가의 모습이 서서히 드러났다. 주변 풍경에 자신을 감춘 채 숨어 있던 카멜레온이 서서히 모습을 드러내듯이.

"그 망할 도마뱀 새끼!"

흥분한 그가 주먹으로 책상을 거칠게 내리쳤다.

"어디에 있는지 정보만 알려달라고 했으니 내가 죽여도 되는 거지? 내가 죽여도 되는 거잖아?! 그 짐승 새끼 때문에 공들여 놨던 내 놀이터가 망가졌다고!"

"안 됩니다."

"그럼 사지 중에 두 개만 뺏자, 응? 그 정도면 되잖아. 목숨은 안 뺏으니까!"

잔뜩 흥분한 목소리에 보좌관, 이디스가 입을 꾹 다물었다.

'또 눈이 풀리셨군.'

저렇게 된다면 사실 말릴 수가 없어진다. 성정이 잔악하기 짝이 없는 그는 명월의 길드장을 하기에 아주 걸맞은 사람이었지만, 때때로 제어가 힘들었다.

"일단 계획대로 진행하겠습니다."

"좋아좋아. 그 얼굴이 일그러지는 꼴이나 한번 보자고. 나, 파충류 정말 좋아하잖아."

천진하게 활짝 웃은 그가 자리에서 폴짝 뛰어 일어났다.

그가 장식장으로 다가가 문을 활짝 열자 그 안에 박제된 수많은 파충류와 동물이 가득했다. 전시된 박제의 뒤에는 사진이 한 장씩 놓여 있었다. 겁에 질린 채 간신히 웃고 있는 인간 형태의 수인들이었다.

"은빛의 도마뱀이라니 아주 기대돼."

"컬렉션으로 삼는 건 참아 주세요."

"그럼 비슷한 걸 찾아오든가."

그가 전시장 안의 박제를 느릿느릿 쓸며 씩 웃었다.

"만나는 게 기대되네."

《2권에 계속》

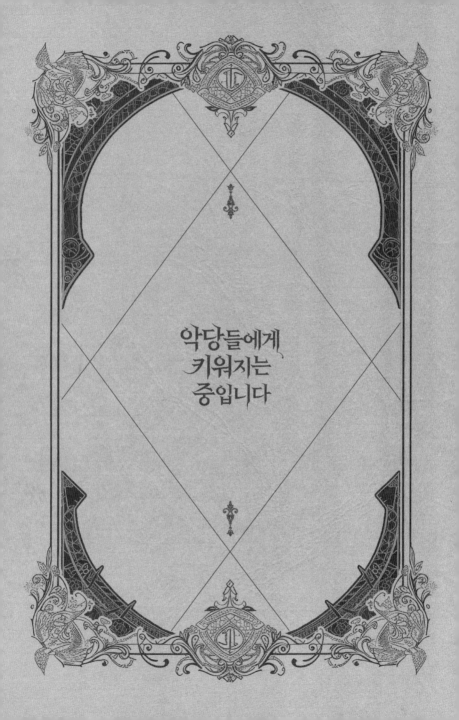

악당들에게
키워지는
중입니다

악당들에게
키워지는
중입니다